U0893794

藝術文獻集成

王原祁集

〔清〕王原祁

浙江人民美術出版社

圖書在版編目(CIP)數據

王原祁集/(清)王原祁撰;毛小慶整理.—杭州:浙江人民美術出版社,2019.12(2025.4重印)

(藝術文獻集成)

ISBN 978-7-5340-7512-4

Ⅰ. ①王… Ⅱ. ①王… ②毛… Ⅲ. ①中國文學-古典文學-作品綜合集-清代 Ⅳ. ①I214.92

中國版本圖書館CIP數據核字(2019)第152505號

王原祁集

〔清〕王原祁 著

毛小慶 整理

責任編輯 霍西勝 張金輝 羅仕通
責任校對 余雅汝 於國娟
裝幀設計 劉昌鳳
責任印製 陳柏榮

出版發行 浙江人民美術出版社
（浙江省杭州市體育場路347號）
網　址 http://mss.zjcb.com
經　銷 全國各地新華書店
製　版 浙江時代出版服務有限公司
印　刷 三河市嘉科萬達彩色印刷有限公司
版　次 2019年12月第1版
印　次 2025年4月第2次印刷
開　本 880mm×1230mm 1/32
印　張 13
字　數 237千字
書　號 ISBN 978-7-5340-7512-4
定　價 79.80圓

王原祁像一（禹之鼎《王原祁藝菊圖》局部）

王原祁像二（選自《清代學者象傳》）

山水册頁之一（天津藝術博物館藏）

山水册頁之二（天津藝術博物館藏）

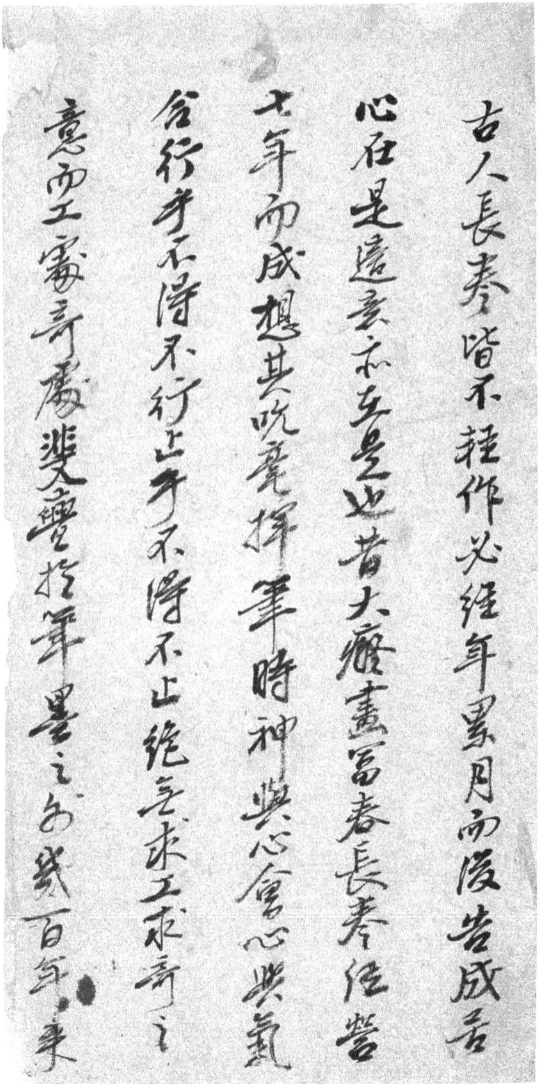
古人長卷皆不輕作必經年累月而後告成吾
心在是遺意亦在是也昔大癡畫富春長卷經營
七年而成想其吮毫揮筆時神與心會心與氣
合行乎不得不行止乎不得不止絕無求工求奇之
意而工處奇處斷豈拈筆墨之人幾百年來

《題畫手稿》書影一（上海博物館藏）

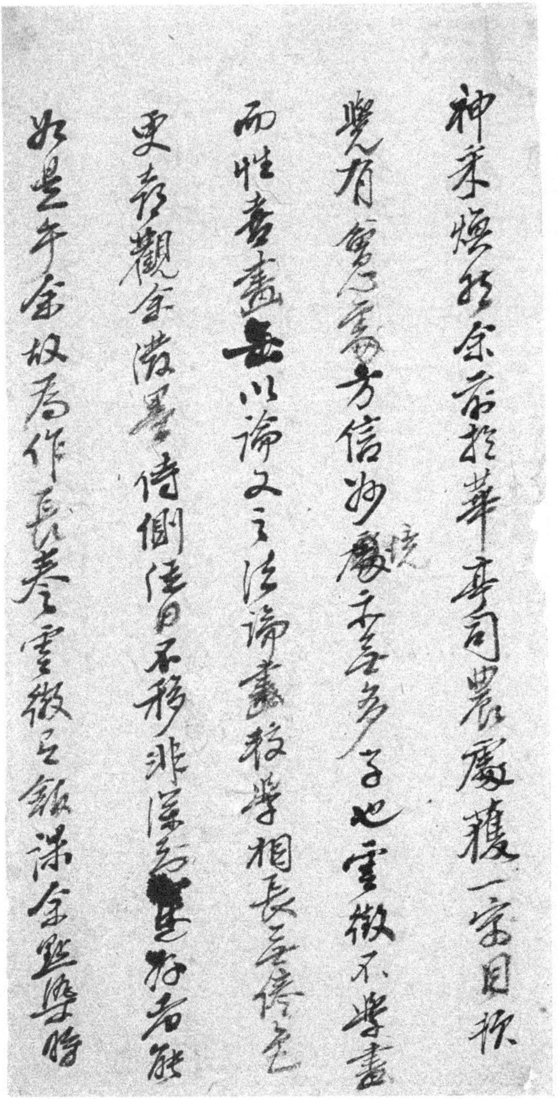

《題畫手稿》書影二（上海博物館藏）

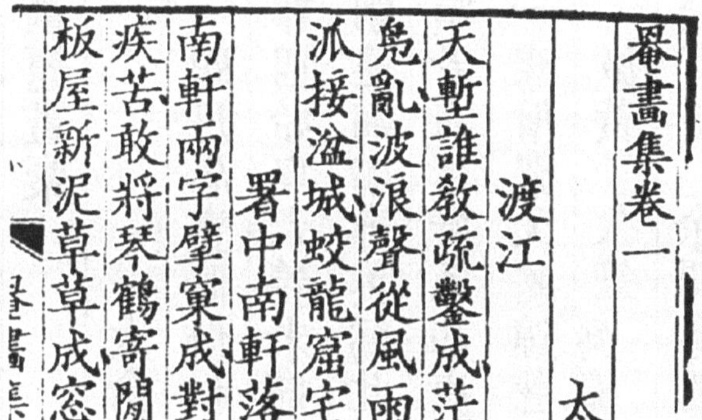

罨畫集卷一

太倉　王原祁茂京　著

渡江

天塹誰教疏鑿成、茫茫終古客心驚、帆檣影似鷗凫亂、波浪聲從風雨爭、源發三巴盤楚塞、流分九派接湓城、蛟龍窟宅雖云險、自信平生捩柁行、

署中南軒落成敬和　家大人韻二首

南軒兩字擘窠成、對此能令道氣生、閉閣中宵思疾苦、敢將琴鶴寄閒情、

板屋新泥草草成、窗前槐葉綠初生、繩床棐几堪

罨畫集卷一　一

《罨畫集》書影（山西大學圖書館藏）

麓臺題畫稾　補編卷第三十三

太倉王原祁茂京著

題丹思畫册倣叔明

畫如四始與六義未掃俗腸便爲累青山幻出平中奇剛健婀娜審眞僞此理山樵深得之扛鼎力中有嫵媚老而篤好不知疲譬如小戶飲輒醉寫以贈君君一噱僧寮又聽鐘聲至

倣黃子久筆　爲張南蔭作

西嶺春雲　余聞粤西多山少水拔地插天與此迴

《麓臺題畫稿》書影（《昭代叢書》本）

王司農題畫錄卷上

太倉王原祁茂京著　　六世從孫保譿輯校

仿大癡設色長卷

古人長卷皆不輕作必經年累月而後告成苦心在是適意亦在是也昔大癡畫富春長卷經營七年而成想其吮毫揮筆時神與心會心與氣合行乎不得不行止乎不得不止絕無求工求奇之意而工處奇處斐亹於筆墨之外幾百年來神彩煥然余前日於司農處獲一寓目頓覺有會心處方信妙境亦無多子也雲徵不學畫而性喜畫每以論文之法論畫數學相長無倦也更喜觀余潑墨侍側竟日不移非深知篤好者能如是乎余故爲作長卷雲徵有館課余點染時輒來指摘微茫推求精奥余恐其妨帖括之功亦時作而時輟竟歷三四年之久余心思學識不逮古人然落筆時不肯苟且從事或者子久些子脚汗氣於此稍有發現乎識之以博一粲

仿大癡設色爲粹成叔祖

《王司農題畫録》書影（《甲戌叢編》本）

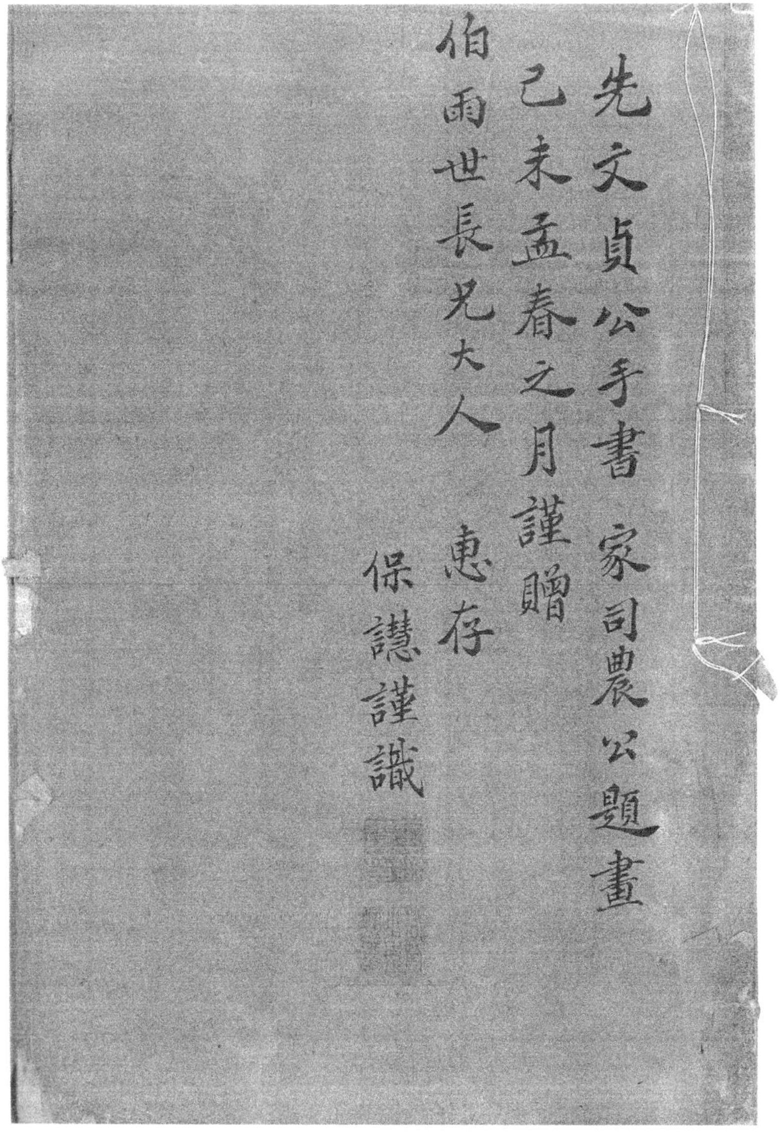

《司農題畫》書影之一（上海圖書館藏）

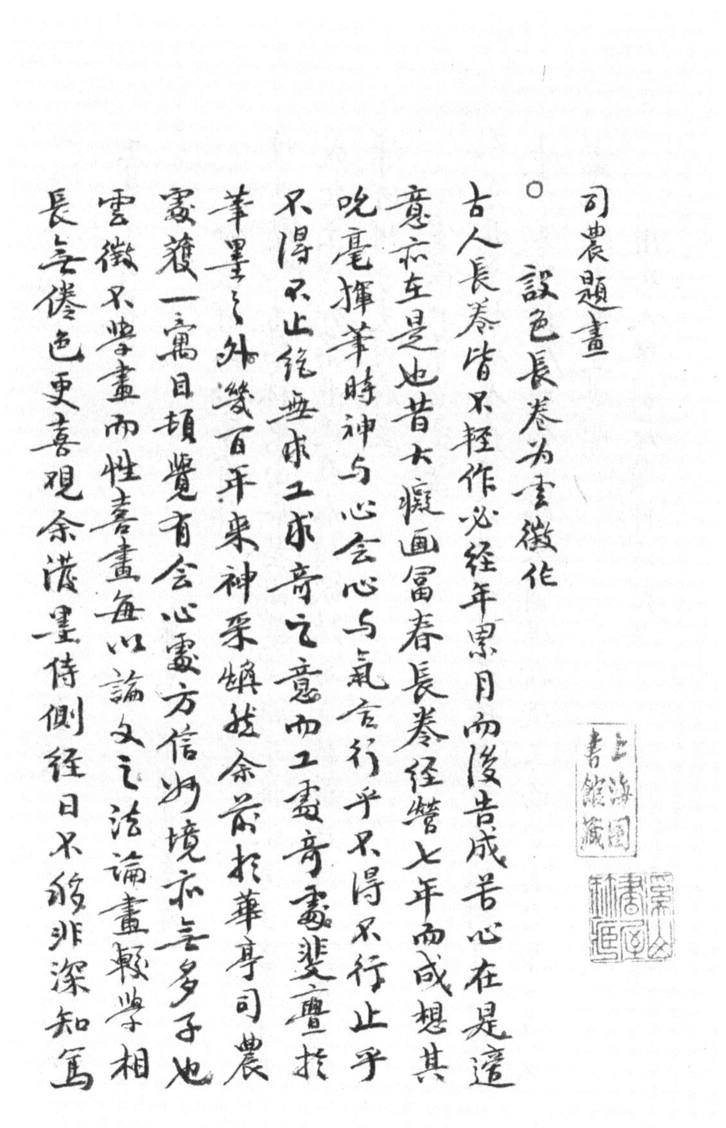

司農題畫

○設色長卷為雲徵作

古人長卷皆不輕作必經年累月而後告成苦心在是遣意亦在是也昔大癡畫富春長卷經營七年而成想其吮毫揮筆時神與心會心與氣合行乎不得不行止乎不得不止絕無求工求奇之意而工處奇處斐亹於筆墨之外幾百年來神采煥發余前於華亭司農處獲一寓目頓覺有會心處方信妙境亦無多子也雲徵不學畫而性喜畫每以論文之法論畫較學相長無倦色更喜觀余潑墨侍側經日不疲非深知篤

上海圖書館藏

《司農題畫》書影之二（上海圖書館藏）

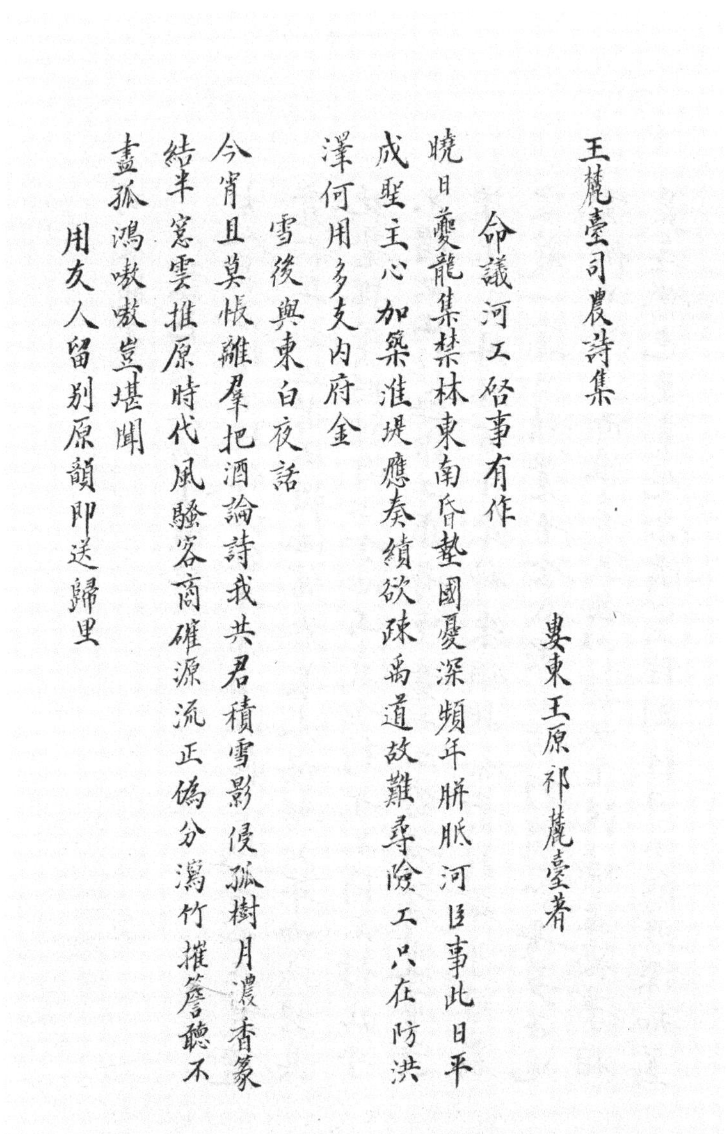

王麓臺司農詩集

婁東王原祁麓臺著

命議河工啓事有作

曉日夔龍集禁林東南昏墊國憂深頻年胼胝河臣事此日平
成聖主心加築淮堤應奏績欲疏禹道故難尋險工只在防洪
澤何用多支内府金

雪後與東白夜話

今宵且莫悵離羣把酒論詩我共君積雪影侵孤樹月濃香篆
結半窗雲推原時代風騷客商確源流正僞分瀉竹摧簷聽不
盡孤鴻嗷嗷豈堪聞

用友人留別原韻即送歸里

《王麓臺司農詩集》書影（上海圖書館藏）

出版説明

王原祁（一六四二—一七一五），字茂京、石師道人，别號麓臺，江南太倉（今屬江蘇省蘇州市）人。康熙九年（一六七〇）進士，觀政吏部。康熙二十年（一六八一），充順天鄉試同考官，稱得士，除任縣令。在任勤於政事，築隄以防水患，建橋以通水道，斃盜賊以安民命，明禩介以昭典禮，發倉儲以救尪羸，頗負令聲，或將其與同以經世才幹爲丹青藝事所掩之趙孟頫爲比。康熙二十五年（一六八六），奉命行取擢諫垣，改翰林，累官少司農。康熙五十四年（一七一五），以疾卒於官，特賜全葬予祭。生平事跡見唐孫華所作《墓志銘》以及王昶《王侍郎原祁傳》。

王原祁祖父王時敏爲清初畫壇領袖，故丹青爲其家事，幼即受祖父指點，研習繪事。張庚《國朝畫徵録》載：「（原祁）童時偶作山水小幅，黏書齋壁，奉常見之，訝曰：『吾何時爲此耶？』詢知，乃大奇，曰：『是子業必出我右。』間與講析六法之要、古今異同之辨。及南宫獲雋，奉常曰：『汝幸成進士，宜專心畫理，以繼我學。』於是筆法遂大進，而於大癡淺絳尤爲獨絶，熟不甜，生不澀，淡而厚，實而清，書卷之氣盎然楮墨外。」

王原祁在畫學上的成就，可以用「力厚思沉」一詞予以概括：一方面，其畫法精湛，筆墨講究，所作多爲精品，且大量流布於世，影響深而遠，可謂「力厚」。另一方面，其學識淵博，又嘗奉旨編纂《佩文齋書畫譜》，充任總裁，得以縱覽古人書畫論著，由此覃思精研，邃密舊學，深沉新知，提出了不少頗具價值的畫學理論。如其所著《雨窗漫筆》一書，余紹宋盛贊曰「此寥寥九條，頗多精義，固學畫者所當亟讀者也」（《書畫書録解題》卷之三），價值可見一斑。是爲「思沉」。另外，王原祁出身閥閲世家，又長期供奉内廷，得清帝賞識，「時海内清晏，聖祖右文，幾餘怡情翰墨，常召入便殿，從容奏對。或於御前染翰，上憑几觀之，不覺移晷」（《清史稿・王原祁傳》），是故同時景行者衆多。如此種種，使王原祁成爲清初「四王」中影響最爲深遠的一位，也是清代畫壇上舉足輕重的一位。

與王時敏頗爲類似，王原祁的著作文字在其生前也多未鋟版，僅刊有《罨畫集》一種。該書共三卷，收録王氏所作詩歌一百二十餘題。書前有王攄所作序，稱「合前後之作共若干，録爲二卷」，與此書實際三卷存在差異，則此書之刊刻當遲於王攄作序之「康熙癸酉春修禊日」，即遲於康熙三十二年（一六九三）。而書末所收《壽朱立雲七十》，查按同時人唐孫華《東江詩鈔》及毛師柱《端峰詩選》可知，此詩約作於康熙三十六年（一六九七），是知此書當在此前後刊印。《罨畫集》傳世者極罕，以致不少學者僅據傳聞而訛作《罨畫樓集》。目前所知，惟山西大學圖書館及日本東洋文庫各收有一部。而山西大學圖書館所藏本，已收入《清代詩文集彙編》中。

蓋自康熙後期起，清廷文網日密，士人因文字賈禍者衆多，故王原祁著述長期以稿本和抄本的形式流傳。直至逝世近百年後，王氏的部分著作纔得以陸續刊布：其一，爲收入嘉慶五年墨香居所刻《國朝名人畫論》之《雨窗漫筆》。該書又稱「論畫十則」，乃是記録王時敏所傳以及王原祁自己所悟作畫心得的文字。此書無流傳次第之記載，且卷首「論畫十則」小題孤懸，因有學者疑其爲殘本。除上述兩個版本外，該書有《四銅鼓齋論畫集刻》《清瘦閣讀畫録十八種》《美術叢書》等本，而以光緒間收入《翠琅玕館叢書》以及《畫學心印》本流傳最爲廣泛。

其二，爲道光間收入《昭代叢書》之《麓臺題畫稿》。該書共收王氏題畫文字五十餘則，其中多涉及對黄公望繪畫之討論。雖然書後有沈楙悳題跋，然於其來源則隻字未提。以内容揆之，或是後人就書畫輯録而出者。自是本刊出後，世間翻本頗多，如《畫學心印》本、《美術叢書》本等。

其三，爲民國間收入《甲戌叢編》之《王司農題畫録》，乃其六世從孫王保譿所輯校。該書分爲上、下兩卷，據王保譿書前題識稱「光緒間，公六世孫學農族兄承霽藏有親筆畫跋一册，先君子嘗借以録副，凡三十四則。後見有正書局排印本，多至六十四則。蓋即據《昭代叢書》本重印而稍有所增益。以家藏本校之，複見者僅八則。兹將二本統編，復從各家記録中蒐輯，共得二百一十四則，雖非全豹，當亦過半矣」，則該書實纂輯多種文獻而成。

相較於《麓臺題畫稿》及《雨窗漫筆》，《王司農題畫録》的突出特點是將各條之來源標於書前目録下，明確了文字之來源，頗便於讀者查閲。其中，卷上「仿大癡設色長卷」至「元四家異同論」乃出自手稿本，其餘則出自有正書局排印本《麓臺題畫稿》；下卷「仿黄鶴山樵秋山讀書圖」至「萬壑千崖卷」出自《吴越所見書畫録》，「仿子久爲曹廉讓」至「仿王叔明」出自《溪山卧游録》，「仿雲林意」出自《紅豆樹館書畫記》，「湖湘山水圖卷」及「仿子久長卷爲趙松一」出自《過雲樓書畫記》，「仿黄鶴山樵水墨卷贈吴玉培」至「仿大癡天池石壁圖」出自《古緣萃録》，「竹溪漁浦松嶺雲巖卷」至「文待詔石潮清勝圖詩畫卷」出自《虚齋名畫録》，「巨然雪景」至「仿諸名家山水册」出自《盛京故宫書畫録》，最後兩則「仿雲林設色小景」及「背寫大癡銅官山色圖」出自《神州國光集》。以當時的條件來看，該書輯校不可謂不富，編纂者不可謂不勤劬。因此，是本雖然訛字較多，但是依然極具價值。

因王原祁著述長期以稿本和抄本的形式流傳，故目前所存王氏著作的稿本、抄本尚屬豐富，且不乏珍本。例如，上海博物館即藏有王氏的題畫手稿本。該本共計二十九開，封面有佚名題簽，末頁有麓臺玄孫王應鈞題識。另外，凌利中先生推測：

「該册手稿，其中首頁第一則『仿大癡設色卷』，末頁第三十二則，以及中間第二十五則，内容皆不完整，表明爲不全本，應爲王氏家族後裔分家所致（時間應在乾隆年間）。」該本具體情況可參看《王原祁題畫手稿箋釋》一書以及相關論文，兹不贅述。

再如，上海圖書館亦藏有其題畫文字抄本一種。該本主要包括《司農題畫》《蓬心太守題畫》兩部分，其中的《司農題畫》與上海博物館所藏手稿内容基本相同。從抄本封面上王保譿所題的「先文貞公手書家司農公題畫。己未孟春之月，謹贈伯雨世長兄大人惠存」以及書中「朱圈者已見有正書局《麓臺題畫稿》」的朱筆圈點批注來看，此書或即其輯校《王司農題畫録》時所據的手稿本，亦即「公六世孫學農族兄承霽藏有親筆畫跋一册，先君子嘗借以録副」者。然而，抄本雖然是王保譿之父據王學農所藏稿本（即上海博物館所藏手稿本）抄録；但相較於手稿本，抄本多出了王應鈞過録所見真跡題跋兩則，這也是《王司農題畫録》卷上最後兩則的具體來源。

復如，爲上海圖書館所藏抄本《王麓臺司農詩集》。該書不分卷，無抄録時間及抄録者信息，僅扉頁有雙鉤「王麓臺司農詩集」等字樣。檢讀其内容，與萬新華先生

《中國繪畫大師精品系列·王原祁》書後所附據南京圖書館及國家圖書館所整理本《王麓臺司農詩集》文字及順序悉同，當時出於同一系統的。

此次出版《王原祁集》，即將上述各本以及王原祁其他存世文字重新梳理，彙爲一編，釐作十卷。爲便於讀者全面瞭解，現將各卷具體内容臚述如左：

一，卷一至卷三爲《罨畫集》，即據《清代詩文集彙編》所影本予以標點，并校以上海圖書館所藏抄本《王麓臺司農詩集》（以下簡稱「《詩集》本」）。

二，《詩集》本所收而《罨畫集》未録者，獨成一卷，收入書中，是爲卷四。

三，卷五爲《雨窗漫筆》，以《翠琅玕館叢書》本爲底本，校以《畫學心印》本，予以點校整理。

四，卷六及卷七分别爲《王司農題畫録》卷上、卷下，并校以上海博物館所藏稿本（以下簡稱「稿本」）以及上海圖書館所藏抄本（以下簡稱「抄本」）。因三本標題參差之處較多，以校勘記形式標出未免繁瑣，故此次出版以表格對照形式附入書後。

五，卷八爲《王司農題畫録補佚》，乃民國間陸以塈所輯，刊於一九四四年《江蘇文獻》。需要説明的是，雖然其標注出處方式與全書體例稍異，但是出於保持文獻原貌的考慮，故整理時未作改動。

六，卷九及卷十分别爲集外詩文輯佚和書畫題跋輯佚，乃就傳世文獻以及書畫等所存王氏詩文、書畫題跋所作輯佚，這兩部分的整理工作皆以文獻著録及收藏機構所藏爲主。至於拍賣所見書畫墨跡則未予收録。

除了上面提到的王原祁題畫稿三本標題對照表（《題畫録標題對照表》）外，書後還附録了《諸版本序跋彙編》《交游貽贈詩文選輯》《傳記評論資料選輯》以及《現當代評論資料選輯》，其中《諸版本序跋彙編》編輯了本書所收各本之序跋，以便讀者對各版本的版本流傳、具體内容等情況的瞭解；《交游貽贈詩文選輯》輯録了部分時人與王原祁交游唱和的詩文；《傳記評論資料選輯》以及《現當代評論資料選輯》則收録了各類史料中傳記和評論資料，希望對讀者全面認識王氏其人及其藝術成就有所助益。

在本書整理過程中，重點參考了郭繼生先生的《王原祁的山水畫藝術》、俞豐先生的《王原祁畫論譯注》、萬新華先生的《中國繪畫大師精品系列·王原祁》以及凌利中先生的《王原祁題畫手稿箋釋》等研究成果，特此説明。

目録

卷三　罨畫集三

卷十　書畫題跋輯佚……二〇三

卷一 罨畫集一

渡江

天塹誰教疏鑿成，茫茫終古客心驚。帆檣影似鷗鳧亂，波浪聲從風雨爭。源發三巴盤楚塞，流分九派接湓城。蛟龍窟宅雖云險，自信平生捩柁行。

署中南軒落成敬和家大人韻二首

南軒兩字壁窠成，對此能令道氣生。閉閣中宵思疾苦，敢將琴鶴寄閒情。

板屋新泥草草成，窗前槐葉緑初生。繩床棐几堪留客，話盡巴山夜雨情。

聞比部奉命勘水感賦

新綸捧出鳳城東，下吏勞勞手版通。雁叫寒汀秋水白，馬嘶斷岸夕陽紅。折腰今日思陶令，發粟何人是汲公。大陸幾時疏故道，悲涼心事望洋中。

新樂道中懷鞠振飛

一程高角曉風催，路踏霜花凍不開。雁起沙汀人渡去，魚吹煙浪馬驚回。山從代北雲中出，水自恒陽地裏來。五帝祠前堪縱目，懷人不覺更徘徊。

渡滹沱

古樹荒亭畔，長河落照間。戰爭何日定，來往幾時閒。雁過雲迷浦，人歸雪滿山。勞勞問津者，空使鬢毛斑。

觀吴道子畫水

柏林遺墨妙，兩壁水縱横。湍激看飛動，瀠洄見性情。蛟龍疑有窟，風雨若聞聲。怪得千年後，猶傳道子名。

堯山晚泊同景韓

出郭日云夕，鐘聲十里聞。孤城一片月，暮嶺幾重雲。火入深邨暗，鴉翻落葉紛。中宵爾我共，應不悵離群。

元夕富城驛即事

兩邑驅馳類轉蓬，更教佳節走西東。馬嘶暗踏莎間月，鳥宿驚飛樹杪風。扶倦懶行村逕黑，消寒强醉臘醅紅。老親此際偕兒女，銀燭清樽笑語中。

中山道中得大人寄示元夕詩遵韻遥和

火樹星橋恨不逢，馬蹄古驛路重重。人因薄醉貪看月，天作餘寒好送冬。夜静長空聞一雁，春陰殘雪滿千峰。高堂應念征途苦，屈指歸期話去蹤。

哭盛寒溪夫子

坐風立雪已無緣，天奪人師豈偶然。終老丘園逢此日，回思模楷在當年。招魂何處憑歸鶴，講道真成歎逝川。記得叮嚀高士傳，名山珍重一遺編。

欒城曉發時景韓之臨城寄懷宋性存

侵曉荒雞入夢催，暫時分手尚徘徊。馬銜宿霧山城去，雁帶殘星澤國來。客路病隨風月減，新年愁向弟兄開。舫齋書畫春宵酒，醉折何郎閣外梅。

侍大人於沙河洛陽社觀梨花遵和大人原韻

翠煖紅香得勝觀，皚皚西望正瀰漫。千村素影翻成艷，十里清光不帶寒。山氣平連雲作障，冰華旋繞玉爲盤。春郊載酒親顏喜，白髮皤娑倚醉看。

東山草堂歌

城隅卜築草堂静，斜插疏籬障花影。自憐下吏風塵中，來此心融俗務屏。多君情重屢招邀，掃地焚香出杯茗。閒徵雅令迭勸酬，坐待黄昏月升嶺。余雖騎馬非山翁，倒著接羅醉酩酊。君家太傅典午初，高卧東山以自娱。王謝風流始於此，是時江左稱〔一〕晏如。圍碁賭〔二〕墅示整暇，秦軍百萬摧須臾。君之名堂此意否，祖德孫謀兩不虚。謝氏子孫皆鳳毛，分題即席看揮毫。吟成共驚白雪高，嗟余官此心鬱陶。何幸勝地偕遊遨，飲惟文字真吾〔三〕曹。田園荒蕪不歸去，耻爲五斗常折腰。况今仕路吁可怕，兹邑洪流每妨稼。茫茫大麓水爲歸，萬落千村没廬舍。爲民請命心有餘，竊恐一官或遭罷。無端聖主忽見徵，平生竊禄殊無能。縱得優游脱簿領，終難悊闊辭友朋。行色匆匆將去此，念君歷落青雲士。雖然治行慙吴公，當以賈生薦天子。不盡凄其愴别情，桃花千尺水盈盈。吾知東山必一出，憂時未肯忘蒼生。觴詠欣同勝侣集，滿壁淋漓墨痕濕。爲君畫却草堂圖，碧樹紅泉試添入。

别任邑士民二首

襆被趨程拜命初，郊原父老擁行車。離〔四〕情轉恨徵書急，謝事猶慚製錦疏。半綬五年勞繾綣，一祠雙愛藉吹噓。臨分尚有低徊處，大陸沉淪賦未除。

征衣旋著淚痕斑，回首琴堂隔萬〔五〕山。相送依然同子弟，臨行渾似别鄉關。柳添離恨何須折，轅轉羈心莫再攀。此去舊遊難挹置，耕桑願爾各閑閑。

秋日實君宗岐見過

客來蕭寺款雙荆，人坐金天爽氣生。愧我清談非輔嗣，多君聯句似彌明。香分桂子樽前影，風引梅花笛裏聲。江上鱸魚秋正美，此時應起故鄉情。

贈梅仙用放翁九月三日韻

老來詩酒任疏狂，身世東西不繫航。正是鄉心逢候雁，還驚吟鬢有秋霜。步檐天作黄花氣，剪燭人親綠蟻香。此日放翁佳句在，笑他風雨近重陽。

上于大中丞五十韻

畿輔金甌固，天心簡大賢。中朝推柱石，百爾荷陶甄。附鳳乘洪運，摶鵬秉化權。建牙光海宇，曳履動星躔。清操關西并，高門定國傳。大才非止棘，初政試烹鮮。花滿潘安縣，琴鳴宓子絃。仁聲千里遍，民瘼一時痊。自拙陽城政，將歸彭澤田。每因吏議註，獨得聖心憐。才守平時著，賢能破格銓。州分潞水近，郡領石城專。甘雨隨朱轂，飛花拂錦韉。草生三國壘，山鎖六朝煙。杜母宜民日，文翁化俗年。忠因宸念注，名自御屏鐫。績奏仁心外，風聞惠政先。福星纔一路，雄臬即三遷。象服榮親賜，箕裘賴孝全。河流衝浩蕩，淮口困連綿。國賦憑千艘，漕渠重八埏。難成瓠子塞，空費水衡錢。柳岸高于屋，金隄直似弦。夏王功萬世，賈讓策三篇。鳳詔膺隆眷，龍墀拜肆筵。御庖陳玉膾，仙醴酌銀船。周召今重見，皋夔實比肩。股肱資佐理，鎖鑰制袤延。故事除文具，新條見静便。芒寒箕尾色，氣爽太行巔。正誼消貪墨，威稜絶螘蝝。農皆安緑野，士各奮青氈。薄俗還淳厚，澆風頓洗湔。衮衣謡遠近，章甫頌聯翩。汪濊流侯服，謨猷達細旃。渚陽爲壑久，大麓尾閭堙。故道難疏濬，無方可洩宣。懷襄淩北渚，汎濫失南阡。赤縣成蕪没，蒼生忍棄捐。哀鴻真可念，剜肉正堪悁。有淚含中夜，無關叩九天。愛民思請命，拯溺爲題蠲。澤自同偏覆，心先解倒懸。人情欣再造，吏道脱屯邅。謬作嘉禾植，羞爲香草搴。吹噓恩浩浩，感激意拳拳。頌禱非徒爾，高深敢忘焉。籌時勳莫并，致主道無偏。衆論推調燭，群心許濟川。他時書史傳，説命與同編。

家書至聞兩大人南歸賦此

千里關山兩地違，音書猶喜到庭闈。遥思明月秋江好，竟逐西風畫舫歸。南浦白雲看靄靄，故園黄菊正依依。明年覲省知何日，春水桃花憶釣磯。

别馬和景韓韻

不逢伯樂歎飄蓬，聲價何如都護驄。芳草路閒金勒去，高秋人對錦鞍空。勝遊憶踏青郊雨，失伴驚嘶白練風。惜爾驍騰應萬里，品題誰是浣花翁。

盆　魚

水貯名磁曲檻陰，錦鱗點點任浮沉。光輝似有金銀氣，游泳常懷荇藻心。敢借微波揚尾鬣，聊依拳石作山林。一朝放去離盆盎，風浪江湖恐正深。

寄題宋澄溪宛在軒四絶

分明傍水一吴航，夜月笙歌夢半塘。最喜山城留畫舫，依依花木近江鄉。

遶郭平沙泜水清，乘風欲借一帆行。歐公題壁蘇公石，笑聽船頭雪浪聲。

越水吴山正憶家，紅欄烏榜暫看花。莫嫌入饌江魚遠，此地忘歸有菜蝦。

三年宦海厭塵喧，愁苦如聞三峽猿。秋水蒹葭何處是，君留宛在我南軒。

玉河行

玉河河水清且漣，太液分流不紀年。金鰲玉蝀横空起，冉冉雲霞尺五天。五龍亭畔東風細，花萼樓開春日麗。紫艷紅芳遶苑墻，一枝流出天潢裔。中有伊人在水湄，搜來二酉通六藝。倚馬驚傳繡虎才，探驪耻學雕蟲技。更見雲山滿紙奇，二難兄弟看棠棣。我欲從之登瀛洲，蓬萊風隔三山頭。幾度望洋長太息，琪花瑶草何從求。迢迢天上支磯石，不得乘槎問消息。閉門酌酒對黄花，青鳥銜書到几席。開緘讀之心骨瑩，字字琅玕動秋碧。仙人近在彩雲端，神交便足清心迹。君不見梁園絲竹滿繁臺，賓從風流安在哉。又不見陳思篇章盛鄴下，寥落黄初良可哀。吾儕道義以相勗，視祓浮艷輕如埃。讀書正誼本忠孝，功名自不同蒿萊。玉河風高且勿渡，指日春迴冰雪開。

保和殿御試二十韻

橫空翔鐵鳳，旭日正曈曨。跡寄王畿久，心依魏闕崇。趨從閶闔下，來自簿書叢。意取知民瘼，名慙達帝聰。分題觀素藴，敷對竭丹衷。許國誠無術，臨軒乃至公。是非千載上，利病萬言中。必藉昌言益，毋矜勦説工。事期經史合，議與古今通。下吏瞻堯顙，蕪詞徹舜瞳。策惟求賈誼，賦不尚揚雄。既辱諮諏切，兼叨禮數隆。瑶牋青玉案，寶炬碧紗籠。杯泛瓊漿滿，盤堆玉饌饛。聖圖成海宴，主德兆年豐。宇内無鳴鏑，邊隅有挂弓。平生甘飲檗，仕路等飄蓬。茅拔逢休運，葵傾效小忠。才知非倚馬，技耻是雕蟲。所幸時方泰，康衢擊壤同。

懷徐東白姊丈

蕭蕭深巷掩柴門，契闊多年繫夢魂。賦急頓荒三畝宅，詩工甘老一山村。灌畦屐齒粘花片，補屋書窗積雨痕。姊弟睽違看六載，空函慚愧到家園。

哭景韓三首

渚陽真薄宦，小阮喜周旋。地瘠宜余拙，時艱仗汝賢。清依三徑月，愁共九秋煙〔六〕。到此成長別，招魂欲問天。

聞道辭家日，牽衣不忍分。筆畊思負米，病渴爲修文。夢斷江南月，魂飛〔七〕薊北雲。倚閭情倍痛，可使九原聞。

旅櫬城東寺〔八〕，淒淒陰火青。家書經月斷，閨夢幾時醒。有婦啼孤枕，無兒繼一經。哀詞和淚寫，哭罷叫蒼冥。

釋服述哀四首

幽憂三載恨終天，慟哭晨昏對几筵。風木無端乖夙願，劬勞未報痛餘年。繐帷又見宵來撤，翟茀空教畫裏傳。無限傷心追往事，淚枯還向北堂懸。

薄宦迎親到渚陽，三年事事斷人腸。愁顔不爲看花破，征檄偏當戲綵忙。冷署關心纏藥裏，長河放艇歷風霜。可堪回首牽衣日，送我登車淚幾〔九〕行。

深秋纔入掖垣扉，爲探平安遣訊〔一〇〕歸。闕下遲回〔一一〕瞻日近，雲邊消息望鴻稀〔一二〕。風寒江路人初到，月冷泉臺事已非。尤痛哀哀垂白叟，開緘呼搶淚沾衣。

楚雨淒風入暮春，憶將歸淚灑江津。漫看松菊如前日，欲拜椿萱少一人。去國豈知天漸遠，還家翻與死爲隣。流光回首成駒隙，泣血三年剩此身。

雲間訪家儼齋總憲觀大癡富春長卷歌〔一三〕

桃花水漲春潮急，路指茸城片帆入。槐堂主人春晝閒，觴詠追陪勝流集。示我子久富春圖，風雨能驚鬼神泣。此圖曾經劫火燒，幸不焦爛無門逃。韓詩《陸渾山火》「神焦鬼爛無逃門」。轉展〔一四〕流傳三百載，連城購者東南豪。一朝神物得所適，焦尾來自中郎宅。晴窗展卷白雲生，桐江移入空堂碧。水抱山迴重復重，石邊孤亭立萬松。浩渺江流環洞壑，漁莊蟹舍蒼茫中。兀然一山又崒嵂，槎枒怪木吹天風。煙嵐吞吐陰晴變，此身疑在嚴灘東。董巨齊驅風格老，取勝不獨在纖巧。平中求奇神骨高，南宋工妍〔一五〕盡排掃。逼塞夷曠兩天然，慘澹經營匠心造。金牛丹嶂開五丁，荒率蒼莽非草草。細探神妙入秋毫，滿堂觀者開懷抱。吾家曾藏石田筆，苦心追摹稱入室。今見元本通真宰，乃知化工莫能匹。歸舟想像不可求，高山流水空悠悠。若得天機入骨髓，便令作述堪同遊。

壽冒巢民八十

昂藏海鶴見精神，鬢角光〔一六〕生四座〔一七〕春。手盡萬金終好客，胸餘千卷不知貧。詞高黄絹無前輩，業繼青箱有後人。此日漢庭〔一八〕崇憲乞，徵書應得載蒲輪。

題鄒裕來秋水閣

南湖瀲灧浸長堤，楊柳絲絲蘸碧溪。話雨平添春水闊，放船恰趁夕陽低。勝游它日樽前憶，好景今朝畫裏題。辛苦留賓陶母事，還家急爲報萊妻。

范少伯祠

少伯遺蹤此地尋，亡吳青史未銷沉。扁舟不作鴟夷去，一劍難消鳥喙心。頓使蘇臺歸越絶，長令祠廟枕湖陰。功成身退留餘技，貨殖逃名意更深。

同山止上人外父李恒圃趙松一過楓樹嶺至天竺下憇三生石

盡日探奇興未窮，靈峰西上又從東。天高木落鳥飛外，寺冷泉流僧定中。雲散蒼崖開晚色，人沾白法當春風。三生石畔頻興感，喜得相親支許同。

遊韜光贈山止上人

捫蘿曲折逕〔一九〕添幽，乘興還須到上頭。雲樹半從空外見，江湖都在閣中收。山僧欲話當年事，刺史空傳昔日遊。爲愛戀光應惜别，吟君佳句更淹留。

岳王墳〔二〇〕

天意分南北，君心倚寇仇。十年隤一旦，三字恨千秋。谷響軍聲動，湖明戰氣浮。燕雲收未得，汴水淚同流。

于忠肅墓〔二一〕

不殺無名恨未窮，千秋碧血化長虹。閉〔二二〕關却是回天力，存國方成復辟功。山夜神歸飄怒雨，湖晴旗捲動靈風。廢興莫問當年事，故國銅仙漢祚終。

遊紫陽山

居然城市裏，洞壑白雲橫。石有飛來意，人傳化去名。林梢千嶂合，檻外一湖平。此地堪招隱，令余冷宦情。

同上水開士泛舟湖心亭

破曉同僧泛六橋，湖亭今作虎溪邀。芰荷霜冷香仍在，楊柳煙和色未凋。沙鳥遠投晴嶂〔二三〕去，山鐘時共晚〔二四〕風飄。高吟白傅勾留句，一半名心未易消。

宿雲棲竹窗

溪光山色晝陰陰，百丈清規在竹林。人去威儀思古德，天留蒼翠見禪心。窗虛下瞰松雲合，徑曲高懸佛火深。試向中宵聽梵唱，幽棲那復戀朝簪。

十八澗理安寺

路入西泠第六橋，寺門蒼翠認前朝。清溪竹密鳥聲静，古澗松多人語遥。谷口雲屯藏佛火〔二五〕，峰〔二六〕頭泉落接江潮。湖天斤斧搜應〔二七〕遍，喜剩幽深未採樵。

飛來峰

青山無去住，紺宇有興衰。塔影懸雙嶺，泉聲落一池。洞荒猿化後，僧定鳥歸遲。花雨今常散，終存慧理思。

寄漢陽張壽民明府

無邊漢水正悠悠，才子巖城久宦遊。嶓塚源流千里合，晴川風景一江收。冰霜夜判如山牘，秔稻香清對月樓。梓里關心期奏最，槎頭雖美莫淹留。

遊石壁次黄忍菴先生韻

到湖山勢折，石壁見風旛。遶屋梅花瘦，侵窗竹影繁。雲開波作鏡，崖抱樹爲門。極目心空處，翻嫌雙翠痕。

白雲洞

忽訝臨奇境，千峰對泬寥。巑岏塵跡少，蒼翠衲衣消。新竹疏泉眼，枯藤鎖石腰。禪心如可定，風雨鉢龍朝。

贈王石谷二首

烏目山頭自曳筇，丹青老去興偏濃。墨飛不數嘉陵壁，筆落猶如洪谷松。仙掌陰晴移一障，鵝溪尺寸削千峰。大癡酒醉河橋後，五百年來訪舊蹤。

摩詰傳來董巨雄，四家伯仲繼宗風。于今此道無知己，當代名人獨與公。妙筆直追唐宋上，苦心將闢霧雲中。回思弱冠論交日，深荷他山玉可〔二八〕攻。

別同年徐健菴先生留飲二首

華國文章信少雙，故應砥柱壓驚瀧。耆英年恰齊司馬，風度人還擬曲江。身列台星懸北極，家分藜火照西窗。匆匆欲別難爲別，小户因君倒玉缸。

憶自陳辭出禁林，高懷知不計升沉。即看柱史千秋業，已盡江潭三載心。梅雨尊憐鄉夢遠，桃花水記別情深。玉山山下分襟去，何處黄鸝聽好音。

登岱五十韻

驅車至東魯，煙霞興難遏。炎暑不登山，登岱乃午月。四更上籃輿，坡陀路昏黑。蕩蕩天門開，蜿蜒磴道密。上有聚仙樓，翬飛矗峰缺。迢遥[二九]初躋攀，仰面入寥泬。沿壑勢漸高，參差宰樹列。窈窕逐雲根，侵晨草露[三〇]滑。嵐容黯淡開，日氣空濛出。所經盡林麓，十[三一]里莽奔逸。喘息上嶺巔，迴馬標高碣。山腰仙掌平，玲瓏壯金闕。横崖亘且長，迤邐徑三折。紅泉落深澗，青靄聚幽窟。平野至天半，已與塵寰別。萬仞忽削成，雄哉李范筆。看山躡雲梯，蒼巖更詭特。精舍結數椽，朝陽洞深鬱。青峰與户齊，飄渺蕩胸膈。不知何峰頂，拱立如朝謁。登陟御帳巖，石坪大于室。廣容千人坐，湍泉迸[三二]清潏。傳自宋祥符，封禪曾駐蹕。摩娑大夫松，尚憶秦皇烈。到此山益奇，雲松〔三三〕合爲一。翠壁挂虬枝，孤筇〔三四〕凌木末。膚寸起濃陰，相顧忽相失。龍口益峭拔，石笋聳萬笏。巉絶僅容趾，肉薄争戰栗。高高十八盤，直〔三五〕與星辰逼。别徑稍縈紆，險峻行蹤絶。空谷望窅冥，雲濤翻溟渤。罡〔三六〕風木葉摧，青泥點石骨。嵯峨障蒼穹，飛鳥不能越。一綫漏日車，通天若箭〔三七〕筈。絶頂廣而平，朗然心目豁。珠宫耀碧城，元君香火設。殿庭鎖鑰嚴，郡國金錢溢。摩崖舊蹟存，開元鐫嵂崒。穹碑屹秦觀，篆籀豈湮没。翼然日觀亭，東望天柱突。灝氣虛無中，五色羅萬物。九點辨青齊，千重鋪蟻垤〔三八〕。近視敖〔三九〕徠峰，兀奡未及膝。遠矚長河水，細如衣帶裂。大地盡一瞬，荒荒杳無隔。平生所遊覽，靈異罕其匹。日晡身憊勞，倉皇下山疾。迴顧尚惝恍，奇睨〔四〇〕難盡述。明辰〔四一〕將戒途，佇想再遊悉。

懷隰州欽四兄

吾家五馬政如何，雨過春郊煙樹和。秦晉咽喉連上黨，山川形勝屬西河。官經三仕謳歌遍，麥有雙岐積貯多。一别十年成契闊，佇君丹陛共鳴珂。

半舫和同年錢廷尉葭湄韻

宛然畫鷁水中横，占盡幽閒勝閬瀛。不見白鷗眠渚晚，尚疑〔四二〕紅蓼傍簷清。浮家只在長安住，載石如從百粤行。蝦菜五湖雖〔四三〕可羨，功成〔四四〕未許拂衣輕。

寄廣信崔太守

牧民到處有賢聲，喜得南州露冕行。百粤西分千嶂秀，九江東下一溪平。山高鶴向天邊舞，日暖人從嶺上耕。遥想公餘吟詠處，翠微樓上曉風清。

題　畫

緑蘿陰下滿蒼苔，斜立柴門向浦開。屋後小山遮半面，青松深處有人來。

校勘記

〔一〕「稱」，《詩集》本作「稍」。
〔二〕「賭」，《詩集》本作「睹」。
〔三〕「吾」，《詩集》本作「哉」。
〔四〕「離」，《詩集》本作「關」。
〔五〕「萬」，《詩集》本作「幾」。
〔六〕「煙」，《詩集》本作「天」。
〔七〕「飛」，《詩集》本作「歸」。
〔八〕「寺」，《詩集》本作「市」。
〔九〕「幾」，《詩集》本作「數」。
〔一〇〕「訊」，《詩集》本作「信」。
〔一一〕「回」，《詩集》本作「徊」。
〔一二〕「稀」，《詩集》本作「飛」。
〔一三〕《詩集》本下有小注：「選入《詩派》。」

〔一四〕「轉展」，《詩集》本作「展轉」。
〔一五〕「姸」，《詩集》本作「研」。
〔一六〕「光」，《詩集》本作「先」，疑訛。
〔一七〕「座」，《詩集》本作「角」，疑訛。
〔一八〕「庭」，《詩集》本作「廷」。
〔一九〕「逕」，《詩集》本作「輿」。
〔二〇〕《詩集》本下有小注：「選入《詩派》。」
〔二一〕《詩集》本下有小注：「選入《詩派》。」
〔二二〕「閉」，《詩集》本作「開」。
〔二三〕「嶂」，《詩集》本作「瘴」。
〔二四〕「晚」，《詩集》本作「曉」。
〔二五〕「藏佛火」，《詩集》本作「含嶺氣」。
〔二六〕「峰」，《詩集》本作「樹」。
〔二七〕「應」，《詩集》本作「林」。

〔二八〕「可」，《詩集》本作「石」。
〔二九〕「遥」，《詩集》本作「遞」。
〔三〇〕「露」，《詩集》本作「路」。
〔三一〕「十」，《詩集》本作「千」。
〔三二〕「迸」，《詩集》本作「洴」。
〔三三〕「松」，《詩集》本作「峰」。
〔三四〕「节」，《詩集》本作「節」。
〔三五〕「直」，《詩集》本作「真」。
〔三六〕「罡」，《詩集》本作「置」，疑訛。
〔三七〕「箭」，《詩集》本作「剪」。
〔三八〕「垤」，《詩集》本作「蛭」。
〔三九〕「敖」，《詩集》本作「傲」。
〔四〇〕「睍」，《詩集》本作「覿」。
〔四一〕「辰」，《詩集》本作「晨」。

〔四二〕「疑」，《詩集》本作「餘」。

〔四三〕「雖」，《詩集》本作「良」。

〔四四〕「成」，《詩集》本作「名」。

卷二　罨畫集二

題博將軍園林十四首

東皋草堂

不到東皋路，聞開向野堂。緑齊含嶺色，紅近挹荷香。輞水名堪并，濠梁興自長。林園貪日涉，十畝傍幽〔一〕塘。

涚　溪

門外三篙〔二〕緑，清流得涚溪。不隨横浦去，分入小橋西。灌木岡頭合，垂楊水面低〔三〕。濯纓坐磐石，閒聽鳥聲啼。

香界菴

拈花傳教外，此道幾人求。白〔四〕業香風凈，一菴松影秋。妙音隨竹響，静理發漁謳。築室同蓮社，相期慧遠遊。

懷遠堂

華表雲深處，天然卜築宜。衣冠陳享室，風雨護穹碑。宿壠蒼[五]藤繞，平溪古木垂。鬱葱佳氣在，松柏有餘悲。

一枝閣

小閣忘機坐，悠然天地寬。頻來三徑好，聊借一枝安。春嶺雲含翠，荒村日落寒。憑欄窮遠目，如入畫圖看。

暈香亭

幽篁分曲徑，亭子帶山家。雨過紅香潤，風來緑影斜。庭堦盈蕙艸，几席映梅花。寶鴨何勞炷，氤氲隔絳紗。

竹塢

平岡一帶緑，萬竹曉煙侵。倒影晴溪暗，吟風午榻陰。經寒猶翠色，無雨亦清音。與可當年畫，蕭疏共此深。

紅蓼灘

水淺岸痕高，輕紅染嫩條。影垂雙鷺立，枝動一船摇。露重欹寒渚，風多倚畫橋。夕陽前浦下，返景最妖嬈。

嘯臺

地迥山雲静，天空木葉清。登高試一嘯〔六〕，餘響發深情。玩世悲嵇子，臨風憶阮生。臺空砧杵急，四野落秋聲。

川上

亭皋一徐步，極目望晴波。漁唱夕陽亂，征帆秋水多。津梁通地軸，輸〔七〕輓接天河。會得川流意，盈虚發浩歌。

杏墅

聞説桃源路，何如杏墅中。一枝含夜雨，十里艷春風。燕掠平蕪緑，鶯啼芳樹紅。花村來往慣，賣藥問仙翁。

北瀨

爲愛東田景，來看北瀨泉。沙虚雲淡淡，渚净〔八〕月娟娟。緑藻遊魚唼，青蒲乳鴨眠。隔溪漁艇繫，疏柳板橋邊。

蓝泉

愛此一泓净，汲來珠滿瓶。尋源通别澗，辨味得中泠。松下安茶具，窗前注水經。文園待消渴，簇火唤樵青。

老是菴

出郊貪晏息，擇地絶煩喧。倚杖〔九〕臨流樹，誅茅背郭村。晞光侵幌隙，月影上衣痕。消盡閒中趣，厖公老閉門。

寶刀篇

吾聞寶刀鑄歐冶，價重千金無識者。夜來光氣嘗上騰，神物豈在干將下。斬蛟長橋血不乾，提出六月空堂寒。若與公孫大娘舞，秋林飛盡〔一〇〕木葉丹。有客藏自親身匣，與人報讎非所怯。丈夫志在清風塵，立功沙場還獻捷。扁舟臘月蘭陵歸，冰華簌簌霜滿衣。舟行數里天未曉，水面賊舸如雲飛。短槊長矛競相向，開艙迎敵氣方壯。揮刀削肉江水紅，賊勢披靡莫敢抗。明朝江上見浮屍，知是寶刀之所爲。有材如此世不用，老驥伏櫪良可悲。未許輕隨秦女休，直須西取郅支頭。莫以沉埋頻自歎，時危早去覓封侯。

題晴雲書屋

爲愛平津邸第閎，蕭齋結搆喜功〔一一〕成。人來坐石停雙屐，客到烹泉沸一鐺。閣外煙浮芳樹色，溪邊風襯落花聲。留連莫惜歸鞭晚，坐待仙郎出鳳城。

上宛平相公二十四韻

元老千官〔一二〕表，天工一柱擎。青箱推世業，黃閣擅家聲。曳履詒〔一三〕謀遠，垂裳倚毗〔一四〕榮。廿年尊德位，四國仰忠貞。帝念深彌注〔一五〕，臣心寵若驚。枌榆頻賜沐，鼎鉉遂調羹。猶憶三方動，曾調九伐征。廟謨銷孛彗，文德掃欃槍。重譯共球集，中朝藻鑑清。絲綸同闔闢，門第獨崢嶸。道積心逾下，功高眷不輕。經邦添素髮，報國盡丹誠。幃幄兼師傅，訏謨重老更。星辰依黼座，霖雨慰蒼生。壽域期方永，洪鈞化更宏。涼風吹玉律，湛露挹金莖。座對西山迥，臺連北斗横。露桃千歲〔一六〕熟，晝錦五雲晴。事業書金管，謳謡滿碧城。樗材叨世講，蘭譜仰宗盟。奕世交尤渥，頻年意轉傾。祇緣蒙獎借，遂使竊微名。獻納迴清鑒，高深冀曲成。南山行獻頌，長見泰階平。

春遊即事四首

左安門外好春光，一路青溪紅杏香。愛殺板橋新柳下，遊人幾簇醉斜〔一七〕陽。

珠宮金碧古塘隈，半里松陰夾道開。無數香車南陌上，人人説是進香來。

浮萍荇葉正田田，幾處名園緑水邊。聽説淮王時載酒，笙歌小醉落花前。

三月花枝照眼明，大堤多少賣花聲。迎香亭畔鋪歌席，猶喜今朝未送春。

花朝

一官辜負此良辰，忽見天街嫩緑勻。花信正從今日始，春光還較去年新。鄉書久闊常〔一八〕穿眼，家釀輕寒易入脣。聞道西山風景好，慇懃説向〔一九〕未歸人。

懷同年開建張明府虎臣

種松歲久起龍鱗，江上窮經秋復春。不作漢廷〔二〇〕簪筆吏，暫爲嶺嶠看花人。彈琴月照桄榔暗，開徑風清薜荔新。越徼燕臺千萬里，音書莫惜往來頻。

三槐行

君家文正真宗朝，君臣魚水成泰交。執政中書十八載，兵革不動民殷饒。世稱陰德惟王氏，皇考遺〔二一〕言載青史。逆知後世必有興，手植三槐識於此。推誠保順蓋有公〔二二〕，名顯景德祥符中。廟庭〔二三〕配食光奕禩，天子報功禮亦隆。萬事倉皇在南渡，繁華艮岳嗟非故。惟時太尉從鑾輿，偏安移向姑胥住。留得空堂在有莘，西風花落自成陰。垂垂一樹天南北，從此相思秋復春。未識君爲孫幾葉，五百年後瓊枝發。常工奏記諸侯門，把酒邢臺醉明月。慚愧余非製錦才，折腰曾莅渚陽來。賴君幕下周旋久，兄在郡伯魯公幕。異地塤篪亦快哉。憶從襄國同遊宴，倏忽雲流還雨散。焚草余方備掖垣，攜琴君自之〔二四〕花縣。南服雄藩是邵陵，獨于劇邑擅能稱。循良奏最同黄霸，旦晚飛書下見徵。塞路歌謡樹佳政，它時合得高門慶。未必今人讓古人，後先并著勳猷盛。回首三槐世澤多，風前長憶舞婆娑。只緣祖武君能繼，會見新條布舊柯。

和隨菴叔自壽六首〔二五〕

德星中朗〔二六〕少微星，上壽添籌卜鶴齡。世重老成常問禮，身爲猶〔二七〕子久觀型。論交蔣詡開三徑，稽古桓榮守一經。更喜嚴親共晨夕，花前小酌醉還醒。

讀易窗前歎遇屯，劉蕡屢躓困風塵。三年不作窺園客，一枕方爲卧雪人。白璧每羞輕自玷，青山終老竟甘貧。分明被放江潭上，漁父相親願卜隣。

門封函谷一泥丸，盡却塵囂肯耐寒〔二八〕。老去精神如鶴健，愁來風味帶梅酸。園荒掃徑留僧住，窗冷攤書對酒歡。附郭雖拋心自樂，獻椒人喜坐團圞。

詩律能將愁思攻，高懷那復計途窮。崇情淡遠宗陶令，鍊句精嚴擬放翁。興到樓頭邀嶺月，吟成紙上落松風。當今若重輶軒採，隱逸明徵亦至公。

翰墨源流世莫知，菁〔二九〕華採擷是吾師。規摹虞褚書能瘦，出入倪黄筆不癡。登閣解衣塵事遠，尋山躡屐古人期。勝情寄託誰堪比，摩詰風流或在兹。

不慕聲華不博名，翛然到老薄肥輕。飲醇座〔三〇〕上人皆醉，樂道庭前草自生〔三一〕。剩有清貧安故轍，惟將書卷對寒檠。盡忘巧拙隨時命，杖國猶高月旦評。

觀碁十二首

黑白縱横間道分，精嚴如列鸛〔三二〕鵝軍。移時聲逐庭花落，一局敲殘起暮雲。

鴻溝劃界立雄關，南北中分指顧間。審局機先争一著，天然布就小江山。

乘虚侵綽破堅城，拔幟驚看入壁行。鼓角不聞先設伏，東南風急出奇兵。
奇謀潰腹在攻堅，局促偏安殊未然。保障中原須勝算，先令飛將急防邊。
恍如楚漢奪滎陽，日落孤軍轉戰忙。不道危機留寸地，只爭一子決興亡。
已入重圍恐震隣，巧思絶地忽逢春。相持且作三年計，諸葛當時在渭濱。
機深一錯便成乖〔三三〕，戀子孤危事不諧。圖大莫令貪小利，邊隅決計棄朱〔三四〕崖。
短兵相接陣雲昏，首尾長蛇勢欲吞。轉敗爲功須巧换，陰符八面有奇門。
四戰争强恐不禁，鋭師攻角老謀深。一丸從此封函谷，想見英雄割據心。
一局將成百戰終，機關到此益求工。桑榆收拾應留意，好在殘山剩水中。
數通河洛有真傳，小技中藏先後天。火候到時成九品，也須熟讀十三篇。
小窗竹雨夜生寒，客到挑燈酒後歡。豈有禪心同一行，圍棋只作霧中觀〔三五〕。

賦得退食遲迴違寸心〔三六〕

退食遲迴違寸心，蕭齋寂歷對春陰。班聯敢道居官苦，封事誰能報國深。夜直風傳宮漏静，早朝星帶曉鐘沉。虛縻廩禄〔三七〕慚無補，不及山城抱一琴。

繭　花

乍離蠶箔鬬鮮華，隋苑當年未足誇。不待抽絲成美錦〔三八〕，頓教裁〔三九〕玉發奇葩。辟兵插處符分彩，長命懸來縷似霞。贏得雲鬟添嫵媚，回眸認取一枝花。

繭　虎

於菟巧傍緑雲生，纖手春蠶著意成。偶爾剪裁仍跳躍，雖然束縛亦猙獰。髩〔四〇〕邊插却嵎同負，釵畔横來劍〔四一〕有精。聞道繭絲時世重，早驅乳虎上頭行。

題卓火傳傳經堂二首

文章尊一代，俎豆祀〔四一〕千年。宅是高人住，經隨後裔傳。琴樽存手澤，禮樂載芸編。此地臨秋水，門前好泊船〔四三〕。

儒術榛〔四四〕蕪久，斯文萃一門。孤忠推遠祖，純孝得文孫。賓從人千里，詩書日萬言。請看劫火後，堂搆幾家存。

賦得虛心高節雪霜中

霜欺雪壓傍簷分，不改清陰尚出群。心以中通能協律，節因外直欲凌雲。蕭蕭影向閒堦見，簌簌聲從静夜聞。試看琅玕真比玉，瑣窗無語立斜曛。

題錢葭湄待漏圖二首

玉立長身迥出群，彤墀香靄〔四五〕望氤氳。當年封事曾同我，此日披圖忽〔四六〕見君。鐵鳳横空啣曙色，玉龍迎日卷晴雲〔四七〕。清卿奏對多平〔四八〕允，不寢書思到夜分。

未央宫樹曉蒼茫〔四九〕，紅日三竿憶故鄉。踏月影隨庭燎火，戴星寒點鬢毛霜。班聯心喜天顔近，登降身勞御路長。好待功成歸洛社〔五〇〕，園林花鳥任徜徉。

顓菴叔有閣學之命賦以賀之

昔者謝臨川，賦詩述祖德。爲於太元始，一戰秦師克。時惟神宗朝，儲位幾屢易。藉我文肅公，屹然安磐石。國本既云固，功德曷有極。流慶及曾元，宜乎綿世澤。家塾少追隨，長而共通籍。叔入承明廬，時號登瀛客。既以扇枕歸，東山自偃息。鞅掌簿書勞，仕路我逼仄。天子忽見徵，備員厠左掖。叔姪官京華，聯鑣長安陌。叔今大位登，身在日月側。密勿相周旋，朝廷多裨益。轉眼即三遷，功名將枋國。宗族邀寵光，匏繫資生色。如今方渴賢，聖明嘗側席。何以慰旁求，飢溺同禹稷。

寄答程鄉曹九咸

多君寄我數行書，喜得開緘慰索居。將〔五一〕母心方寬負米，看花操不改懸魚。檳榔味佐官厨薄，椰葉陰遮講舍虚。聞道天南經指授，韓門弟子復何如。

興安李□□世兄

復試牛刀别帝京，去年酌酒送君行。紅花歷亂山城小〔五二〕，白石嶙峋沙水清。三輔謳思猶在口，兩江絃誦已先聲。金門夜月相思處，不盡天南旅雁情。

贈沈周二生三首

君能顧曲亦能詩，白雪人稱絶妙詞。貽得青山留一笑，莫教紅豆惹相思。
傅粉何郎絶代無，雙鬟小立又當壚。豐姿綽約柔無骨，彷彿前身是玉奴。
斂笑凝眸四座驚，當歌争讓遏雲聲。一時艷冶傾京洛，周沈齊名是二生。

送魏□□世兄之任高州

燃藜曾讀石渠書，五馬旋驅粵嶠車。欲爲炎方扶弊俗，故教學士領新除。梅花信報春風候〔五三〕，椰葉陰開曉瘴餘。薊北嶺南天萬里，關心憑雁問何如。

送憲尹弟出守紹興二首

啣恩新守越州城，秋水之官一棹輕。屏障舊爲才子地，琴書今喜使君清。雨來秦望雙旌入，潮送錢塘五馬行。此去知君能臥理，訟庭簾捲翠峰横。

河橋疏柳尚垂陰，南浦依依話别心。童叟江〔五四〕頭争望歲，弟兄輩下惜分襟。蘭亭修禊觴頻泛，剡曲移舟雪正深。勝地吾家多勝事，風流太守重追尋。

八叔新齋落成同宋堅齋葯洲台臣七叔九叔幼芬弟夜飲

屋外青山對落暉，相隨二仲款雙扉。室陳法物圖書滿，厨出鄉蔬笋蕨肥。桂月窺簷光照座，菊花摇壁〔五五〕影侵衣。樽前相顧皆相識，此夕忘形快息機。

計閶昭扇頭匡吉畫桃花一枝索余補石因題

庭前草緑肥，惜春春已失。紈扇寫紅桃，一枝留艷質。片石補其旁，雲根間疏密。願子努力焉，早入熙筌室。

自題畫册六絶句

蟹舍漁莊略彴〔五六〕邊，柳絲荷葉鬬清妍。十年零落荒園景，彷彿當時趙大年。

青柯坪上翠〔五七〕重重，秋染霜林一樣濃。屋外飛泉雲外寺，西瞻天半插芙蓉。

重岡側面出煙鬟，雲樹周遭鳥去還。半幅巒容寫荒率，曉來剪取富春山。

皴皵分明篆籀垂，吴興變化筆端奇。苦心欲會山樵意，春曉丹臺是我師。

大家董巨是前身，獨闢縱横筆有神。學得梅花真面目，蒼山秋霽夕陽新。

高士纖塵不肯留，墨痕何處寫清幽。蕭蕭佳趣時能得，林影山光象外求。

題赫澹士聽楓書屋

蕭疏結搆桂堂東，不與山林野趣同。霜葉移來新築下，秋聲只在數枝中。琴書影帶簾前月，蕉雪毫揮硯底風。嬴得高人詩思好，更遲青女作霞紅。

上平原總憲〔五八〕

鐵冠當日著丰標，保障東風〔五九〕七載遥。江表至今思節鉞，柏臺重喜傍雲霄。運儲蕭相功應并，開府羊公德自饒。身在朝端方執法，霜威炎暑不能消。

次男諤南歸漫成

間關北上不辭辛，朔雪炎風道路頻。家遠最思垂白老，官貧難遣欲歸人。林邊繫〔六〇〕馬休〔六一〕沽酒，雨後逢村好問津。努力莫嗟〔六二〕登涉苦，明春盼汝踏京塵。

雪後與東白夜話

今宵且莫悵離群，把酒論詩我共君。積雪影侵孤樹月，濃香篆結半窗雲。推原時代風騷合，商確源流正變〔六三〕分。瀉竹摧簷聽不盡，孤鴻嗷嗷豈堪聞。

和東坡雪韻二首

薄暮花飛六出纖，忽聽寒鼓傍城嚴。飄來作陣疑霏玉，掃去成〔六四〕堆似積鹽。幾處漁舟横野渡，一群飢雀噪低簷。山莊霽後真圖畫，敢與詩人鬭筆尖。

栗烈風吹散曉鴉，紅爐宫炭進千車。寒光不夜疑同月，小點先春欲作花。漠漠青山迷地脉，高高白玉見天家。願依嶽麓尋禪客，煨芋欣看撥火叉。

和沈台臣留别原韻即送歸里〔六五〕

京雒相依慰半生，師傳共喜侍康成。學將求禄還師古，心切寧親不戀名。君去衝寒馳驛路，我留退食〔六六〕對棋枰。臘消春漲桃花水，把酒頻深悵望情。

和東坡餽歲別歲守歲三首

辛盤有餽遺，筐篚榛栗佐。交道貴悃誠，而乃重食貨。蓬户與朱門，往來隨小大。囊無一物獻，羞〔六七〕澁掩門卧。乾餱禮數愆，難厠親朋座。雜沓紛交衢，渾如蟻附磨。嗟此真薄俗，較量多責過。歲暮偶感懷，坡詩勉爲和。

嚴冬趨闕下，待旦日出遲。駒隙忽除夕，羲馭不可追。念彼貧賤者，飢驅走天涯。我今非落魄，云胡不趨時。肉食藉攀附，乘策何堅肥。閉門詠伐檀，局促良可悲。送窮當今夜，爲我前致辭。三陽啟泰運，勿使世道衰〔六八〕。

秋冬鷹隼疾，過時縱虺蛇。春日煦萬物，莫令雲霧遮。明辰履端始，晞光竟若何。夜半天衢静，騶從尚不譁。濁酒聊自酌，羯鼓且復撾〔六九〕。爆竹聲未歇，星斗已西斜。從此欲奮翮，失足恐〔七〇〕蹉跎。英才早致主，迂拙豈敢誇〔七一〕。

壬申除夕

臘盡春催淑景舒，素餐自愧負居諸。律回黍谷寒方解，酒醉〔七二〕椒盤歲已除。綵勝又看今夜剪，斑衣還與老親疏。徐聞街鼓頻頻轉，趨向金門待漏初。

校勘記

〔一〕「幽」，《詩集》本作「池」。
〔二〕「篙」，《詩集》本作「間」。
〔三〕「低」，《詩集》本作「齊」。
〔四〕「白」，《詩集》本作「百」。
〔五〕「蒼」，《詩集》本作「花」。
〔六〕「嘯」，《詩集》本作「笑」。
〔七〕「輸」，《詩集》本作「軸」。
〔八〕「净」，《詩集》本作「静」。

〔九〕「杖」，《詩集》本作「伏」，疑訛。
〔一〇〕「盡」，《詩集》本作「來」。
〔一一〕「功」，《詩集》本作「初」。
〔一二〕「官」，《詩集》本作「秋」。
〔一三〕「詒」，《詩集》本作「貽」。
〔一四〕「毗」，《詩集》本作「畀」。
〔一五〕「注」，《詩集》本作「切」。
〔一六〕「歲」，《詩集》本作「載」。
〔一七〕「斜」，《詩集》本作「夕」。
〔一八〕「常」，《詩集》本作「長」。
〔一九〕「向」，《詩集》本作「與」。
〔二〇〕「廷」，《詩集》本作「庭」。
〔二一〕「遺」，《詩集》本作「道」。
〔二二〕「公」，《詩集》本作「功」。

〔二三〕「庭」，《詩集》本作「廷」。
〔二四〕「之」，《詩集》本作「至」。
〔二五〕《詩集》本題作「和三叔自壽詩六首」。
〔二六〕「朗」，《詩集》本作「朝」。
〔二七〕「猶」，《詩集》本作「游」。
〔二八〕「門封函谷一泥丸，盡却塵囂肯耐寒」，《詩集》本作「清高雅愛服冰丸，門第誰憐范叔寒」。
〔二九〕「菁」，《詩集》本作「青」。
〔三〇〕「座」，《詩集》本作「坐」。
〔三一〕「生」，《詩集》本作「春」。
〔三二〕「鷗」，《詩集》本作「鷴」。
〔三三〕「乖」，《詩集》本作「差」。
〔三四〕「朱」，《詩集》本作「珠」。
〔三五〕「觀」，《詩集》本作「看」。

〔三六〕《詩集》本題作「無題」。
〔三七〕「虚麋廪禄」,《詩集》本作「只今衮職」。
〔三八〕「美錦」,《詩集》本作「異飾」。
〔三九〕「裁」,《詩集》本作「栽」。
〔四〇〕「髩」,《詩集》本作「鬠」。
〔四一〕「劒」,《詩集》本作「目」。
〔四二〕「祀」,《詩集》本作「享」。
〔四三〕「門前好泊船」,《詩集》本作「門來李郭船」。
〔四四〕「榛」,《詩集》本作「蓁」。
〔四五〕「香靄」,《詩集》本作「候曉」。
〔四六〕「忽」,《詩集》本作「又」。
〔四七〕「鐵鳳横空啣曙色,玉龍迎日卷晴雲」,《詩集》本作「金鑰曉風開曙色,玉龍斜月擁江雲」。
〔四八〕「平」,《詩集》本作「年」,疑訛。

〔四九〕「未央宫樹曉蒼茫」，《詩集》本作「趨朝五夜路微茫」。
〔五〇〕「歸洛社」，《詩集》本作「身後退」。
〔五一〕「將」，《詩集》本作「養」。
〔五二〕「小」，《詩集》本作「外」。
〔五三〕「候」，《詩集》本作「後」。
〔五四〕「江」，《詩集》本作「心」。
〔五五〕「壁」，《詩集》本作「碧」。
〔五六〕「彴」，《詩集》本作「約」。
〔五七〕「翠」，《詩集》本作「草」。
〔五八〕《詩集》本題作「呈平原總憲董老師」。
〔五九〕「風」，《詩集》本作「南」。
〔六〇〕「繫」，《詩集》本作「憩」。
〔六一〕「休」，《詩集》本作「稀」。
〔六二〕「嗟」，《詩集》本作「辭」。

〔六三〕「變」，《詩集》本作「僞」。
〔六四〕「成」，《詩集》本作「分」。
〔六五〕《詩集》本題作「用友人留别原韻即送歸里」。
〔六六〕「食」，《詩集》本作「舍」。
〔六七〕「羞」，《詩集》本作「差」，疑訛。
〔六八〕《詩集》本題作「别歲」。
〔六九〕「撾」原作「檛」，據《詩集》本改。
〔七〇〕「恐」，《詩集》本作「思」。
〔七一〕《詩集》本題作「守歲」。
〔七二〕「醉」，《詩集》本作「對」。

卷三　罨畫集三

癸酉元旦

螭頭曉立玉繩横，又見長安節物更。趨闕得瞻天仗近，占年喜值歲朝晴。香閨頌獻椒花暖，丈室禪參〔一〕柏子清。好寄平安故鄉去，任教華髮鏡中生。

燈市歌

長安元夜多冶遊，金鞍玉勒嘶驊騮。巨鼇海上三山浮，點綴豐年人不憂。鬼工靈妙集九州，珊瑚爲樹〔二〕翡翠鈎。越羅蜀錦皆見收，丹青金碧窮雕鎪。仙人笙鶴來十洲，水天惝恍不可求。陣前萬騎揮戈矛，龍旗虎帳風颼颼。滄江冰雪漁父愁，老樹槎枒一葉舟。風亭月榭春復秋，花香鳥語傳枝頭。造化奇文景物裒，移來一一晶光流。佳節天人弄綵毬，珠璣錯落花枝稠。我亦停驂倚畫樓，望之煙霧迷雙眸。黄塵十丈雜車牛，翠羽明璫委路溝。肩摩轂擊難淹留，擁衾歸卧蕭齋幽。夜闌歌舞猶未收，不知何處彈箜篌。

元夕誦侯叔入都志喜

忽聞借寇阻行裝，得免蠶叢道路長。京國重來喧語笑，征鞍纔下共壺觴。一年燈月逢今夜，同集親朋勝故鄉。更喜寒暄相見後，頻將健飯説高堂。

呈玉泉和尚用少陵謁旻公上方韻

棲禪山寺裏，我亦愛山居。羈絆未能往，時與丈室疏。天風從東來，春萌暖欲舒。飛錫下雲壑，還復顧我廬。軒然倚杖坐，相對障翳除。笑指庭草緑，宗風已無餘。一宿高峰去，禪心逈如如。微言解粘縛，實義了不虚。賤子本鈍根，榛蕪豈有耡。偶爾沾微禄，軟塵滿襟裾。何時出世網，真宅免爲墟。金篦藉開導，直指少室初。心香聞妙法，到處或逢渠。願言逐龍象，努力煩吹嘘。

送吴商志之大梁

自古安危仗出群，奇才世共説參軍。未容姓氏塵中識，先有韜鈐海外聞。上谷馬嘶沿戍草，繁臺人眺隔河雲。信陵好士傳千載，虛左于今又屬君。

送序璜兄南還葬親

多年老兄弟，執手在渚陽。十日便判袂，我北君南翔。我歸讀禮日，君出謀稻粱。相思不相見，蹤跡同參商。庚午來京邑，晤時飛秋霜。辛苦各慰勞，驚視鬢髮蒼。從此罷行役，不復走四方。元瑜工奏記，迂拙資匡襄。三年如一日，塤篪快同堂。日月坐云邁，遊子心悲涼。思親吟陟岵，望雲每飛揚。欲別重惜別，方將理歸裝。仲冬家書至，開函摧肝腸。哀毁幾滅性，朝夕惟呼搶。骨肉誼關切，欷歔送奔喪。脱驂無可贈，中夜心徬徨。君行且强飯，勿以哭泣傷。君行須努力，勿憂道路長。還家告祭畢，尺素頻寄將。臨岐再三訂，聚首在大祥。

撤棘後簡汪文漪太史并留別諸當事

重重魚鑰棘闈深，蕭颯簾櫳夜雨侵。乍響絲桐欣叶律，初栽杞梓待成林。榮身分合酬書卷，報國心寧愧影衾。佇看蓬樞人四十，儒冠脱却换朝簪。

甲乙群材敢自寬，丹鉛片紙惜孤寒。工逢良璞搜荆玉，人喜同心藝畹蘭。漫道珊瑚收鐵網，休矜砥石障狂瀾。由來關隴多騏驥，幸附孫陽後乘看。

西陲饑饉亦天行，端賴朝廷教養成。本是仳離秦子弟，已爲禮樂魯諸生。啼號豈忍鴻哀澤，獻納先看鹿食苹。彷彿魏公詩句好，神功收斂寂無聲。

形神勞瘁怯秋光，未得閒遊雁塔傍。僅免知交嗤月旦，敢言殿最有文章。涼生孤館人看月，寒送郵亭馬踏霜。折柳更逢親故在，翻疑此地是江鄉。

登華六首有序

余自庚申四月同弟迪文至秦謁華廟，見老子遺跡，時以水漲不果遊。癸酉秋奉命典試關中，回至華陰，同行者爲曾耳黄、徐東白、金明吉，偕往登焉。新孝廉郭、雷二子候于莎蘿坪，至青柯坪上回心石，以日晡道險，未得窮歷，悵然久之。撫今追昔，爰得六章，以紀其勝。

秦山連隴蜀，太華鎮西州。厚地裂石笋，摩天矗花樓。千峰纔及膝，羅立兒孫稠。亭亭出雲霧，菡萏金天秋。我年未四十，曾向咸陽遊。駈車過鞏洛，便見修眉浮。壯哉仙人掌，壓闕俯洪流。迢迢華陰道，綿亘青未休。崇墉嚴廟貌，典禮尊蓐收。古壇樹梓骨，紫氣躔青牛。神奇真面目，咫尺驚心眸。金晶翔鳳翅，黝黑藏龍湫。擬竭攀躋力，雲壑恣冥搜。百川驚泛濫，勢與溟渤侔。乘桴急東下，方寸三峰留。

余也列簪纓，煙霞性成痼。一旦承主恩，往讀西京賦。有若畚負山，隕越轉滋懼。行行過中條，岳蓮又當路。雲峰雖素心，啣命不敢顧。撤棘事則已，僕馬乃暫駐。十年役夢魂，勝遊喜無誤。先告白帝虔，後訪青崖趣。峭削凌虚空，猿猱愁欲度。投書哭昌黎，終古文人怖。蒼翠沁肝脾，懦怯强一赴。如獲九節杖，登高不却步。

青山縈夢思，五更起盥櫛。啟户昏霧垂，戒途恐迷失。鳥道雖嶔崎，精誠與之一。仰瞻岳靈祝，俯向僕夫叱。十里越榛荊，歷險行轉疾。峰尖透白雲，蓮頂啣紅日。雲臺鎖寂寥，龍堂蕩清潏。仄徑石罅通，傍睨磴道出。初謂箭筈高，幽崖僅及膝。一轉天井中，急湍沙石密。褰裳渡亂流，乃入希夷室。兩壁鬱岧嶢，莎蘿正崒嵂。喘汗到柯坪，登三尚餘七。

莎蘿有書屋，左右上方迎。毛女西南峙，雲根盡奔崩。山空絶壁静，谽谷無鳥聲。雷郭二子隨，誦詩喜嚶鳴。徑轉巖千丈，珠箔銀濤生。瀑流懸木末，殷雷萬壑訇。客子多股栗，亂石踏縱横。仰空循一綫，路無秋毫平。從此下籃輿，信步捫蘿行。陡巘十八折，乃入青柯坪。蒼翠圍四面，丹黄滿前楹。西峰插天表，當軒耀晶瑩。千巖抱隙地，彷彿桃源耕。仙人居樓閣，可以聽吹笙。

午餘出東巖，移步洞壑美。緣溪花木繁，溪深不見底。石骨競崚嶒，鈎巾又脱屣。方之青柯下，險峻什倍蓰。砯崕無涯痕，巨靈擘其趾。鬱葱飛黄葉，槎枒點紅柿。一木跨斷虹，行蹤于此止。傾仄入撞峽，肉薄不容趾。鐵索藉挽牽，呼吸判生死。二客顧謂余，振衣無懼葸。良久戒畏途，知足未爲耻。出谷日將晡，秋空暮山紫。羨彼濟勝資，飄然登危屺。獨坐長松下，諒亦不我鄙。

岳形無今古，客心有去來。前者未登山，一日腸九迴。登山不至頂，惜別空徘徊。屐折望崖退，尋徑下崔嵬。次第歷所過，秦川一望開。倉皇出油口，寺鐘城角哀。昏昏覓歸路，暝色填秋懷。金方井蓮峙，鑿破洪濛栽。神仙之都會，可以免劫灰。不記車箱谷，雲擁癡翁回。古人多曠達，我獨何爲哉。天關驅虎豹，罔象空塵埃。玉女洗頭處，萬仞坐舉杯。縹緲寫奇勝，丹青老麓臺。

夜宿掖垣勘卷次同垣馬衡圃韻

甲乙群材到夜分，漏聲寒入瑣窗雲。好龍可具探驪手，愛駿須知相馬文。秦地風謠欣遍采，眉山人物藉今聞。雙清應是同心跡，步月聯吟我共君。

冬夜宿左掖望日早朝

霜重梧垣禁漏清，月輪鳷鵲轉西明。千官劍履趨金闕，萬國共球會玉京。羽仗晃凝初日色，雲璈静落九天聲。小臣近覩天顔喜，竊願詩書佐太平。

自題畫三絶句

十載師承重董源，筆端積鐵墨無痕。吴興學士曾題句，萬壑松風著意論。
提刀四顧善躊躇，窾郤能令刃不虚。洗却繁華真爛熳，分明碧海掣鯨魚。
高山流水有知音，奇賞由來嗜癖深。可似晋卿逢米老，玲瓏怪石發清吟。

料絲燈次史胄司韻三首

碧海珊瑚挂網絲，巧工製就最新奇。骨如冰雪抽千縷，氣作金銀閃萬枝。簇錦團花無定樣，含星伴月有兼宜。校書藜閣遥相映，東壁驚疑未敢窺。

錯落明燈畫閣東，煙霏霞舉映虛空。何如碧海涵秋月，可是冰壺漾晚風。傅粉生綃兼剪綵，懸珠照乘欲流虹。撤來寶炬光瑩徹，同一繁華不染中。

高下寒芒逈隔塵，彩霓的爍映紅茵。集靈臺上施雲幙，興慶池邊耀玉鱗。冰繭隱騰衝斗氣，金蓮巧借飲光身。從知寶焰龍宮有，絕勝賡歌太液津。

清和望日遊豐臺至家相國園觀芍藥遇雨而返越十日同垣裘次張招飲列瓶花數百絢爛特甚次劉禹美都諫韻

豐臺池館望聯綿，緑野争看芍藥田。人坐晚風金步幛，馬嘶芳草鐵連錢。霞明影散平沙路，雨過香凝別院天。勝事朝朝婪尾會，往來士女見摩肩。

丰姿肯傍玉奴肥，綺席粧來鬭夕霏。十里芳菲原足羨，一堂錦繡已成圍。蕊珠歷亂光搖座，薰麝氤氳香滿衣。追憶廣陵誇盛事，韓公千載和人稀。

樹百弟至京貽以葛扇作詩見贈和之

一官未得卧林丘，喜子南來慰我愁。歲月浮沉看老大，弟兄酬唱自風流。稱身絺綌宜炎暑，障面清涼近蓐收。微物幸邀詩句好，瑣窗寥洌不悲秋。

和樹百弟促畫原韻

感慨風塵際，寄懷常讀詩。願言追正始，風雅兼騷辭。自顧慚薄劣，面牆何所之。吾宗有樹百，磊落多奇姿。發響吐鐘吕，斑蘚騰雲螭。負才不得意，牢落同丘爲。扁舟訪京洛，執手話別離。四家兼董巨，命我以管窺。公餘試盤礴，慘澹心神馳。畫理合禪理，南宗衣鉢貽。髻珠各自寶，丰骨秉天彝。師承近茫昧，遂今識者希。捨學務從人，皴染徒爾疲。氛霾盡一掃，寫出胸中奇。繪畫恥形似，坡公豈我欺。貽以答君詠，君今且勿嗤。

茉莉和樹百弟韻

南海名花并夜來，瓊枝應是玉爲胎。清芬偏透冰紈細，瑩潔先承珠露開。纖手摘香消暑盛，孤根得地耐寒回。繁華愛爾供幽賞，不惜金錢買笑栽。

庭前葡萄

庭院扶疏一架斜，傳聞名種自乘槎。顆圓的皪〔三〕垂珠箔，光逗晶熒〔四〕潤玉華。緑蘸虛窗成結綺，碧傾新釀羨流霞。摘來應共家丞賞，秋實由來勝似花。

和博問亭東皋漁父圖韻二首

桃源深處有仙舟，引得漁郎到此留。共識伊人在秋水，可知香國借春浮。雨紅片落粘孤棹，風緑絲飄倚畫樓。垂釣王孫不歸去，煙波來往狎閒鷗。

分明形影泛虛舟，擬向清泉白石留。簑笠人依金谷暖，芰荷香醉玉山浮。乘船不羨衡塵馬，舉網偏宜近月樓。混跡揚波忘爾我，江頭出入自盟鷗。

送九叔之任偏關三十韻

祖德綸扉重，家聲江左傳。當時驚虎變，奕葉慶蟬聯。吾叔隆名譽，卿才振後先。火攻人是鳳，玉琢器爲璿。憶昔髫齡日，常隨竹馬肩。佩蘭同臭味，舞勺各蹁躚。談笑忘朝暮，搜稽事簡編。嬉遊多略節，拘束動成愆。惜下劉蕡第，慚先祖逖鞭。選場看桂折，仕路佇鵬騫。已捧成都檄，將浮錦水船。寇恂仍借蜀，郭隗再之燕。甲乙殊多弊，銓除遂久延。往來堪一笑，棲屑又三年。要地資良佐，巖疆正缺員。瓜期無復沮，蠖屈不終跧。六月衝炎去，單車就道便。風清河曲水，雨潤晉陽天。鈎距通幽隱，煩苛悉棄捐。農夫皆秉耒，賈客盡歸廛。更轄三千甲，恒縻十萬錢。癸庚須擘畫，騰飽仗機權。威惠兼行矣，兵民并賴焉。關偏人自正，刺半職能全。已見翱翔去，相期遠大宣。佩刀因識吕，展驥合逢甄。酌水推三異，籠紗盻九遷。孫閎黃閣早，江總黑頭姸。位必公侯復，名應鐘鼎鐫。將符子淵頌，主聖得臣賢。

七夕即事

今節今宵喜正晴，商飈襲襲夜涼生。人因乞巧詩還就，天爲穿針月倍明。迢遞銀河牛女恨，縱横彩筆弟兄情。服尹弟在座。會須爛醉葡萄下，莫負庭前緑蔭清。

詠秋露如珠擬應制十韻

御苑當空浄，垂膏碧草芳。凝酥看似乳，積潤恰留香。一夜商飈蕭，千枝合浦光。點荷浮徑寸，濕桂欲流黄。聚散原無定，晶瑩故有常。金盤擎掌重，玉宇泣鮫涼。照乘繁華裏，探驪旭日傍。纍纍仍貫蘂，瑟瑟不歸囊。在握應難久，餐霞或可方。蕙蘭清浥處，翹首聖恩長。

種　蕉

夢幻遺蹤正惘然，蕭齋移植助清妍。三秋點筆應成卷，一枕支窗别有天。雨摘翠翻荷葉外，風摇緑障竹枝前。若教雪後添幽趣，誰是騷人繼輞川。

題計闇昭小像

蕭疏野服葛天民，長軀偉幹踏軟塵。邊腹便便狎鷗鳥，高談捫蝨公卿親。有時吐吟詠，落筆江花新。有時試磈磚，青山得意真。詼諧臣朔飢欲死，襟懷磊落寧長貧。此圖愛菊動幽趣，得非君是東籬人。君之貌，如有神。君之室，爲比隣。願得朝朝脱帽過，與君同醉松醪春。

京江相公母夫人八袠爲寫南山圖併題二律

九齡風度主知深，浴日兼懷愛日心。烏哺鳳翔先得路，槐堂萱茂已成陰。歡承白髮傾堯酒，頌及蒼生感傳霖。翹首台星映南極，起居八座盍朝簪。

葭莩何幸託蘭芬，謬許吾家有右軍。廿載恩私虚報稱，一庭花蕚競繽紛。箋銜青鳥當筵見，樂奏靈璈入座聞。敬賦南山慚句拙，秋窗提筆掃晴雲。

查夏仲以詩易余畫次韻答之

龍山查先生，讀書窮鄴架。鍾鍊爲文辭，等身與古化。瑰奇更清真，韓蘇之流亞。興來爛熳題，珠玉繽紛瀉。余聞心折久，畏友敢并駕。霧豹窺半斑，騷壇戰而霸。欲與共討論，一官苦無暇。遂令鄙吝生，他山何所藉。小技試礱礪，每耻居人下。粉本追宋元，筆墨四家借。腕弱媿癡肥，定爲識者詫。譬彼窺月魄，餘光逗壁罅。慘澹心神疲，甘苦方知怕。變化理無窮，微茫得失乍。乃覺吾祖高，宜爲人膾炙。拙筆非許田，奚爲拱璧假。真宰雖難搜，勉力爲君畫。木瓜配瓊瑶，何以云報謝。荒率懼覆瓿，賴公以長價。置君懷袖間，秋風弄上舍。

送瞻彤南歸和韻

擬向江頭卧晏裘，臨岐尊酒重綢繆。青山無那成新别，華髮相看話昔遊。驛路一鞭君獨去，鄉心兩地我多愁。明年好看秦淮月，桃葉笙歌正及秋。

和姜西銘索畫元韻

昔年停旆婁江濱，隨珠的爍燕石隕。今朝傾蓋長安道，越水吴山不分畛。先生下筆動風雲，意氣肯爲青衫盡。天禄校書藜火然，出入編摩寓忠藎。星馳雹掃張吾軍，老將攻堅敵不窘。學穿天心出月脅，書探二酉傾百囷。誰辨六法計盈絀，我欲作書與平準。嗟哉筆墨少真虎，四顧床頭無善本。欲寫晴江踐祖約，愧不如前竊自哂。漫言皴皵能古人，古人之意不我允。側理光潤倘見貽，不惜拙手誇完縝。瓦礫如何費珠玉，勸君此例且無引。

輓朱介垣二首

崔盧兩姓結姻盟，膠漆由來廿載情。南北賢書叨附驥，後先瑣掖媿稱兄。夜臺一去成終古，秋月將圓謝此生。痛哭西風凋玉樹，淒涼丹旐斷雲横。

髩絲憂國點霜新，未卜牛眠更愴神。介垣欲南歸遷葬。才得陳情辭闕下，便思鼓楫向江津。心依故里身難到，骨冷他鄉志未伸。長憶吳山好風景，畫圖空寫杏花春。

屬黃葵園作《杏花春雨江南圖》。

和唐東江食蟹原韻

打魚魚眼紅，縷切飛金錯。漁人趁潮汐，白波蕩青雀。西風蘆荻秋，岸高水漸涸。截流製巧籪，插葦似叢薄。水犀介胄來，陷籠聲落索。稻粱爲香餌，敝笱燃一爝。攫取急烹鮮，壓倒羹與臛。輪囷赤滿堆，可以資大臄。瘦肥別尖團，對此群歡噱。原野近滂沱，苦遭陽侯掠。湖泊水族佳，稍佐官厨薄。入市得霜螯，撑拒加束縛。净沫水火攻，解饞之良藥。含黄半吐臍，解筐斮其脚。斫雪儘鎪鏤，十指如錐鑿。諸君更羅致，費錢不惜橐。怪雨雜腥風，頃刻空形膜。甘美沁肝脾，積鬱不病瘧。石鏡小如錢，棄之如遠惡。無腸公子賢，雅集申後約。風味當及時，俗人漫咀嚼。傳聞五侯鯖，瑰奇令人愕。翠釜水精盤，美膳珍羞各。何如食蟹會，剪燭飛觴樂。行將戒老饕，無以腹爲壑。初晴月皎明，且理中秋酌。過此欲放生，歸向江南醵。

送輪菴和尚還山

唱道今誰是，宗風振玉泉。紫衣宣到日，白髮告歸年。風暖河橋草，花明水驛船。趙州行脚慣，人境故依然。

詠石鼓十二韻

何年來石鼓，吉日遡淵源。寶氣騰西野，星芒耀北門。岐陽遺跡在，周雅劫灰存。移作圜橋鎮，應同郜鼎尊。蛟螭纏玉柱，蝌蚪動雲根。詰曲多箝口，瘢胝但露痕。金繩紛黑鐵，斑蘚亂青璠。剥蝕窮探索，勾摹費討論。鴻都真鉅觀，神物静忘言。不有韓蘇筆，誰招史籀魂。觀經常夢夢，解義益昏昏。能頌宣王盛，方知聖主恩。

鞠振飛入都見訪隨同陸王在赴平陽送之三首

官舍相逢又幾年，賣文常讀蓼莪篇。遠遊不作青山夢，憔悴西窗有硯田。
春潮細雨駕吴艭，一路清吟到浦江。山色溪光看不足，重來把酒話秋牕。
一枝喜共陸郎棲，且逐斑騅走大堤。無限離心寄明月，照君顔色太行西。

題畫贈陸石渠號雲壑布衣

時清尚恬熙，無復事激勸。良弓挂高壁，大弨誰與獻。棲屑將六年，青山負夙願。故交絶音書，索居少氣岸。吾友雲壑生，松竹挺直幹。涉世亦隨流，詮要有真玩。昔在渚陽城，木榻穿一館。素心期脱略，不因疏密换。襆被自南來，白髮喜相看。寒暄無一語，迫促余染翰。謂余有舊逋，宿諾未償半。況值甲子週，爾筆可益算。余一笑而起，不惜爲揮汗。伸紙掃煙巒，筆墨騁汗漫。歷歷循畦逕，敢與古人叛。貌似媿癡翁，安作富春觀。黄鶴與雲林，學步肥而愞。贈君當卧遊，與君祝老健。從今勿嗜痂，對面可噴飯。而我數日來，于此微知困。畫學分古今，逕庭豈尺寸。閒居窮冥搜，庶幾合符券。此別訂後約，山林卜肥遯。知音如君者，縑素可無恨。

題翁康貽畫

誰把炎歊爲我開，雲生斷壑一溪迴。層冰赤脚何須踏，紙上松風颯颯來。

題滄浪亭贈宋大中丞三首

精舍城南剪廢蓁，昔賢遺跡此重新。地幽可是同濠上，亭古依然在水濱。風月半灣供嘯詠，文章千載仗經綸。分明浩蕩煙波闊，贏得忘機鷗鳥親。

棨戟清嚴意自閑，從容竹裏更花間。居人不隔東西瀼，賓從時攜大小山。傍水依依浮畫鷁，鈎簾歷歷數煙鬟。吴歈漸喜歸風雅，採得新詩次第删。

勞人南北苦長征，勝地初經眼倍明。觴詠恰宜修禊事，清泠真稱濯塵纓。飛虹橋掩旌旗色，妙隱菴沉鐘磬聲。獨有斯文堪不朽，千秋俯仰動深情。

九日東園登高次東白韻

秋光辜負已秋深，令節家園試一尋。橋挂碧蘿穿竹徑，廊依紅樹抱山岑。登樓百感難消酒，促坐同心快盍簪。迴念舊時開緑野，幸存松菊到如今。

雨中重過韜光

鷲嶺幽棲碉户扃，重來恰值雨初零。倚闌煙鎖長湖白，躡屐衣沾絶壁青。池茁金蓮穿石竇，泉流翠竹遶松亭。白雲明月高風在，可有香山此再經。

題孟居易小照二首

瀟灑丰姿白髮新，蘧廬天地一閒人。高懷肯向風塵老，尺幅青松寄此身。

老友談心重黯然，薊門煙月楚江天。莫言今日成疏放，海内知名四十年。

至桐鄉飲汪周士季清齋賦此

緑陰積潤午風清，訪舊梧溪一棹行。恰喜啣杯逢二妙，不妨話雨到三更。披襟助我湖山思，嗜古多君筆墨情。惆悵匆匆明又別，長川回首夕陽横。

題龔敬立意止齋二首

五柳先生愛此眠，蕭齋清寂似林泉。名高自足光時論，意止還能澹物緣。鳥語窗幽真竹徑，花香客到正梅天。前朝祖澤依然在，松下閒吟續舊編。

雙橋桃柳映沙墟，可似幽人水竹居。領略風光詩思好，規摹粉本墨痕疏。荒庭草没抽書帶，棐几窗明落蠹魚。且待東籬花發候，送將白墮到君廬。

壽朱立雲七十

壯志蹉跎兩鬢星，棲遲隴畔守遺經。長貧性自躭書畫，玩世身還任醉醒。老愛逃禪留白社，人多問字到雲亭。粤裝陸賈輸君富，秋月詩成漱晚汀。

校勘記

〔一〕「禪參」，《詩集》本作「參禪」。

〔二〕「樹」，《詩集》本作「樹」。

〔三〕「的皪」，《詩集》本作「貫纍」。

〔四〕「熒」，《詩集》本作「瑩」。

卷四　王麓臺司農詩集

命議河工啟事有作

曉日夔龍集禁林，東南昏墊國憂深。頻年胼胝河臣事，此日平成聖主心。加築淮堤應奏績，欲疏禹道故難尋。險工只在防洪澤，何用多支内府金。

和錢葭湄半舫韻

牽船補屋興縱横，小築如舟似泛瀛。不見白鷗眠渚晚，尚餘紅蓼傍簷清。閉門想象迎風住，捲幔依稀捩柁行。金屋未成青翰在，可能醉月往來輕。

題　畫

五柳門前桑苧斜，水村山郭有人家。中間若箇逃名客，徙倚溪頭看落花。

芳草芊芊水面齊，竹涼荷浄小橋西。溪邊路折雲深處，石磴高盤殿角低。

寄程鄉曹九盛

花開上苑傍丹霄，製錦羊城萬里遥。江月秋高人已遠，嶺梅寒動雪初消。雲連海嶠供詩料，瘴暗風林仗酒瓢。新政何心邀衆譽，南田深處聽漁樵。

寄臨江李

宵衣深念借恂難，特簡欣彈貢禹冠。坐使玉堂揮翰手，遠爲江表牧民官。雲横碧嶂春偏静，水接章江夜不瀾。聞有昭明遺廟在，更將文教挽凋殘。

寄沔陽

突兀孤城楚驛西，一麾出牧正凄凄。滄浪人去秋天遠，夢澤雲深春水低。賦急轉愁新穀糶，官閒只聽夜烏啼。繪圖早爲通民隱，好把書屏姓氏題。

寄荆州

家世平津夙擅名，雄州江上領專城。山從巴蜀連雲斷，水接瞿塘急浪平。黯黯青烽屯戍列，嗚嗚畫角客愁生。由來三户稱難治，好集流亡買犢耕。

寄安遠

修禊蘭亭家世傳，風流仙令正翩翩。二難舊屬烏衣望，群從今推小阮賢。花氣侵簾多嶺樹，稻香繞郭半江田。贛東舊有濂溪跡，共道文翁化俗年。

寄宜黄

流水寒山捧檄新，廿年兄弟慰沉淪。路經千嶂連青靄，邑近清江覆白蘋。買犢課耕初試雨，看花行部獨先春。相思莫厭頻相訊，同拜歐陽只兩人。

寄高要

符剖東南此牧民，一官粵嶠簿書親。放衙盧橘鄉中曉，視事梅花嶺外春。天界端溪猶有貢，地鄰蠻俗未全淳。長才早晚邀明試，闕下看啣鳳詔新。

寄安陸

江上雄城舊建藩，郡中形勝帶湘沅。栽培蘭芷春風暖，嘯詠山川化雨繁。徑野喜無鴻叫澤，驅車應有鹿乘幡。政成早下明光詔，會見扶摇使節騫。

寄鎮平

濂溪聲望著當時，花柳山城卧理宜。擊壤人安新教令，吹豳俗有古風規。琴堂曉擁雲千疊，繡野香扶雨一犁。想見桄榔椰葉畔，焚香晝掩讀書帷。

寄桐城

木落天高繫遠思，德星懸處絳帷垂。錢唐雨過談經後，皖上風清判牘時。澤遍邑人推衆母，感深吾弟得明師。家書郵寄頻頻問，可是循良奏最期。

贈華子千南歸

京華寄跡褐衣寬，風雅留心肯自安。愧我塗牆偏好嬾，多君立雪竟忘寒。爲山奇筆遊堪臥，如水清才秀可餐。此去五湖煙月好，奚囊粉本伴漁竿。

再和送子千韻

京華留滯褐衣寬，驛路淒涼襆被安。春送馬蹄三月暖，風吹花信一江寒。頻年車笠嗟同老，此去煙霞許獨餐。漁隱恰如松雪畫，桃紅岫翠好持竿。

和東白重陽登高

九日登臺秋氣高，晴空一望客心勞。雲開野寺千尋塔，風冷重城一帶濠。親遠未能隨採菊，官閒猶喜漫持螯。

人日題詩寄草堂

人日題詩寄草堂，江天雲樹正茫茫。微官羈畔將三載，好友分飛各一方。帆挂夕陽思楚塞，雁銜寒雨憶錢塘。故園梅信春應早，倍覺鄉心入夢長。

西　苑

相如賦上林，鋪揚漢宮室。五柞與長楊，絢麗罕甚匹。西苑規模實祖述，波瀠太液長，柎隱華清密。龍亭柳陰陰，玉泉流活活。雙橋左右横，天半飛彩霓。白塔傍旃檀，如入靈鷲窟。所至皆瑰奇，金銀壯瑶闕。尋常啓閉嚴，不時傳警蹕。獻歲春王正，大脯弛禁律。士女競喧闐，連朝車馬溢。伏處江海濱，目覩惟蓬蓽。一旦涉閶瀛，心神多戰栗。巨觀得未曾，歸向親朋説。口所不能言，直欲書諸筆。勝境弗躋攀，管窺慨終失。因思紫闥尊，萬方爲表率。穆清奉宸居，乾坤以寧謐。陽氣貴乘時，吉日無妨出。補助有深心，暢春又其一。

寄芮城

牧民聲譽早飛騰，欲躡丹梯試一登。兩地雲山成遠別，十年師友愧無能。簾分曉岫千巖雨，心結長河十丈冰。自是君才非百里，淵源忝附望鯤鵬。

和題秋水閣贈鄒裕來

小閣晴開湖上煙，客來笑語望中仙。四圍花氣沾人好，一半春光對我憐。鷗鳥迎風歸渚畔，笙歌帶月出城邊。當門緑漲三篙水，幾度横塘繫畫船。

寄代州守卞

州城廣武接山根，戍鼓悲笳起繚垣。子弟五原經戰鬭，關河四塞重屏藩。訟庭案牘春風静，墟里牛羊夕照暄。旦暮明廷廉問及，雁門賢牧看飛騫。

送顧小謝南歸祝母夫人壽

十載詞華重帝京，綵衣將母向南行。才高少奉慈闈教，節苦今成令子名。花發春城催玉勒，堂開秋月進瓊觥。即看鳩杖初携日，海内争傳彤管聲。

和劉都諫裕美清明日韻

携尊郭外酒盈瓶，佳節花飛紅滿坰。插柳觴流泱細細，野煙人踏草青青。思親每望雲邊樹，憶弟還聽原上鴒。縱有春明好風景，晨昏無日忘趨庭。

送春

尋春釀得緑陰濃，今日春歸意轉慵。不住韶華隨落照，漫將心事惜芳蹤。因風絮颺迎人柳，出谷雲來對面峰。草木不知時序改，曉窗花影尚重重。

題五叔傳奇絶句六首

洛陽春色好，携酒踏花香。白髮婆娑醉，耆英重太常。

花柳帝鄉滿，佳人錦瑟傍。風流狂學士，惱亂兩鴛鴦。

黨禍分牛李，籌邊事轉荒。西陲一片月，空照塞沙黄。

千鈞挽一綫，碧血化虹長。百粤孤臣死，崖山事可傷。

玉貌無憐者，羅幃秋夜涼。祇應悲薄命，不敢望君王。

蘭陵賢父子，飄泊爲滄桑。一笑相逢處，雲峰對講堂。

壽沈太翁七十

承歡門内只常情，獨冒干戈嶺外行。得奉庭幃真幸事，重□邱壠是餘生。宫袍綵勝班衣樂，鳳誥光添鶴髮榮。滿泛流霞酌春酒，華堂日永聽遷鶯。

寄朝陽縣張

相韓家世本仙才，暫領專城作牧來。膏雨漸教培瘠鹵，仁風早爲挽凋頹。官閒不乏看山賦，天遠難同醉月杯。最是關心頻悵望，一行書札□徂徠。

寄館陶縣錢

憶自都亭捧别觴，衛河地遠溯洄長。操刀技善徵三異，製錦才高報七襄。陰雨黍苗開繡野，春風桃李滿琴堂。於今漢室求良吏，早晚鸞書荷寵光。

呵硯

一泓秋水湛星文，無那嚴寒凍不分。呼噏便同璇室暖，氤氳何藉博山薰。光騰鳳味冰爲彩，氣轉龍池墨作雲。俄看春生回暖律，玉堂方稱中書君。

卷五　雨窗漫筆

論畫十則

六法古人論之詳矣。但恐後學拘局成見，未發心裁，疑義意揣，翻成邪僻。今將經營位置、筆墨設色大意，就先奉常所傳及愚見言之，以識甘苦。後有所得，當隨筆録出。

明末畫中有習氣惡派，以浙派爲最。至吴門、雲間，大家如文、沈，宗匠如董，贋本混淆，以訛傳訛，竟成流弊。廣陵、白下，其惡習與浙派無異。有志筆墨者，切須戒之。

意在筆先，爲畫中要訣。作畫於搦管時，須要安閑恬適，掃盡俗腸，默對素幅，凝神静氣，看高下，審左右，幅内幅外，來路去路，胸有成竹，然後濡毫吮墨。先定氣勢，次分間架，次布疏密，次别濃淡。轉换敲擊，東呼西應，自然水到渠成，天然湊拍〔一〕。其爲淋漓盡致，無疑矣。若毫無定見，利名心急，惟取悦人，布立樹石，逐塊堆砌，扭捏滿幅，意味索然，便爲俗筆。今人不知畫理，但取形似；筆肥墨濃者，謂之渾厚；筆瘦墨淡者，謂之高逸；色艷筆嫩者，謂之明秀，而抑知皆非也。總之，古人位置緊而筆墨鬆，今人位置懈而筆墨結。於此留心，則甜、邪、俗、賴不去而自去矣。

畫中龍脉，開合起伏，古法雖備，未經標出。石谷闡明，後學知所矜式。然愚意以爲，不參體用二字，學者終無入手處。龍脉爲畫中氣勢源頭，有斜有正，有渾有碎，有斷有續，有隱有現，謂之體也。開合從高至下，賓主歷然，有時結聚，有時澹蕩，峰回路轉，雲合水分，俱從此出。起伏由近及遠，向背分明，有時高聳，有時平修，攲側照應，山頭、山腹、山足，銖兩悉稱者，謂之用也。若知有龍脉而不辨〔二〕開合起伏，必至拘索失勢。知有開合起伏而不本龍脉，是謂顧子失母。故强扭龍脉則生病，開合逼塞淺露則生病，起伏呆重漏缺則生病。且通幅有開合，分股中亦有開合。通幅有起伏，分股中亦有起伏。尤妙在過接映〔三〕帶間，制其有餘，補其不足，使龍之斜正、渾碎、隱現、斷續，活潑潑地於其中，方爲真畫。如能從此參透，則小塊積成大塊，焉有不臻妙境者乎。

作畫但須顧氣勢輪廓，不必求好景，亦不必拘舊稿。若於開合起伏得法，輪廓氣勢已合，則脉絡頓挫轉折處，天然妙景自出，暗合古法矣。畫樹亦有章法，成林亦然。

臨畫不如看畫。遇古人真本，面〔四〕上研求，視其定意若何，結構若何，出入若何，偏正若何，安放若何，用筆若何，積墨若何，必於我有一出頭地處。久之，自與吻合矣。

古人南宋、北宋，各分眷屬。然一家眷屬内，有各用龍脉處，有各用開合起伏處，是其氣味得力關頭也，不可不細心揣摩。如董、巨，全體渾淪，元氣磅礴，令人莫可端倪。元季四家，俱私淑之。山樵用龍脉，多蜿蜒之致；仲圭以直筆出之〔五〕，各有分合，須探索其配搭處。子久則不脱不粘，用而不用，不用而用，與兩家較有别致。雲林纖塵不染，平易中有矜貴，簡略中有精彩，又在章法筆法之外，爲四家第一逸品。先奉常最得力倪、黄，曾深言源委。謹識之，爲鑒賞之助。

用筆忌滑，忌軟，忌硬，忌重而滯，忌率而混，忌明净而膩，忌叢雜而亂，又不可有意著好筆，有意去累筆。從容不迫，由淡入濃，磊落者存之，甜俗者删之，纖弱者足之，板重者破之。又須於下筆時，在著意不著意間，則觚棱轉折，自不爲筆使。用墨用筆，相爲表裏，五墨之法，非有二義。要之，氣韻生動，端在是也。

設色即用筆用墨意，所以補筆墨之不足，顯筆墨之妙處。今人不解此意，色自爲色，筆墨自爲筆墨，不合山水之勢，不入絹素之骨，惟見紅緑火氣，可憎可厭而已。惟不重取色，專重取氣，於陰陽向背處，逐漸醒出，則色由氣發，不浮不滯，自然成文，非可以躁心從事也。至於陰陽顯晦、朝光暮靄、巒容樹色，更須於平時留心。澹妝濃抹，獨〔六〕處相宜，是在心得，非成法之可定矣。

作畫以理、氣、趣兼到爲重，非是三者不入精妙神逸之品。故必於平中求奇，綿裏裹鐵有針〔七〕，虚實相生。古來作家相見彼此合法，稍無言外意，便云有傖夫氣。學者如已入門，務求竿頭日進，必於行間墨裏，能人之所不能，不能人之所能，方具宋、元三昧，不可稍自足也。

校勘記

〔一〕「拍」，《畫學心印》本作「泊」。

〔二〕「辨」原作「辦」，據《畫學心印》本改。

〔三〕「映」，《畫學心印》本作「應」。

〔四〕「面」，《畫學心印》本作「向」。

〔五〕「之」原闕，據《畫學心印》本補。

〔六〕「獨」，《畫學心印》本作「觸」。

〔七〕「有針」，《畫學心印》本作「裹鐵」。

卷六　王司農題畫録上

仿大癡設色長卷

古人長卷皆不輕作，必經年累月而後告成，苦心在是，適意亦在是也。昔大癡畫《富春長卷》，經營七年而成，想其吮毫揮筆時，神與心會，心與氣合，行乎不得不行，止乎不得不止，絶無求工求奇之意，而工處奇處斐亹於筆墨之外，幾百年來神彩焕然。余前日於華亭[一]司農處獲一寓目，頓覺有會心處，方信妙境亦無多子也。雲徵不學畫，而性喜畫，每以論文之法論畫，斆學相長無倦也[二]。更喜觀余潑墨，侍側竟[三]日不移，非深知篤好者能如是乎？余故爲作長卷。雲徵有館課，余點染時輒來指摘微茫，推求精奥。余恐其妨帖括之功，亦時作而時輟，竟歷三四年之久。余心思學識不逮[四]古人，然落筆時不肯苟且從事，或者子久些子脚汗氣，於此稍有發現乎。識之，以博一粲〔五〕。

仿大癡設色爲綏成叔祖

古人之畫，立意於筆墨之先，取意於筆墨之外，一邱一壑俱有原委，一樹一石俱得肯綮，所以通體靈動，無美弗〔六〕臻。今人之專心師古者，鉤剔刻畫，銖兩〔七〕悉稱，未免失之於拘矣。有格外好奇者，脱略古法，私心自喜，未免失之於放矣。拘固不可，放尤不可也。綏成叔祖見余舊作，特以側理命仿大癡。余於大癡畫法，雖於先大父前略聞緒論，然得其形而未得其神，得其體而未得其韻，宜乎原委之未清、肯綮之未當也。塗抹成幅，以俟識者之品題可耳。

仿王叔明爲周大酉

元畫至黄鶴山樵而一變。山樵少時酷似趙吴興，祖述輞川，晚入董、巨之室，化出本宗〔八〕體，縱横離奇，莫可端倪，與子久、雲林、仲圭相伯仲，迹雖異而趣則同也。

今人不解其妙，多作奇幻之筆，愈趨而愈遠矣。癸巳秋日，大西兄〔九〕從潞河來，偶談山樵筆墨，寫以歸諸奚囊。周兄將爲五〔一〇〕岳遊，攜杖著屐，水濱木末，出是圖觀之，未必無契合處也，亦可以解好奇之惑矣。

仿高尚書山川出雲圖爲毛元木

元木毛兄以醫行，吾婁之隱君子也。與余從未識面，大西周兄入都，極道其酷慕拙筆，聞聲相思，來必拳拳諄屬，老而彌篤，何嗜痂之深耶。爰作是圖以贈。

丹思代作仿大癡

六法之妙，一曰氣韻，二曰位置。若能氣中發趣，雖位置稍有未當，亦不落於俗筆也。余長夏消暑，偶作是〔一一〕圖，東塗西抹，自顧無穩妥處。取其粗服亂頭中，尚有書卷氣，存之以俟識者。

仿大癡設色爲穆大司農壽

余與穆老先生曾在垣中同事將二十載，練達勤慎，眅仰甚久。以聖主特達之知，爲簡命司農，近復命余佐之，素心契合，同堂金石，亦余一生之奇逢也。茲中秋八日，爲先生八〔一二〕袠大慶，中堂家叔以農部闔署諸公之請，既爲祝嘏之詞，以紀其盛。先生之豐功厚澤，可以炳耀千古矣。余不文，再附會爲頌〔一三〕言，何足彰美於萬一乎？嘗讀《詩》而賡《天保》之章，則曰九如；美申甫之生，則曰嶽降。方知山水清音，可以涵養太和，發舒〔一四〕元氣，庶幾可以表仁壽之性情，而頌禱之微意，隱躍發現於筆墨之間，不可謂非稱祝之一助也。昔元之癡翁外和而内介，不設城府，與人交如飲醇，壽至九十有六，登華山而飛昇。先生與大癡雖隱現不同，學識器量有不侔而合者，亦可卜功成國老，爲異日無疆之慶矣。爰作此圖，以供清秘，幸〔一五〕爲囅然而進一觴。

仿大癡設色爲張運老司農

西蜀地形山川，靈秀之所萃也。從南至北，鑿山而開棧；由西至東，溯源以達江。地靈人傑，甲於天下。文章政事，代有傳人。吾寬宇年老〔一六〕先生，蓋當代之傳人也。先生之忠誠可以格天日，先生之才略可以理繁劇，先生之學識可以通古今。聖天子雅重公，由總河而遷司農，倚毗者深矣。旋用余爲之佐，觀型有成，余亦何幸而得與畏友同事一堂乎。癸巳三月，皇上六旬萬壽，松齡老年伯春秋八十有七，矍鑠踰少壯，萬里赴闕，懽忭拜舞，從古來未有之佳話。而寵渥備至，恩賚有加，亦從古來未有之奇榮也。余愧無文，不能爲德門鋪張揚厲，備述國恩家慶，特仿一峰筆意，供諸清秘，以爲南山之祝。先生官於江浙甚久，觀南宗一脈淡蕩平易，蜀地山川固美，必更有會心於吳山越水間也。

丁丑戊寅畫册爲迪文二弟

余丁丑春，讀禮南歸，檢先君遺槀〔一七〕，得一素册，迪弟謂余曰：「此手澤之所存也。須留之研席間，以示晨昏不忘之意。」是冬經營窀穸〔一八〕，往來鄉城，二弟必攜此册以相隨。拮据荼苦〔一九〕，中夜起坐徬徨，對此命筆，庶幾稍解幽憂，不覺落墨告竣。

己卯服闋，方用設色，於宋元諸家相近者題出，以弁其首，并〔二〇〕不取其形似也。癸巳之八月，閱十有幾年，迪文弟忽出此以見示，將以驗功〔二一〕力之淺深、學識之厚薄。余再四諦觀，方知筆墨皆由天性，後起之筆不至掩其天性，前後同一轍耳。前作諸圖時，純以筆墨用事，未能得其本源。今於諸家雖稍解，而老耄將至，力不從心，未能出一頭地也。隨筆識之，以見今昔之感。

仿大癡設色爲汪崧眉

余本不善畫，而崧眉世兄亦不知余畫，四十年來音問屢通，從未以筆墨請教也。今秋汪世兄自楚來京，館之萬壽圖局中，見余與諸畫師談論，左應而右辨，彷彿如梓人傳所云，頗爲心喜，特索拙筆。余爲仿大癡設色，縱横澹蕩，絶無工麗處，而斐亹之意，自在其中，此又一家也。具眼見之，更有會心於界畫一道耳。

仿梅道人爲汪崧眉

梅道人畫，峰巒峻峭，石角崚嶒，時於水邊林下、盤石曲[二二]磴處，回互生情，波磔發趣[二三]。余見其《溪山無盡》《關山秋霽》二圖，皆此意。并作此圖，以博崧眉世兄一粲。

仿大癡設色秋山爲鄒拱宸

大癡《秋山》，余從未之見。先大父云，於京口張子羽家曾寓目，爲子久生平第一。數十年時移物换，此畫不可復覩，藝苑論畫亦不傳其名也。癸巳九秋，風高木落，氣候蕭森，拱宸將南歸，余正值悲秋之際，有動於中，因名之曰「仿大癡秋山」，不知當年真虎筆墨何如、神韻何如，但以余之筆，寫[二四]余之意，中間不無悠然以遠、悄然以思，爲秋水伊人之句可也。

仿高房山爲朱星海

余本不善畫，星海朱兄必欲余畫房山，不知何處學房山之法，慕房山之名，投側理專責於余，雖鈍拙不能辭也。聞房山天趣〔二五〕與米家相伯仲，頡頏趙鷗波，上承董、巨，下啓四家，爲元初大家，豈余初學所能夢見。而星海惓惓如此，欲進余之學乎，欲顯余之醜乎？不計工拙，圖成識之，以質諸巨〔二六〕眼。

仿大癡設色爲元成表弟

余戊寅之夏，幽憂里居，杜門謝客，元成表弟自雲間來婁，爲一月遊，慰余岑寂。晨夕晤對，每以筆墨相促，余爲作大癡一圖，頗覺匠心，詎意得而旋失，不知落於誰氏之手。相距至今閱十五年矣。元成將爲楚行，隆冬促迫，較甚於前，余冗中呵凍〔二七〕，强爲捉筆，不能復成合作矣。然筆墨余性所近，對此萬慮俱忘，童而習之，今雖垂暮，始終如一轍也。或於中稍有相應處，識者自能辨之。

仿大癡設色爲王德沛

余自庚辰之秋，奉命入内庭供奉筆墨，獲與德老長兄訂交，講昆弟之誼甚歡。閲十有幾年矣。然余夙夜在公，從未有片楮請教；德兄晨夕匪懈，因余辦公，亦從未以私請。間一談及宋元畫法，鑒别精明，議論宏正，非偏才小家所能夢見。而獨見許於余，知其嗜痂深矣，心折已久。偶得新側理，德兄製造合式，囑余試筆，以俟應制，亦他山切磋之意。余老眼昏花，試之不覺成圖。聞新構一齋〔二八〕，不識可懸之室中，以志吾兩人數年之知音否。

仿黄子久設色小幅爲位山孫壻

今昔人論大癡畫，皆曰：「峰巒渾厚，草木華滋。」於是學畫者披〔二九〕精竭神，終日臨摹，求其所謂「渾厚華滋」者，終不可得，望洋而歎，罷去不復講求。或私心揣度，誤聽邪説，愈去愈遠，迄於無成者有之。余甘苦自知，二者俱識其非，老耄將至，不能爲斯道開一生面。此圖爲位山所作，其中藴奥，可以通之書卷，聊適吾意而已。

寫墨筆仿董華亭

大癡畫惟思翁能得其髓，其縱横淡蕩處，不沾沾於大癡家數，而神理之間，在會心者自知之。筆法墨彩，從天性〔三〇〕中流出，所以高人一等也。位凝世兄南歸，亟問畫於余。宋元諸家，博雅宏深者，非旦夕可以告竣。家藏偶有董蹟一幅，師其意以歸奚囊。途中水濱木末，到家水郭山村，以思翁大意求之，恍如寫照，宋元之妙在是矣。

仿大癡墨筆李彩求

畫須分陰陽，合體用。若陰陽、體用不得其源頭，則轉折布置處必有些子蒙混。積微成鉅，通幅筆氣墨彩何從著落。雖云仿古，終是背馳矣。余春日在暢舍啓奏寓直中，恭候大駕往霸州一帶省耕水圍〔三一〕。在寓偶暇，寫此消遣，以抒老懷。筆法墨彩，未必合古。齋中偶懸思翁一幅，觀此不甚河漢，或可質諸識者耳。

倪黄墨法爲朱星海

畫家惟倪最爲高逸，因與大癡同時，相傳有倪、黄合作，兩家氣韻約略相似，後之筆墨家宗焉。星海醫學得正傳，留之館舍已三年矣。輕岐黄之學，將筮仕於汾西，小草捧檄，亦有喜色。余惟畫家之倪、黄，猶藥中之參、苓也。朱君善用參、苓，寫以贈之，願其以高逸自命，毋欲速，毋見小，以宦況知味，以樂天真，方不愧從前之盛名耳。

仿雲林筆與天游姪

「藜閣晴窗一卷書，青蒼古木映階除。畫中更喜逢真賞，得失相看静有餘。」天游姪供奉内庭，心迹雙清，余贈以雲林一圖，悦乾兄見而取去，初有沮色，再作此幅，以廣其意。前後兩圖，猶合璧也。

仿高房山卷

房山之筆，全學二米，筆墨潑而能和，中間體裁亦本董、巨，故與松雪齊名，爲四家源流。先輩松來將爲楚游，出側理索畫，寫此入奚囊中。瀟湘夜雨，與湖南山水恰有關會，出以房山法，更見元人佳趣耳。

爲凱功掌憲寫元季四家

余二年前奉命修《書畫譜》，見大癡論畫二十則，不出宋人之法。但於林下水邊、沙磧木末，極閒中輒加留意，歸於無筆不靈、無筆不趣，在宋法又開生面矣。余幼學於先奉常贈公，久而得其藩翰。見此二十則，方知子久得力處，益信華亭宗伯及先奉常所傳爲不虛也。仿子久。王叔明筆酣似其舅趙吴興，進而學王摩詰，得離奇奥窔之妙。晚年墨法純師董、巨，一變而爲本家體，人更莫可端倪。師之者不泥其迹，務得其神，要在可解不可解處。若但求其形似〔三二〕，云某處如何用筆，某處如何用墨，造出險幻之狀，以之驚人炫俗，未免邈若河漢矣。仿黄鶴山樵。北宋高人三昧，惟梅道人得之，以其傳巨然衣鉢也。與盛子昭同里閈而居，求盛畫者填門接踵，庵主惟茅屋數椽，閉門静坐。人有言者，笑而不答。五百年來重吴而輕盛，洵乎筆墨有定論也。然人但知其淋漓揮灑，不知其剛健而兼婀娜之致，亦未思一笑之故耳。仿梅道人。宋元諸家各出機杼，惟高士一洗陳迹，空諸所有，爲逸品中第一。非𠛬爲是法也，於不用工力之中，爲善用工力者所莫能及，故能獨臻其妙耳。董宗伯題倪畫云，江南士大夫家以有無爲清俗。余邇來苦心揣摩，終未能得其神理，有無清俗之言，洵不虚也。仿雲林。

題明清名家選勝

康熙甲午夏日，箴六大弟將南歸，所藏明末名家暨昭代選勝，彙爲一册，共十六幅。余亦濫厠其二，筆墨疏陋，不足以當鉅觀。吾弟細加甲乙，勿使魚目混珠，幸甚幸甚。

仿設色大癡送朱星海之任

上洋朱君星海，以岐黄之術行於京師，聲名籍甚〔二三〕。江左業儒諸名家，到都門行醫者不少，惟星海用藥立方，所至輒效，頗有風送滕王之意。余方喜其業之有成、品之甚貴，忽作倅永寧，捧檄而喜，於甲午四月十一日就道。向館穀於余家，余送而正告之曰：「君爲醫則岐黄之事也，爲倅則服勞之事也，故無〔二四〕論大小，必思上不負國憲，下不病商民。凡錢糧經手，匪類盤詰，兼之公差絡繹，備辦解送，盤錯艱難，到手方知。子其勉旃。」星海甚服膺余言。果能如此，則官階日躋，另是一番面目。毋恃舊業，毋貪小利，克盡厥職，方得始終爲吾良友。臨别贈畫贈言，勿以拙筆爲應酬之物而忽視之。

仿設色大癡爲趙堯日

畫須自成一家，仿古皆借境耳。昔人論詩畫云：「不似古人，則不是古；太似古人，則不是我。」元四家皆學董、巨，而所造各有本家體，故有冰寒於水之喻。堯日學畫苦心有年，未能入室，以其規摹一家，即受一家之拘束也。此幅擬大癡而脱去其本色，渾厚磅礴，即在蕭疏澹蕩中，未免貽笑於作家。余謂貽笑處即是進步，放翁詩云：「文入妙來無過熟。」久之融成一片，勿拘拘於家數爲也。

仿設色大癡巨幅李匡吉求贈

余先奉常贈公彙宋元諸家，定其體裁，摹其骨髓，縮成二十餘幅，名曰縮本，行間墨裏，精神三昧出焉。此大父一生得力處也。華亭宗伯題册首云「小中見大」，又每幅重題賞鑒跋語，以見淵源授受之意。先奉常於丁巳夏初忽以授余，其屬望也深矣。余是年三十〔三五〕有五，拜藏之後，將四十年，手摹心追。庚寅冬間，方悟小中見大之故，亦可以大中見小也。隨作是圖，而興會未純，旋作旋輟，又三四年於兹矣。近喜匡吉甥南來，極道青翁老公祖賞鑒之精，而偏有昌歜之好。余於此中追溯生平，頗有一知半解，敢於知音之前自匿其醜乎。勉爲告竣，以博一粲。

仿北苑筆爲匡吉

匡吉學畫於余已二十年，古人成法皆能辨其源流，今人學力皆能别其緇素，惟用筆處爲窠臼所拘，終未能掉臂遊行，余願其爲透網之金鱗也。前莅任學博時，余贈以一册，名曰《六法金針》。别七八年，名已大成。近奏最而來，以筆墨見示，六法能事已綱舉目張。若動合機宜，平淡天真，别有一種生趣，似與宋元諸家尚隔一塵。今花封又在中州，舍此而去，定然飛騰變化。余尚慮其爲筆墨之障也，特再作北苑一圖。匡吉果能於意氣機之中、意氣機之外，精神貫注，提撕不忘，余雖老鈍，不足引道，然於此中不無些子相合，試於繁劇之際，流連一矌胸襟，則得一可以悟百，定智過其師矣。勉旃勉旃。

仿子久設色大幅爲沛翁殷大司馬

畫自家右丞以氣韻生動爲主，遂開南宗法派。北宋董、巨集其大成，元高、趙暨四家俱宗之。用意則渾樸中有超脱，用筆則剛健中含婀娜。不事粉飾而神彩出焉，不務矜奇而精神注焉。此爲得本之論也。沛翁以政事鉅公，爲風雅宗盟，其識力必有大過人者。每見必惓惓下問，余雖鈍拙，不敢自匿，竭其薄技，幸有以教之。

仿大癡秋山設色

宋元諸家千門萬户，豈能盡得其指歸，然必以董、巨法派爲正宗。深入而無間者，莫過於大癡。後來學人，在於指授如何、精進如何耳。余少侍先奉常，公每言「有明三百年來得大癡骨髓者，惟華亭董宗伯。苦心步趨，僅能不失面目。」雖係大父謙抑之語，起視藝苑，知其説者罕矣。輪美問畫於余，以其深得維揚工力，以是言告之，進而求諸縮本，似有所省。余纘述先業，不可謂無指授，惜鈍根弱質，不能精進，何以爲輪美老馬引途也？勉作此圖，質諸高明，亦有合處否。

仿子久筆

八月既望，秋光甚佳，而余以養疴扃户，未能領略。客有從虞山來，索余仿子久筆，宿諾甚久，强起勉作此圖。然子久高情逸韻，在身心俱忘、撤手懸崖而出，今余藥裹經旬，縱擺落一切，終爲病魔所牽，便與筆墨三昧有障。得失妍媸，旁觀者清，識者鑒之。

元四家異同論

昔人論文，有班、馬異同辨。余奉命作畫甚苦，適興有所觸，遂書臆見論之。畫中之趙吴興、高房山并絶元初，其所得宋人精奥處，另文以論。四家又起於二家之後者也。

仿巨然筆爲謩兒

巨然衣鉢，惟吴仲圭傳之，筆力墨光，透出紙背，真蹟數百年，神采猶爲奕奕。余腕弱筆鈍，久而未進。每墨浮而氣黯，由學之未純也。偶檢廢簏中，得紙爲謩兒作此，存之以觀後效〔三六〕。

仿大癡筆

大癡手筆平淡天真，其純任自然處，往往超於生熟之外。此中甘苦，有可學，有不可學，非伐毛洗髓者不知也。此圖暢春退直時寒夜〔三七〕所作，未能匠心，惟識者鑒之〔三八〕。

仿黄子久筆爲張南蔭

西嶺春雲。余聞粤西多山少水，拔地插天，與此迥别。及於此者，寒山流水，另有一番登臨氣象矣。大癡得董、巨三昧，平淡天真，不尚奇峭，意在富春、烏目間也。吟樵奉命遠行，出守大郡，囑余仿此，置行篋中，攬峰巖之獨秀，思湖山之佳麗，兩者均有得也。特慚筆墨癡鈍，不足爲燕寢凝香之用耳。

仿大癡巨幅爲李憲臣

余見子久大幅，一爲《浮巒暖翠》，一爲《夏山圖》，筆墨位置，盡發其藴。余向欲採取二軸，運以體裁，彙成結構，以腕弱思淺，動而輒止，未能與之鏖戰也。憲臣先生與予同事數年，悃愊無華，氣誼敦洽，予之知音也。向以此見委，怯於大幛，遲回久之。邇來功力稍進，不敢匿醜，經營慘淡者一載餘矣。今奉命爲粵東之行，迫促難辭，十日一山五日一水，何以副好友之意乎？急作此圖，歸之行篋中，以供清玩。予老來樂而不倦，南華羊城多奇山，先生歸述所見，予將爲先生再索枯腸，千巖萬壑，别開生面，藝苑中亦一美談也。書之以爲後訂。

煙巒秋爽仿荆關金明吉求

元季四家俱宗北宋，以大癡之筆，用山樵之格，便是荆、關遺意也。隨機而趣生，法無一定，邱壑煙雲，惟見渾厚磅礴之氣。北苑《夏景山口待渡圖》，用淺絳色，而墨妙愈顯，剛健婀娜，隱躍行間墨裏，不謂六法中道統相傳，不可移易如此。若以臆見窺測，便去千萬里，爲門外傖父，不獨逕庭而已。明吉以小卷問畫，余爲寫荆、關秋色，并以源流告之。并囑質之識者，以余言爲不謬否。

仿梅道人筆爲司民

世人論畫以筆墨，而用筆用墨必須辨其次第，審其純駁，從氣勢而定位置，從位置而加皴染。略〔三九〕一任意，便疥癩滿紙矣。每於梅道人有墨猪之誚，精深流逸之致茫然不解，何以得古人用心處？余急於此指出，得其三昧，即得北宋之三昧也。

仿小米筆爲司民

米家畫法，品格最高。得其衣鉢，惟高尚書有大乘氣象。元人中如方壺、郭天錫，皆具體而微者也。庚寅春暮夏初，余在暢春入直，晨光晚色，諸峰隱現出没，有平淡天真之妙，方信南宫遺墨得此中真髓。揣摩成圖，可以忘倦，可以忘老。諸方評論云，可與北苑頡頏，雖大癡、山樵，猶遜一格，不虚也。

仿黄子久爲宗室柳泉

「清光咫尺五雲閒，刻意臨摹且閉關。漫學癡翁求粉本，富春依舊有青山。」大癡畫至《富春》長卷，筆墨可謂化工。學之者須以神遇，不以迹求。若於位置、皴染研求成法，縱與子久形模相似，落落從上，諸大家不若是之拘也。此圖成後，偶有會心處，向上拈出，平淡天真之妙，可深參而得之。

仿大癡筆爲唐益之

要仿元筆，須透宋法。宋人之法，一分不透，則元筆之趣，一分不出，毫釐千里之辨在此，子久三昧也。益翁文章政事之餘，旁及藝事，筆墨一道，亦從家學得之。相值都門，論心深爲契合。今將製錦南行矣，寫此奉贈。

仿大癡秋山

大癡愛佳山水，至虞山見其頗似富春，遂僑寓二十年，湖橋酒鉼，至今猶傳勝事。吾谷楓林，爲秋山之勝，癡翁一生筆墨最得意處，所謂「峰巒渾厚，草木華滋」，於此可見古人之匠心矣。余侍直辦公之暇，偶作此圖，有客從虞山來，遂以持贈。質之具眼，有少分相合否。

仿大癡爲錢長黄之任新安

新安形勝地也。余前至秦中，驅車過洛陽，渡伊洛，四圍山色崚嶒，巨石俯瞰河流，曲折迤邐者數里，方知大癡《浮巒暖翠》《天池石壁》二圖之妙。過此而新安至矣。今長黄官於兹土，與崔峒「寒山流水」之句恰相符合，可不作此爲賀乎。此行身在畫圖中，而又領略詩意，古稱花縣，何以過之。發軔可以卜報最也，請以拙筆爲左券。

仿大癡長卷爲鄭年上

畫法莫備於宋。至元人搜抉其義藴，洗發其精神，實處轉鬆，奇中有淡，而真趣乃出。四家各有真髓，其中逸致横生，天機透露，大癡尤精進頭陀也。余弱冠時，得先大父指授，方明董、巨正宗法派，於子久爲專師，今五十年矣。凡用筆之抑揚頓挫，用墨之濃淡枯濕，可解不可解處，有難以言傳者。余年來漸覺有會心處，悉於此卷發之。藝雖不工，而苦心一番，甘苦自知。謂我似古人，我不敢信；謂我不似古人，我亦不敢信也。研〔四〇〕心斯道者，或不以余言爲河漢耳。

仿大癡爲漢陽郡守郝子希

筆墨一道，同乎性情，非高曠中有真摯，則性情終不出也。余與子希先生論交垂三十年，回思渚陽襄國時，政事之暇，較藝論文，流連無虛日。年來又同官於京，過從爲更密矣。先生出守漢陽，以畫屬余，蹉跎年久，終未踐約。猶幸筋力未衰，可以應知己之命。庚寅秋日，久雨初晴，辦公稍暇，鍵户息機，吮筆揮毫者數日，方成此圖。雖未敢與作家相見，而解衣磅礴，以研求之思，發蒼莽之筆，間亦有得力處也。因風郵寄，以志遠懷。

仿梅道人爲雪巢

余憶戊寅冬，從豫章歸，溪山回抱，村墟歷落，頗似梅道人筆。刻意摹仿，未能夢見。十餘年來心神間有合處，方信古人得力，以天地爲師也。雪巢大弟就幕閩中，此行爲道所必經，奚囊中試攜此圖，渡錢塘江，過江郎山，踰仙霞嶺，時一展觀，亦有一二脗合處否。

仿大癡設色

畫中設色之法，與用墨無異，全〔四一〕論火候，不在取色，而在取氣，故墨中有色，色中有墨。古人眼光直透紙背，大約在此。今人但取傅彩悦目，不問節腠，不入窾要，宜其浮而不實也。余作此圖，偶有所感，遂弁數語於首。

仿大癡九峰雪霽意爲張樸園先生

畫中雪景，唐以前但取形似而已。氣運生動，自摩詰開之，至宋李營邱，畫法大備，雪景之能事畢矣。大癡不取刻畫，平淡天真，別開生面，此又一變格也。余於雪景未經攻苦，諸家雖曾探索，終未夢見。此圖應樸園先生之命，客冬至秋，經營磅〔四二〕薄，乘暇渲染。冀得匠心之作，而手與心違，即於子久專師，以宋法未合，觚棱轉折處每爲筆使。何以得其三味乎？質之識者，幸有以教我。

仿大癡爲顧南原

余與南原年道兄訂交已十年矣。南兄詩文，士林推重，余一見心折。間一出餘技，點染山水，與倪、黄心傳若合符節，其天資筆力，迥異尋常畫史也。篆學不輕示人，近余始得三四石刻，渾脱流麗，精嚴高古，無美不備，遠宗文三橋，近師顧雲美，更有出藍之妙。猶憶甲寅秋，步月虎邱，與雲美相遇，談心甚洽，囑留塔影園一日，以二章易余便面。寶惜三十餘年，正慮其漫漶失真，得南兄重開生面，方信知過於師矣。南原酷嗜余筆，因追昔年佳話，促余作此圖，即用新章，亦不可不記也。

仿大癡設色爲賈毅庵

畫法與詩文相通，必有書卷氣，而後可以言畫。右丞「詩中有畫，畫中有詩」，唐宋以來悉宗之。若不知其源流，則與販夫牧豎何異也。其中可以通性情、釋憂鬱，畫者不自知，觀畫者得從而知之，非巨眼卓識，不能會及此矣。毅庵博學好古，於拙筆有癖嗜，余不敢自任，而不能却其請，爲仿大癡筆意，其中妍媸，知者自能辨之。

仿設色倪黄

壬辰春正望後，燈事方闌，料峭愈烈，銜杯呵凍，放筆作此圖。似有荆、關筆意，而風趣用元人本色。此倪、黄窠臼，未能純熟脱化也。傅以淺色，恐益增其累耳。

仿大癡筆

古人用筆，意在筆先，然妙處在藏鋒不露。元之四家，化渾厚爲瀟灑，變剛勁爲和柔，正藏鋒之意也。子久尤得其要，可及可到處，正不可及不可到處。個中三昧，在深參而自會之。

送勵南湖畫册十幅

畫雖一藝，而氣合書卷，道通心性，非深於契合者，不輕以此爲酬酢也。宋元諸家，俱有源委，其所投贈，無不寄託深遠。仿其意者，曠然有遐思焉，而後可以從事。南湖先生與余同直暢春，積有歲月，著作承明，揚扢風雅，先生所以自得，與余之所以受教於先生者，久欲傾倒。戊子冬日，值其四十懸弧之辰，非平常祝嘏之詞所能盡也，東坡詩云「我從公遊非一日，不覺青山映黄髮」，爰寫一册，以志岡陵之盛云。

仿松雪大年筆意

「天空浮修眉，濃緑畫新就。」此昌黎詩也。余和樹百弟〔四三〕一絶句，以廣其後二語有合處，因仿松雪、大年筆意，并録拙詠於後。「眼飽長安花欲燃，却教愁絶路三千。竹深處處鶯啼緑，輸與江南四月天。」

仿王叔明長卷

都城之西，層峰疊翠，其龍脈自太行蜿蜒而來，起伏結聚，山麓平川，回環幾十里，芳樹甘泉，金莖紫氣，瑰麗鬱葱，御苑在焉。得茅茨土階之意，而仍有蓬萊閬苑之觀。置身其際，盛世之遭逢也。余忝列清班，簪筆入直，晨光夕照，領略多年。近接禁地之清華，遠眺高峰之爽秀，曠然會心，能不濡毫吮墨乎。有真山水可以見真筆墨，有真筆墨可以發真文章，古人如是，景行而私淑之，庶幾其有得焉。此圖經年而成，頗費經營，識者流覽此中瑕瑜，應有定鑒耳。康熙戊子長夏，題於海甸寓直。

仿大癡卷

董、巨畫法三昧，一變而爲子久，張伯雨題云「精進頭陀，以巨然爲師」，真深知子久者。學古之家，代不乏人，而出藍者無幾。宋元以來，宗旨授受，不過數人而已。明季一代，惟董宗伯得大癡神髓，猶文起八代之衰也。先奉常親炙於華亭，於《陡壑密林》《富春長卷》，爲子久作諸粉本中探驪珠，獨開生面。余少侍先大父，得聞緒論，又酷嗜筆墨，東塗西抹，將五十年。初恨不似古人，今又不敢似古人，然求出藍之道，終不可得也。又今人多喜談設色，然古人五墨法，如風行水面，自然成文，荒率蒼莽之致，非可學而至。余故數年前作此長卷，久弆未出，今敢以公諸同好。

仿淡墨雲林

仿雲林，筆最忌有傖父氣，作意生淡，又失之偏枯，俱非佳境。立稾時從大意看出，皴染時從眼光得來，庶幾於古人氣機，不大相逕庭矣。

仿梅道人長卷

畫有五品，神、逸爲上。然神之與逸不能相兼，非具有扛鼎之力、貫虱之巧，則難至也。元季梅道人，傳巨然衣鉢。余見《溪山無盡》《關山秋霽》二圖，皆爲得其髓者。余初學之〔四四〕茫然未解，既而知循序漸進之法，體裁以正其規，渲染以合其氣，不懈不促，不脱不黏，然後筆力墨花油然而生。今人以潑墨爲能，工力爲上。以爲有成法，此不知庵主者；以爲無成法，亦不知庵主者也。於此研求，庶幾於神、逸之門不至望洋。明季惟白石翁最得梅道人法，詩云「梅花庵主墨精神，七十年來未用真」，可謂深知而篤信者矣。

學思翁仿子久法

董宗伯畫不類大癡，而其骨格風味則純乎子久也。石谷子嘗與余言，寫時不問粗細，但看出進大意，煩簡亦不拘成見，任筆所之，由意得情，隨境生巧，氣韻一來便止。此最合先生後熟之意，余作此圖，以斯言弁其首。

仿趙大年

惠崇《江南春》，寫田家山家之景。大年畫法悉本此意，而纖妍淡冶中，更開跌宕超逸之致。學者須味其筆墨，勿但於柳暗花明中求之。

仿董巨筆

畫中有董、巨，猶吾儒之有孔、顔也。余少侍先奉常，并私淑思翁，近始略得津涯。方知初起處，從無畫看出有畫，即從有畫看到無畫，爲成性存存宗旨。董、巨得其全，四家具體，故亦稱大家。

仿小米筆

山水蒼茫之變化，取其神與意。元章峰巒，以墨運點，積點成文，呼吸濃淡，進退厚薄，無一非法，無一執法。觀米家畫者，止知其融成一片，而不知條分縷析中，在在皆靈機也。米友仁稱爲小米，最得家傳，結搆比老米稍可摹擬，而古秀另有風韻，猶書中羲、獻也。宋太宰爲收藏家，聞有名畫，余未之見。爾載世兄以同里得觀，囑筆亦仿米意。余未經寓目，古人神髓豈能夢見，以意爲之，聊博噴飯可爾。

仿大癡設色秋山與向若

大癡《秋山》，向藏京口張修羽家。先奉常曾見之，云氣運生動，墨飛色化，平淡天真，包含奇趣，爲大癡生平合作，目所僅見。興朝以來，杳不可即，如阿閃佛光，一見不復再見。幾十年間，追憶祖訓，回環夢寐。兹就見過大癡各圖，參以管窺之見，點染成文。愚者千慮，或有一得，不至與癡翁大相逕庭耳。

仿梅道人與陳七

筆不用煩，要取煩中之簡；墨須用淡，要取淡中之濃。要於位置間架處，步步得宜，方得元人三昧。如命意不高，眼光不到，雖渲染周緻，終屬隔膜。梅道人潑墨，學者甚多，皆粗服亂頭，揮灑以自鳴得意，於節節肯綮處，全未夢見，無怪乎有墨猪之誚也。己丑中秋，乍霽新涼，興會所適，因作是圖，并書以弁其首。

仿設色小米

宋元各家俱於實處取氣，惟米家於虚中取氣，然虚中之實，節節有呼吸，有照應。靈機活潑，全要於筆墨之外，有餘不盡，方無罣礙。至色隨氣轉，陰晴顯晦，全從眼光體認而出。最忌執一之見。粗豪之筆，須細參之。

仿大癡秋山

己丑九月之杪，寒風迅發，秋雪滿山，黄葉丹楓，翠巖森列，動學士之高懷，感騷人之離思，正其時也。余以清署公冗，久疏筆硯，今將入直，興復不淺，作《秋山圖》寓意。上林簪筆與〔四五〕湖橋縱酒處境不同，而心跡則一。識者取其意，恕其學可爾。

仿梅道人

貧且勞，人之所惡也。然爲貧與勞之所役，以之移性情，隳意氣，則與道漸遠，無以表我之真樂矣。余碌碌清署，補衣節食，忘老辦公，時以典禮候直，寄跡蕭寺，篝燈揮灑，長箋短幅，不問所從來。偶憶〔四六〕古人得意處，放筆爲之，夜分樂成，欣然就寢，一枕黑甜，不知東方之既白矣。因仿梅道人筆，識之。

仿大癡水墨長卷

筆墨一道，用意爲尚。而意之所至，一點精神，在微茫些子間，隱躍欲出。大癡一生得力處，全在於此。畫家不解其故，必曰某處是其用意，某處是其著力，而於濡毫吮墨，隨機應變，行乎所不得行，止乎所不得止，火候到而呼吸靈，全幅片段自然活現，有不知其然而然者，則茫然未之講也。毓東於六法中揣摩精進，論古亦極淹博，余慮其執而未化也。偶來相訪，而拙卷適成，遂以此言告之，恍然有得。從此以後，眼光當陵轢諸家，以是言爲左券。

畫家總論題畫呈八叔父

畫家自晋唐以來，代有名家。若其理趣兼到，右丞始發其藴。至宋有董、巨，規矩準繩大備矣。沿習既久，傳其遺法而各見其能，發其新思而各創其格。如南宋之劉、李、馬、夏，非不驚心炫目，有刻畫精巧處〔四七〕。與董、巨、老米之元氣磅礴，則大小不覺逕庭矣。元季趙吴興發藻麗於渾厚之中，高房山示變化於筆墨之表，與董、巨、米家精神爲一家眷屬。以後黄、王、倪、吴，闡發其旨，各有言外意。吴興、房山之學，方見祖述，不虚董、巨、二米之傳，益信淵源有自矣。八叔父問南宗正派，敢以是對，并寫四家大意，彙爲一軸，以作證明。若可留諸清秘，公餘擬再作兩宋兩元，爲正宗全觀，冀略存古人面目，未識有合於法鑒否。推蓬係宣和裱法，另横一紙於前，并題數語。此畫始於壬辰夏五月，至癸巳六月竣事。

仿設色大癡秋山

六法一道，非惟習之爲難，知之爲最難；非惟知之爲難，行之爲尤難也。余於此中磨練有年，方知古人成就一幅，必簡鍊以爲揣摩，於清剛浩氣中，具有一種流麗斐亹之致。非可以一蹴而至。學大癡者，宜深思之。

仿大癡筆爲輪美

東坡詩云「論畫以形似，見與兒童鄰」，甚爲古今畫家下箴砭也。大癡論畫有二十餘條，亦是此意。蓋山無定形，畫不問樹，高卑定位而機趣生，皴染合宜而精神現，自然平淡天真，如篆如籀，蕭疏宕逸，無些子塵俗氣。豈筆墨章程，所能量其淺深耶。輪美問畫於余，余以此告之，即寫是圖以授之，意欲於大癡心法竊效一二耳。雖然，畫家工力有不得不形似者，遇事遇時，摹擬刻畫，以傳盛事，方見發皇蹈厲之妙。但得意，得氣，得機，則無美不臻矣。誰知之而誰信之，輪美亦極於此中留心，勉旃勉旃。癸巳夏五月寫，時年七十有二。

又仿大癡設色爲輪美

大癡畫以平淡天真爲主，有時傅彩粲爛，高華流麗，儼如松雪，所以達其渾厚之意、華滋之氣也。段落高逸，模寫〔四八〕瀟灑，自有一種天機活潑，隱現出没於其間。學者得其意而師之，有何積習之染不清、微細之惑不除乎？余弱冠時，得聞先贈公大父訓，迄今五十餘年矣，所學者大癡也，所傳者大癡也。華亭血脈，金針微度，在此而已。因知時流雜派，僞種流傳，犯之爲終身之疾，不可嚮邇。特此作圖，以授輪美，知其有志探索，又明慧過人，自能爲宋元大家開一生面，無負我意，勉旃勉旃。

仿設色倪黄爲劉懷遠

聲音一道，未嘗不與畫通。音之清濁，猶畫之氣韻也。音之品節，猶畫之間架也。音之出落，猶畫之筆墨也。劉兄懷遠於吴中少有盛名，遊於省會，自齊魯而迄京師，所至俱推絶詣。余觀其爲人静深有致，無刻不辨宫商、别聲調，閒一出其技，舉坐傾倒，公卿大夫俱爲美談，非思深而力到，能至此乎？余性不耐與人畫，至懷遠而不覺技癢，亦宗先反後和之意也。

大横披仿設色大癡爲明凱功

余於筆墨一道，少成若天性，本無師承，誦讀之暇，日侍先大父贈公，得聞緒論，久之於宋元傳授貫穿處，胸中如有所據，發之以學文，推之以觀物，皆用此理。每至無可用心處，間一揮灑，成片幅便面，無求知於人之心，人亦不吾知也。甲午秋間，奉命入直，以草野之筆，日達於至尊之前，殊出意外。生平毫無寸長，稍解筆墨，皇上天縱神靈，鑒賞於牝牡驪黄之外，反復益增惶悚，謹遵先賢遺意，吾斯之未能信而已。都門風雅，宗匠所集，間有知我者，余不敢自諉，亦不敢自棄，竭其薄技，歸之清秘，以供捧腹，不敢以此求名邀譽也。

擬設色雲林小幅

學畫至雲林，用不著一點工力，有意無意之間，與古人氣運相爲合撰而已。至設色更深一層，不在取色而在取氣，點染精神，皆借用。推而至於別家，當必精光四射，磅礴於心手。其實與著意、不著意處同一得力。學者無過用其心，亦無誤用其心，庶幾近之。

仿倪黄設色小卷爲司民

司民少有文譽，弈更擅場。自丁丑夏至婁，館於余家數年。余試以畫叩之，若金石之於節奏，林泉之於聲響，無不應也。余方知斯理可以一貫，無怪乎司民之弈所至〔四九〕輒傾倒也。庚寅秋入楚，睽闊者五年。今復來京，弈學更進，畫理明了，不減於昔，爲人風雅驚座，殆又過之。以後相識滿天下，見其風韻，猶存恨知心之晚耳。作是卷以贈之。

仿黄鶴山樵巨幅寄依文

黄鶴山樵，元四家中爲空前絶後之筆。其初酷似其舅趙吴興，從右丞輞川粉本得來，後[五〇]從董、巨發出筆墨大源頭，乃一變本家法，出没變化，莫可端倪。不過以右丞之體，推董、巨之用。而學者拘於見聞，謂山樵離奇夭矯，别有一種新裁。而董、巨之精神不復講求，山樵之本領終歸烏有。於是右丞之氣運生動，爲紙上浮談矣。聞親家爲新安風雅巨擘，今寓維揚，意欲昌明斯道，而慮振興之無人也。飛書來問山樵筆，并寄側理，余就所見作此圖，并以是語告之。

仿董北苑玉培贈司民

余從大癡入門，漸有進步，欲竟其學，公餘輒究心董、巨，此得本莫愁末之意也。先定體勢，後加點染，俱要以氣行乎其間，如風行水上，自然成文。用筆運墨之間，豈可强而致、躁而得耶。玉培有佳紙，藏弆數年，出以索畫，余亦經營經歲，垂成而忽歸司民，縑素輾轉，各有所屬，不可不紀其始。

題丹思畫册仿叔明

畫如四始與六義，未掃俗腸便爲累。青山幻出平中奇，强健婀娜審真僞。此理山樵深得之，扛鼎力中有嫵媚。老而篤好不知疲，譬如小户飲輒醉。寫以贈君君一噱，僧寮又聽鐘聲至。

仿萬壑松風

「萬壑松風，百灘流水。意在機先，筆隨心止。聲光閃爍，宋人之髓。溯流董巨，六法如是。松雪偶題，莫辨朱紫。標識煇煌，千秋有美。須審毫釐，莫别遠邇。極深研幾，竿頭一縱。」此圖以趙松雪題，董宗伯遂目爲趙作，識者駁之，至今爲疑。余以爲此賞鑒家之言，若論畫法，惟求宗旨，何論宋元。兹特取畫中之意，寫出示丹思，以見羮牆寤寐云爾。

仿范華原

「終南亘地脈，遠翠落人間。馬跡隨雲轉，客心入幛閒。晴沙横古渡，槲葉滿深山。領略高秋意，歸來但閉關。」余癸酉秦中典試，路經函谷、太華，直至省會，仰眺終南，山勢雄傑，真百二氣象也。海澱寓窗，追憶此景，輒仿范華原筆意，而繼之以詩。

畫設色高房山

房山畫法，傳董、米衣鉢，而自成一家，又在董、米之外。學者竊取氣機，刻意摹仿，已落後一著矣。嘗讀雪竇頌古云：「江南春風吹不起，鷓鴣啼在深花裏。三級浪高魚化龍，癡人猶戽夜塘水。」解此意者，可以學房山，即可以學董、米也。

瀟湘夜雨圖

「畫裏瀟湘雨氣賒，茅堂深閉暗山家。何人却艤滄江棹，一夜篷窗伴葦花。」米南宫之《瀟湘夜雨圖》，余未之見。己卯夏日，余愁戚中，玉培過訪，借高尚書筆法寫此釋悶，不計工拙也。

仿子久擬北苑夏山圖

壬辰小春，大内見子久《擬北苑夏山圖》，爲世所希有，愛慕之切，時不去念，暗中摹索，亦生平好尚意也。適象山賢契遣伻到京，簡詩惠問備悉。年登三十，覽揆之辰在即，遺以爲贈。

溪橋流水圖

南溪年世兄篤好風雅，於余畫有嗜痂之癖。相訂有年，今筮仕將行，又莅鄞臺名勝，特作此圖，以踐前約，併志□賀。康熙戊子小春，仿大癡筆。

虞山圖

懸老道世長兄移家就館虞山，與余經年相别。己巳長至，扁舟過訪，雨窗翦燭，談心慶快，得未曾有。欲余寫虞山大意，遂仿子久筆作此圖。

仿梅道人

巨然衣鉢傳之梅道人，惟明季白石翁深得其妙。余偶一仿之，於菴主法門或不至望洋也。康熙癸巳秋日，於京邸穀詒堂。

畫贈石谷山水

石谷先生長余十載，於六法中精研貫穿，獨闢蠶叢，余弱冠時，其詣已臻上乘矣。先奉常延至拙修堂數載，余時共辰夕，竊聞緒論。辛未後，在京邸相往來，每晤必較論竟日。余於此道中雖係家學，然一知半解，皆他山之助也。辛巳爲先生七秩大壽，余作此圖，恐以荒陋見笑大方，遲迴者久之。今閱二載，養疴休沐，復加點染，就正之念甚切，不敢自匿其醜。兹奉塵左右，惟先生爲正其疵謬，庶如金篦利翳耳。康熙癸未初秋。

校勘記

〔一〕「華亭」原闕，據稿本、抄本補。

〔二〕「也」，稿本、抄本作「色」。

〔三〕「竟」，稿本、抄本作「經」。

〔四〕「逮」，稿本、抄本作「迨」。

〔五〕「粲」，稿本、抄本作「笑」。

〔六〕「弗」，稿本、抄本作「勿」。

〔七〕「兩」，稿本、抄本作「輛」。

〔八〕「宗」，稿本、抄本作「家」。

〔九〕「兄」原闕，據稿本、抄本補。

〔一〇〕「五」原闕，據稿本、抄本補。

〔一一〕「是」，稿本、抄本作「此」。

〔一二〕「八」，稿本作「七」。

〔一三〕「舒」，稿本、抄本作「抒」。

〔一四〕「頌」原作「煩」，據稿本改。

〔一五〕「幸」原闕，據稿本、抄本補。

〔一六〕「年老」，稿本、抄本作「老年」。

〔一七〕「藁」，稿本、抄本作「篋」。

〔一八〕「窀穸」原作「荼苦」，據稿本改。

〔一九〕「荼苦」原闕，據稿本補。

〔二〇〕「并」，稿本作「亦」。

〔二一〕「功」，稿本作、抄本作「工」。

〔二二〕「曲」原作「回」，據稿本改。

〔二三〕「趣」，稿本作「趨」。

〔二四〕「寫」原作「墨」，據稿本改。

〔二五〕「趣」，稿本作「趨」。

〔二六〕「巨」，稿本、抄本作「具」。

〔二七〕「較甚於前，余冗中呵凍」原作「較甚於余前，冗中呵凍」，據稿本、抄本改。

〔二八〕「新構一齋」，稿本作「構一新齋」。

〔二九〕「披」，稿本作、抄本作「疲」。

〔三〇〕「天性」，稿本作、抄本作「性天」。

〔三一〕「圜」原作「圓」，據稿本改。

〔三二〕「似」原闕，據稿本、抄本補。

〔三三〕「籍甚」，稿本作「藉藉」，抄本作「籍籍」。

〔三四〕「故」，稿本作「官」。

〔三五〕「三十」，稿本、抄本作「卅」。

〔三六〕「存之以觀後效」後，抄本作「康熙丙子重陽後三日，麓臺識」。

〔三七〕「夜」原作「暑」，據抄本改。

〔三八〕「惟識者鑒之」後，抄本作「康熙戊子冬日，畫并題，王原祁」。
〔三九〕「略」原闕，據《麓臺題畫稿》補。
〔四〇〕「研」，《麓臺題畫稿》作「究」。
〔四一〕「全」原闕，據《麓臺題畫稿》補。
〔四二〕「磅」，《麓臺題畫稿》作「礴」
〔四三〕「弟」原作「第」，據《麓臺題畫稿》改。
〔四四〕「之」原闕，據《麓臺題畫稿》補。
〔四五〕「與」原闕，據《麓臺題畫稿》補。
〔四六〕「憶」，《麓臺題畫稿》作「意」。
〔四七〕「處」原闕，據《麓臺題畫稿》補。
〔四八〕「模寫」原作「寫模」，據《麓臺題畫稿》改。
〔四九〕「至」原作「以」，據《麓臺題畫稿》改。
〔五〇〕「後」原闕，據《麓臺題畫稿》補。

卷七　王司農題畫録下

仿黄鶴山樵秋山讀書圖

黄鶴山樵有《秋山蕭寺圖》，先奉常曾見之，云筆墨設色之妙，爲山樵平生傑作，惜已歸秦藏，不可復覩矣。甲戌夏，東嶼姊丈瀕行，屬余作《秋山讀書圖》，丹黄點染，亦欲師其大意，恐私智卜度，終未能夢見萬一也。凡閲兩寒暑而成，特令匡甥寄歸，爲我轉質之識者。康熙丙子七月既望。

仿趙大年江南春參松雪筆意

趙大年學惠崇法，成一家眷屬。昔人謂其纖妍淡冶，真得春光明媚之象。但所歴不越數百里，無名山大川氣勢耳。今參以松雪筆意，峰巒雲樹，宛然相合，方知大年筆墨，仍不出董、巨宗風，非描頭畫角者可比，所以爲可貴耳。丁亥清和，扈從北發，舟中與司民徐兄手譚之暇，輒爲點染，漫成此圖，至中秋告竣。聊以發紓性情，不復計工拙也。

仿北苑龍宿郊民圖

己丑春初，暢春園新築直廬，余於外直暫假，雨窗鍊筆，寫北苑《龍宿郊民圖》大意。

仿大癡

康熙乙亥中秋，積雨初霽，荼菴老叔過訪，屬仿大癡筆意，作此請正。

舟次所作

此圖余戊寅、己卯間在舟次所作，未經題識，不知何往。入都以來，已不復記憶。近匪莪老先生攜以見示，恍然如昨。拙筆逢賞音，雖燕石亦與美玉同觀，可免覆瓿，亦幸事也。因題於畫右，康熙壬午清和。

用高尚書法寫少陵詩意

「百年地僻柴門迥，五月江深草閣寒。」余丙子春在都爲匡吉甥曾寫此詩意，付一友裝潢，旋即失去，匡吉頗以爲恨。癸未春，同舟至邗，道筆墨之勝，興到時復作此圖，亦了前番公案也。

仿大癡秋山圖

余與台兄爲洪都之行，儀真舟次，已作《高岫晴煙圖》。既而溯大江，至彭蠡，望九華、匡廬諸山，巖巒奇秀，應接不暇。因思先奉常稱大癡《秋山圖》蒼翠丹黄，神逸超絶今古，惜未得一見。若以此景值秋光，必於是圖有脗合也。於此興復不淺，援筆博粲。戊寅嘉平。

仿梅道人秋山圖

荆濤年道契就選來都，留之邸舍，得共晨夕，筆墨之雅，嗜好忘倦。每觀余仿宋元諸家，有會心處。閒一作樹石，斐然成章，可入吾門矣。秋初，又試於司馬，已入干城之選，顧以違養經年，暫歸覲省。余爲作梅道人《秋山》送之，歸而懸諸北堂，以申南山之頌，亦閒居上壽意也。康熙丙戌小春。

仿倪黄筆意

「山色向南去，溪聲自北來。幽居可招隱，落葉點蒼苔。」康熙丙子中秋，仿倪、黄筆意。

爲王在陸

余本不善畫，又性成懶僻，友人屬筆者，每經年庋閣置之。此圖在渚陽時已諾王在陸道兄，而久未踐約。今秋相遇都門，晨夕幾半載，酒酣耳熱，必命握管，始獲告竣。少陵云「能事不受相促迫，王宰始肯留真蹟」，在陸兄之索余畫，無乃太促乎。然數年成約，不爲不久。因暇而索筆墨，亦所以策余之懶也。識之畫端，以博一粲。時康熙丁卯十月既望，畫於京師邸舍。

仿山樵林泉清集丹臺春曉二圖意

黄鶴山樵爲趙吴興之甥，酷似其舅。後乃一變其法，入董、巨三昧，可稱智過其師。雲林有筆力扛鼎之詠，不虚也。余先奉常舊藏有《林泉清集》《丹臺春曉》二圖，自幼至老，觀摩已久。今作此圖，冀欲得其萬一入室初機也。丁亥六月朔日，題於海淀寓直。

仿米家雲山

寫米家法，布置須一氣呵成，點染須五墨攢簇，方見用筆用墨潑中帶惜、由淡入濃之妙。若參得其意，於元季諸家無所不可耳。康熙丁亥冬日，寫於海澱寓直并題。

仿古脱古法

畫道與文章相通，仿古中又須脱古，方見一家筆墨。畫雖小藝，所以可觀也。余與忍翁老伯論此，深爲印可。今春士老道翁兄以省覲暫歸，出紙索筆，因作是圖就正有道，必更有以教我矣。康熙庚辰上巳，仿大癡。

仿大癡筆意贈王忍菴

忍翁先生文章重海内，著述之餘，兼精六法，每珍秘不肯示人。近見閩游二册，筆墨勁逸，方知文人游戲，無所不可。憶戊午歲，先生偶見拙筆，謬加獎借，以古人相期許。後十年，復見拙筆，曰近之矣，猶有進。客冬過訪，似所仿宋元六幀奉教，先生擊節不置，力索二圖。余鈍拙茫昧，自顧宛如初學，而先生三十年品題似有次第，即以爲印證可乎。遵命呈政。

仿大癡秋山圖

大癡《秋山》，曾聞之先大父云，少時在京口見過，爲諸合作中所未有。星移物換，世歷滄桑，百年以來，竟不得留傳海内矣。余在暢春寓直，研弄筆墨，即思此言，於大癡畫法中求其三昧，不脱不粘，庶幾遇之。敢以質諸識者，或亦撫然一笑乎。康熙己丑嘉平，畫并題。

仿惠崇江南春

「上林處處香翠，繞潤恩波自天。想見江南風景，紅亭緑水依然。」康熙四十七年四月四日，仿惠崇筆，時年六十有七。

仿大癡

畫家學董、巨，從大癡入門，爲極正之格。以大癡平淡天真，不放一分力量，而力量具足；不求一毫姿致，而姿致横生。此可爲知者道，難與俗人言也。余本不善畫，以大癡一家家學師承有自，間一寫其法，與知音討論。可與語者，近得吾毓東道契，斯學從此不孤矣。古人有質疑辨難之法，試以此意尋繹之，毓東必有爲余啓發者，透網脱穎，余將退舍避之矣。康熙丙戌冬日。

仿大癡

余前兩次扈從，毓東道契每索拙筆，未有以應。今同爲武林之行，晨夕半月，譚詩論畫，風雅之興，頗爲不孤。濡毫吮墨，遂作此圖，亦湖山良友之一助也。丁亥清和，仿大癡筆。

紅香夾岸圖

「桃花爛漫入春闌，三月紅香夾岸看。不逐漁人尋避隱，還從江上理綸竿。」畫以達情，詩以言志。此圖棄匣已久，今早乘輿告竣，并系以詩。庚寅王正下旬。

西窗消永圖

「幾年夢裏江南月，一片相思寄碧雲。此日西窗消永晝，青山筆底落秋旻。」余與瞿亭道長兄相别七載，近於長安客舍樽酒言歡，晨夕風雨無間，大快離索之思矣。出繭紙索畫，仿大癡筆意，以應其請，情見乎辭。康熙丁卯七月上浣。

昔大癡道人自題《陡壑密林》爲生平合作，云非筆之工、墨之妙，乃紙之善耳。此紙甚佳，而筆墨不足以副之，未知何時得少分相應也。并識。

仿大癡筆爲衛仲叔祖

衛翁叔祖卜廬南園，有山林泉石之思，三年前新構樂成，出側理見付，索余一圖。余南北驅馳，客春于役關中，歸又爲塵冗糾牽，未遑應命。近余復入都，話别，適叔祖静攝軒中，倚榻晤對，笑謂余曰：「子又將行矣。能踐三年之約，令吾臥游，以當《七發》乎？」余承命濡毫，作此圖請正。時康熙辛酉夏五上浣，仿大癡筆於南園潭影軒。

仿倪黄筆意

敬六老表姪索余畫甚久，以待直暢春，不遑點染，蹉跎累月。兹榮發首途，寫倪、黄筆意，勉以馳賀。畫雖小道，然澹宕中有精深，小亦可以喻大也。奏最非遠，拭目以俟，再當竭其薄技耳。康熙戊子春閏。

仿大癡兼趙大年江南春意

古人畫道精深之後，自成一家，不爲成法羈絆。如董華亭之於大癡，本生平私淑者，乃至仿摹用意得其神，不求其形，或倪、黄，或趙，兼而有之，蒼淡秀潤，無所不可，所謂「出入於規矩之中，神明於規矩之外」也。余春初以積勞静攝，扃户謝客，玉培以側理爲雨翁老親家老先生索筆，余正在畏熱惡寒中，不敢自匿其醜，因以此意作之，以博識者噴飯耳。康熙庚寅花朝，畫畢後題。

仿高尚書雲山圖

此圖仿高尚書《雲山》，余丙子春雨窗所作。是日諸友俱集寓齋，聯吟手談，争欲得之，不意歸於蓍兒。年來往來南北，遂致庋閣，余亦不復記憶。今辛巳九秋，蓍又將南歸，出此請題，余再加點染，并識歲月云。

仿倪高士灘聲漕漕雜雨聲圖

倪高士《灘聲漕漕雜雨聲圖》，董宗伯最得力於此，每見臨摹題跋，而雲林真本未得一覯。瀛洲問渡，候潮得暇，司民屬余爲念澄道兄寫此意。筆癡墨鈍，不足當一粲也。

大癡小幅

愛翁曾叔祖，吾婁之碩果也。年八十矣，忽乘興游京師，家中堂館之精舍，居月餘而爲陰雨所苦，接淅而行，堅留不可，云必得余拙筆爲快。頹唐之筆，何足以辱尊長？且行色匆匆，余又王事無暇點染，勉作大癡小幅，以資家鄉語柄，真米老所謂「慚惶煞人」也。康熙乙未七月望前畫并題，時年七十有四。

液萃

第一幅仿董北苑。六法中「氣韻生動」，至北苑而神逸兼到，體裁渾厚，波瀾老成，開以後諸家法門，學者罕觀其涯際。余所見半幅董源及《萬壑松風》《夏景山口待渡卷》，皆畫中金針也。學不師古，如夜行無火，未見者無論，幸而得見，不求意而求迹，余以爲未必然。余奉勅作董源設色大幅，未敢成稿，先以試筆并識之。

第二幅仿黄大癡。張伯雨題大癡畫云：「峰巒渾厚，草木華滋。以畫法論，大癡非癡，豈精進頭陀，而以釋巨然爲師者耶？」余仿其意并録數語。

第三幅仿趙松雪。「桃源處處是仙蹤，雲外樓臺倚碧松。惟有吴興老承旨，毫端湧出翠芙蓉。」趙松雪畫爲元季諸家之冠，尤長於青緑山水。然妙處不在工而在逸。

余《雨窗漫筆》論設色，不取色而取氣，亦此意也。知此可以觀《鵲華秋色卷》矣。

第四幅仿高房山。董宗伯評房山畫，稱其平淡近於董、米，與子昂并絶。余亦學步，久而未成，方信古今人不相及也。

第五幅仿黄鶴山樵。叔明少學右丞，後酷似吴興，得董、巨墨法，方變化本家體，瑣細處有淋漓，蒼莽中有嫵媚，所謂奇而一歸於正者。雲林贈以詩云「王侯筆力能扛鼎，五百年來無此人」，不虚也。

第六幅仿一峰老人。大癡畫經營位置可學，而至其荒率蒼莽不可學，而至若平林層岡、沙水容與，尤出人意表，妙在著意不著意閒，如《姚江曉色》《沙磧圖》是也。若不會本源，臆見揣摩，疲精竭力以學之，未免刻舟求劍矣。

第七幅仿雲林設色。雲林畫法，一樹一石，皆從學問性情流出，不當作畫觀。至其設色，猶借意也。董宗伯試一作之，能得其髓。先奉常仿作《秋山》，最爲得意。謹識於後。

第八幅仿巨然。巨然在北苑之後，取其氣勢，而觚稜轉折，融和澹蕩，脱盡力量之迹。元季大癡、梅道人皆得其神髓者也。此圖取《溪山行旅》《煙浮遠岫》意，而運氣未能舒展。若云紙澀拒筆，則自諉矣。

第九幅仿黄大癡。大癡元人筆，畫法得宋派。筆花墨瀋間，眼光窮天界。陡壑密林圖，可解不可解。一望皆篆籀，下士笑而怪。尋繹有其人，食之足沆瀣。余仿大癡，題此質之識者。

第十幅仿梅道人。「梅花菴主墨精神，七十年來用未真」，此石田句也。石田學巨然，得梅道人衣鉢，欲發現生平得力處，故有此語，然猶遜謝若此。余方望涯涉津，欲希蹤古人，其可得耶。

第十一幅仿黄大癡。「荆關遺意，大癡則之。容與渾厚，自見嶔崎。刻劃圭角，纖巧韋脂。以言斯道，皆非所宜。學人須慎，毫釐有差。天池石壁，粉本吾師。」大癡天池石壁有專圖，《浮巒暖翠》中亦用此景，皆傳作也。誤用者每蹈習氣，故作箴語。

第十二幅仿倪高士。董宗伯題雲林畫云，江南士大夫，以有無爲清俗，卷帙中不可少此筆也。今真虎難覯，欲摹其筆，輒百不得一。此亦清潤可喜。

總跋：匡吉甥篤學嗜古，從余學畫有年，筆力清剛，知見甚正。楷模董、巨、倪、黄正宗，屬余仿八家，名曰《液萃》。余信手塗抹，稍有形似者，弁之曰仿某氏，如癡人説夢、夏蟲話冰，不足道矣。耳目心思，何所不到，出入諸賢三昧，闢盡蠶叢，頓開生面，良工苦心，端有厚望，不必問塗於老馬也。康熙乙酉重陽日，題於穀詒堂。

仿元季六家推篷卷

畫道筆法機趣，至元人發露已極。高敬彦、趙松雪暨黄、王、吴、倪四家共爲元季六大家。此皆得董、巨精髓，傳其衣鉢者也。余苦心三十餘年，終未夢見。兹就臆見，仿各家大意，以自驗其所得，未知境詣如何。石帆龔先生，爲余中表尊行。游於京師，摛詞立品，人争重之，而先生不爲意，顧惟余畫是好。兩年以來，余退食之暇，輒來過訪，風雨晦明，談心晨夕，殆寒暑無間也。余爲作畫甚多，此仿元人六幅，云將彙成長卷，歸以奉尊慈施太夫人，預爲八袠岡陵之祝，先生之孝思深矣。昔人有云「烹龍爲炙玉爲酒，鶴髮初生千萬壽」，子之奉親必如此，方見綵服承歡之盛。拙筆聊可覆瓿，將毋無乃不稱，然樂山樂水樂壽在焉，以此彰令德，祝遐齡，奚爲不可，又何計其工拙乎。康熙癸未清和月。

意止齋圖卷爲敬立表叔作

「五柳先生愛此眠，蕭齋清寂似林泉。名高自足光時論，意止還能澹物緣。鳥語窗幽真竹徑，花香客到正梅天。前朝祖澤依然在，松下閒吟續舊編。」「雙橋桃柳映沙墟，可似幽人水竹居。領略風光詩思好，規摹粉本墨痕疏。荒庭草没抽書帶，棐几窗明落蠹魚。且待東籬花發候，送將白墮到君廬。」題意止齋二律，似敬老表叔并正，戊寅春。

九日適成卷

「北風向南吹，木落征途引。壯子將言歸，蒼茫理車軫。送遠新愁開，逢節舊醅盡。吾叔羅樽罍，高會龍山準。素心六七人，歡洽無矛盾。傳杯插茱萸，登臺西嶺近。小户張我軍，飛觸不爲窘。月出動清商，羯鼓鵾絃緊。高山流水情，觸撥不能忍。歸家復挑燈，揮灑胸中藴。悠然南山意，落帽可同哂。付兒留篋中，他年卜小隱。」九日集八叔寓中，用杜少陵「興來今日盡君歡」句爲韻，拈得盡字，長卷適成，即爲題後。蓍兒南歸，付其行篋。康熙辛巳九秋望日，畫於長安寓齋。

西嶺煙雲卷

西嶺煙雲，富春遺法。董宗伯論畫云，元人筆兼宋法，便得子久三昧。蓋古人之畫以性情，今人之畫以工力。有工力而無性情，即不解此意，東塗西抹無益也。樹峰老先生爲余先輩執友，又同值禁庭，朝夕隨几杖，性情相契已久。乙酉之冬，忽手書《草訣百韻》見貽，余得之如拱璧。兩年以來，思以筆墨奉酬，不輕落紙，手摹心追，入癡翁之門，達宗伯之意，庶幾與古人性情少分相合。先生其有以教我乎？康熙丁亥八月朔日，題於京邸穀詒堂。

萬壑千崖卷

萬壑泉聲滿，千崖樹色深。八叔父屬余仿子久長卷，遵命圖此。天寒呵凍，殊愧不工。然體裁未失，猶與古人大意不甚徑庭。或存之篋中，再觀薄技，以冀少有進步耳。康熙辛巳嘉平，敬題。

仿子久爲曹廉讓

筆墨余性所耽習，每遇知音，不敢輕試，輟作常至經年累月，稍得妥適，終未得希蹤古人。此圖爲廉讓年兄所作，長夏公餘，勉爲點筆。清況索米，時復攖心，澀滯從氣韻中不覺現出，何以副知音之請乎，書以志愧。

仿大癡爲儲又陸

余少年筆墨，以習帖括未能竟學。自出於陽羨儲夫子之門後，方得專心從事。

又四十餘年矣。余猶憶三十年前，爲先師作一小幛，亦仿大癡，爾時賜肥腦滿，信手塗抹，不知作何境界也。近與又陸二世兄聚首都門，歷敘夙昔，未免有交密迹疏之歎。又兄欲得拙筆，弆之行囊中，以當時時語言，并與前畫一較優劣。是必有以教我矣，作此圖以請正。

仿范華原

范中立《溪山行旅》，取正面雄偉，見其巖巖氣象。兹取側勢，亦是一法。

仿老米筆

襄陽筆法，得董北苑墨妙，而縱横排宕，自成一家。其入細處，有極深研幾之妙。得其迹，并得其神，則於諸家畫法無微不入矣。康熙己丑，自春徂夏，供奉之暇，仿北宋四家鍊筆，因少陵有《示阿段》詩，即以付范侍者。

仿董思翁設色

思翁畫，於董、巨、荆、關、黄、趙、倪、高諸家，悉皆入室，瀟灑中有精神，黯淡中有明秀，皆其得力處也。余家舊藏有《江山垂綸圖》，係平遠設色，用筆純是古法，余變爲高遠，摹仿其筆意亦近之，但未能脱化耳。時己丑九秋九日。

仿王叔明

山樵酷似其舅，筆能扛鼎。晚年更師巨然，一變本家體，可稱冰寒於水矣。

仿雲林意

雲林結隱臥江鄉，五百年來筆墨香。借得溪山消寂寞，不愁風雨近重陽。

湖湘山水圖卷

幼芬大弟黔中典試回，備述湖湘山水之妙，欲余作長卷以紀其勝。余聞洞庭以南，峰巒洞壑，靈奇萃焉。或爲峭拔，或爲幽深，或雲樹之變幻蔽虧，或沙水之容與澹蕩，隨晦明風雨以成變化。余且未經歷其地，非筆所能摹寫也。昔洪谷子遇異人，論畫云「用其意，不泥其迹」，此圖余亦以意爲之耳。自客秋經營至今，意與興合，輒爲點染，不問位置之得似與否。圖成而歸之，以供吾弟一噱也。時康熙辛巳秋八月四日。

仿子久長卷爲趙松一

古人有云「一日相思，千里命駕」，此交道之厚也。余與松一趙兄交甚厚，於余之入都也，渡江涉淮，送及清江浦而返，此亦古人千里命駕之意也。余無以爲情，舟次作長卷以贈之。是卷始於五月十八日，成於七月十七日，凡兩閲月。

仿黄鶴山樵水墨卷贈吴玉培

畫卷須窮極變化，其中縱横排蕩，幽細謹嚴，天然成就，不露牽合之迹，方爲合式。四家中，山樵筆更不可端倪。余見其《秋山蕭寺》《丹臺春曉》《林泉清集》《夏日山居》諸圖，機生筆，筆生墨，墨又生筆，以意運氣，以氣全神，想其揮毫時，通身入山水中，與之俱化，位置點染，皆借境也。余以四圖意，參用一卷。拙筆鈍資，妄希效顰。每日清晨，悉心體認，然後落筆。積之既久，漸覺有生動意，向來慘澹經營，此卷似有入門處。玉培吴兄晨夕寓齋二十年，時見余畫，獨於此卷甚喜，因以持贈，并質之識者，不爲噴飯否。康熙甲申九秋，題於京邸穀貽堂。

此卷爲余鍊筆之作，刻意揣摩結構，兩年始成。留貯篋中，玉培南歸，堅索攜去。玉培復來都門，此卷遂入質庫。今春饕兒扈從還家，展轉得之，歸裝挈入。適拙園大弟視學西蜀，爰以奉賀，此畫得所歸矣。前大弟典試黔中，公事竣後，暫省鄉園，紆道湘永，云山水幽邃蔽虧，各家具備，似黄鶴山樵者爲多。蜀中奇秀甲天下，木末水濱，有可翦取處否，報最還朝，又可借此一聞快論，以廣余意也。丁亥中秋，又題。

仿大癡富春山圖長卷

古人長卷，自摩詰《輞川圖》始立南宗模則，惜余未之見。偶閲畫稿，方知右丞用意之深遠，行間墨裏，配搭無纖毫罅漏，真有化工之妙。不知真筆墨之運用，又何如耳。十年前，見北苑《夏景山口待渡圖》，乃知唐宋諸大家理同此心，心同此理，淵源相紹續，無少差别，北苑如是，右丞亦如是也。元季長卷，見大癡《富春山圖》，筆墨奔宕超逸，脱盡唐宋成法，真變化於規矩之外，神明於規矩之中，畫至此神矣聖矣。余自幼學畫，每侍先奉常，竊聞講論，必以癡翁爲準的。癡翁筆墨，尤以《富春》爲首冠。及一見之，輒有不可思議之歎。此圖約略仿其大意，若謂能得古人堂奥，則吾豈敢。時康熙辛卯春日，畫成漫題於穀詒堂，時年七十。

溪山合璧彙寫黄倪王吴四家筆意

元季四家悉宗董、巨，各有作用，各有精神。古人講求筆墨，間爲兩家合作，從未有四家同卷。余之作此，亦仿古人合傳之法，隨意結構者也。中間有分有合，若斷若續，全在不即不離處。若云摹擬四家，筆端所發性靈，自我而出，邱壑出入之際，豈能得其三昧。若云不是四家，逐段經營，各具面目各别，識者未必竟誚爲門外漢也。余學宋元諸家，每有彙爲一卷之志，事故紛糾，多年未成。今先以四家試之卷内，開闔變化，自出機杼，奇思雖無，陳言盡去，輟筆諦觀，無鈎巾棘履之態。董華亭論畫云，最忌筆滑，不爲筆使，二語知所遵守，庶幾近之矣。喜其有成，用識於後。康熙庚寅清和，題於海澱寓直。

仿梅道人筆

季書道世兄雅有筆墨之好。己卯冬日，余在邗，阻風雪，急欲歸矣，而季書惓惓之意，難却其請，呵凍爲仿梅道人筆。

仿黄鶴山樵

憶癸酉秋，在秦爲雨亭先生仿大癡筆，今閲八年矣。玆復爲學山樵，筆墨癡鈍，未得古人高澹流逸之致。功淺而識滯，今猶昔也，請正以博噴飯。康熙辛巳暮春下浣。

寫摩詰詩意

「山中一夜雨，樹杪百重泉。」辛巳秋日，讀摩詰詩，見二句欣然會心，遂爲皇士老賢甥寫此景，以博一粲。

仿倪黄小景

天游姪，吾家之白眉也。爲人好學深思，温然如玉，而又酷嗜風雅。以余復將北行，過談彌日不倦，因作倪、黄設色小景示之，使知理以機運，神由氣全，筆墨一道，不外是矣。癸未元夕題。

仿大癡設色

筆墨一道，非寄託高遠、意興悅適，經營點染時，心手便不相關。古人於此每櫝硯閣筆，動以經年，亦機緣未到也。瞻亭年兄見付側理甚久，每爲公冗所稽。今春養疴邸舍，瞻兄妙劑可當《七發》，霍然而起，頗得淋漓之致，可以踐宿諾矣。書以識之，勿以遲遲見誚也。庚寅寒食前筆。

仿古山水册

清蒼簡淡，雲林本色也。間一變宋人設色法，更爲高古。明季董華亭，最得其妙。此圖擬之。

梅花庵主有《溪山無盡》《關山秋霽》二圖，皆稱墨寶。此幀摹其梗概，有少分相合否。

黄鶴山樵《林泉清集圖》，余家舊藏也，今已失去，因追師其意。

房山畫法，與鷗波并絶，在四家之上。此幀略師其意。

「落花流水杳然去，别有天地非人間。」仿松雪筆。

「山川出雲，爲天下雨。」仿米元章筆。

子久設色，在著意不著間，此圖未知近否。

北苑真跡，余曾見《龍宿郊民圖》及《夏景山口待渡長卷》，今參用其筆。用筆平淡之中，取意酸鹹之外，此雲林妙境也。學者會心及此，自有逢原之樂矣。康熙乙未長夏，仿宋元諸家，并題於京邸之穀詒堂。

仿大癡天池石壁圖

大癡畫，峰巒渾厚，草木華滋，《浮嵐暖翠》《天池石壁》二圖則尤生平傑作也。余兼師其意，具眼者鑒之。康熙丙子冬日，呵凍筆。

竹溪漁浦松嶺雲巖卷

「竹溪漁浦，松嶺雲巖。」畫法氣韻生動，摩詰創其宗。至北苑而宏開堂奥，妙運靈機，如金聲玉振，無所不該備矣。余曾見半幅董源及《夏景山口待渡》二圖，莫窺涯際，但見其純任自然，不爲筆使。由此進步，方可脱盡習氣也。此卷始於辛巳之秋，成於甲申之夏。位置牽置，筆痕墨迹，疥癩滿紙。然其中經營慘澹處，亦有苦心，瑕瑜不掩，識者當自鑒之。康熙甲申六月望日，題於京邸穀詒堂。

仿古山水卷爲紫崖先生壽

余讀《詩》至《抑》之篇，衛武公耄而好學，年至期頤，人稱睿聖，始知學無止境，好之者未有不臻絶詣者也。紫崖先生年八十矣，而好學不厭，畫道尤爲精深，獨於余有嗜痂之癖，晨夕過談，彌日忘倦。至於古人妙境，尤寤寐羹牆，所云「切磋琢磨」，庶幾有焉。以年如此，以學如此，豈非六法中之衛武耶。此卷側理頗佳，先生索余筆，藏弆篋中三年，今值大壽之辰，寫此進祝岡陵，并引衛武以廣先生之畫，先生見之，當亦囅然一笑乎。時康熙己巳暢月長至後五日。

仿宋元六家卷

東坡《寶繪堂記》云，君子寓意於物，而不可留意於物。畫亦物也，爲嗜好耽玩所拘，則留矣。石帆表叔篋中有殘緒數幅，余偶戲爲試筆，表叔每日攜之至寓，暇日輒促點染，遂成六幀。余不過自適己意，而表叔留之成迹，反爲累矣。以此奉箴，何如。康熙辛巳嘉平中澣題。

仿大癡山水卷

大癡畫法皆本北宋，淵源荆、關、董、巨，和盤託出，其中不傳之秘，發乎性情，現乎筆墨，有學而不能知者，有知而不能學者。今人臆見窺測，妄生區別，謂大癡爲元人畫，較之宋人，門户迥別，力量不如，真如夏蟲不可以語冰矣。明季三百年來，惟董宗伯爲正傳的派。繼之者，奉常公也。余少侍几席間，得聞緒論。今已四十餘年，筆之卷末，以質諸識者。時康熙甲申春仲朔，寫於京邸穀詒堂。

爲孟白先生壽

余至維揚，客於延陵之館，識友竹兄，篤於氣誼之君子也。歲之十月，爲尊甫孟白先生八衮壽，預作此圖奉祝。時康熙庚午七月朔日。

寫大癡得力荆關意

荆、關、董、巨爲元四大家祖禰。大癡畫，人知爲董、巨正宗，不知其得力於荆、關之處也。屺望姪問畫於余，以此告之，隨寫其意，當爲識者訕笑矣。時康熙己卯長夏。

補雲林遂幽軒圖

書年道契出所藏倪高士題良夫友遂幽軒詩并跋見示，筆法古勁，點畫斐亹，確係真本。但詩存而畫不可得見矣。書年屬余補圖詩意，以徵君墨蹟弁其首，亦名其軒曰遂幽，懸之室中，安見古今人不相及。愧余腕弱筆癡，不能步武前哲耳。康熙庚辰孟冬望前識。

仿高尚書

客秋雨中，雲期道兄過談竟日，爲作高尚書筆未竟。今復坐索，率爾續成，恐非古人面目矣。時康熙己卯三月下澣。

仿梅道人

畫至南宋，競宗豔冶，骨格卑靡。梅道人力挽頽風，成大家風味，所謂淡妝不媚時人也。己卯春日，京江道中寫此，以質識者。

仿雲林溪山春靄圖

此圖余在維揚御青呂郡司馬寓樓所作。余入都後，爲吾州葉姓所得，聞其不戒於火，幾歸秦藏。不意此圖猶獲一觀也。再識歲月於左。癸巳秋日，觀於穀詒堂并題，閲十四年矣。

爲敬立表叔

吴門旅雁兩三聲，我去西江君北征。一片樓頭寒夜月，桃花流水隔年情。
兩載相思南北分，孤舟淮浦忽逢君。離愁一夜連牀話，湖岸西風浪接雲。
意止圖成點染新，一山一水未能真。知君夙有煙霞癖，側理重貽拂舊塵。
侵晨叩户喜盤桓，無那霜花入硯寒。促迫由來多疥癩，挂君素壁不須看。
戊寅夏秋，敬立表叔讀書余齋，余爲作《意止齋圖》長卷，甫成而北行，復購紙相待。歷年以來，彼此往來南北，僅於清淮一晤。今始得都門聚首，歡甚。連日過寓齋，堅索前約，呵凍遂成此圖。因題四絶，以志我兩人離合之迹云。康熙辛巳小春下澣。

仿曹雲西

「白石孤松下，喬柯領竹枝。春回將布暖，莫負歲寒時。」壬午冬夜，漫筆示玉培。

仿倪黄

元四家皆宗董、巨，倪、黄另爲一格，丰神氣韻，平淡天真，腕弛則懈，力著則粘，全在心目之間，取氣候神，有用意不用意之妙。新秋乍凉，養疴休沐，偶然興到，便作此圖。然筆與心違，未能脗合，所謂口所能言筆不隨也。康熙癸未仲秋。

仿黄鶴山樵

余久不作山樵筆，此圖從暢春入直暫歸，興到偶一爲之，歷夏經秋，方知山樵於騰那變化中取天真之意。柔則卑靡，而剛則錯亂，必須因勢利導，任其自然，平心静氣，若存若忘，方有少分相應處。余嘗謂畫中有心性之功、詩書之氣，可從此學養心之法矣。時康熙甲申仲冬。

仿董巨

余三次扈從歸吴門，必與惠吉表弟留連浹旬，揚風扢雅，筆墨之興，油然而生。每爲侍直所阻，昨雨中翠華幸虎邱，余憩直子充齋中，惠吉冒雨過訪，復理前説云：「君子寓意於物。於此中寓意已久，必欲踐約。」余勉爲作董、巨筆法，癡肥習氣未能剗除，恐不足以副其望也。康熙丁亥清和望後三日。

仿雲林

丁亥清和，扈從歸舟，寫設色雲林。余年來一官匏繫，簪筆鹿鹿，夙夜在公，家無甑石，日在愁城苦海中，無以解憂。惟弄柔翰，出入宋、元諸家，如對古人。雖不能肖其形神，庶幾一遇，亦寓意寬心之法也。

寫倪黄筆意

敬六老表姪索余畫甚久，以待直暢春，不遑點染，蹉跎累月。兹榮發首途，寫倪、黄筆意，勉以馳賀。畫雖小道，然澹蕩中有精深，小亦可以喻大也。奏最非遠，拭目以俟，再當竭其薄技耳。康熙戊子春閏。

學董巨

學董、巨畫，必須神完氣足。然章法不透，則氣不昌。渲染未化，則神不出。非可爲淺學者語也。明吉問畫於余，特作此圖示之。慘澹經營，歷有年所，而終未匠心，方知入室之難，明吉勉旃。戊子臘月望日。

秋山圖

大癡《秋山圖》，昔先奉常云曾於京口見之，時移世易，無從稽考，即臨本亦無。此圖余就臆見成之，亦有《秋山》之意，恐未足動人也。康熙戊子夏五，寫於海淀寓直。

仿元六家山水册

此余丁巳春間往雲間筆也，先奉常見之，謂余爲可教，題識四字。今閱十五年矣，於古人筆墨終未夢見，殊愧先大父指授，爲之泫然。康熙庚午長夏，觀於毘陵舟次，謹題。

仿宋元十幀

畫中山水，六法以氣韻生動爲主。晉唐以來，惟王右丞獨闡其秘，而備於董、巨，故宋元諸大家中推爲畫聖。而四家繼之，淵源的派，爲南宗正傳，李、范、荆、關、高米、三趙皆一家眷屬也。位置出入，不在奇特，而在融洽穩當；點染筆墨，不在工力，而在超脱渾厚。古人殫精竭思，各開生面，作用雖别，而神理則一。非惟不易學，亦不易知也。余本不知畫，而問亭先生於余畫有癖嗜。此册已付三年，而俗冗紛擾，無暇吮毫潑墨。所成十幅，或風雨屏門，或養疴習静，間一探索翰墨，流連光景，置身於山巔水涯、荒村古木之間，古人之法，學不可期而心或遇之。若謂余爲知古能學古者，則遜曰不敢。質之先生，以爲然否。

秋月讀書圖用荆關墨法

「秋月秋風氣較清，聲光入夜倍關情。讀書不待燃藜候，桂子飄香到五更。」庚寅冬日，爲丹思畫畢，賦此相勗。

文待詔石湖清勝圖詩畫卷

文待詔當明季盛時，風流弘長，筆墨流傳，得若拱璧。今觀其《石湖圖》一卷，流麗清潤，脱盡凡俗之氣。游湖諸作，寄託閒適，可以想見其襟懷矣。以後諸題詠，共垂不朽。含吉表弟宜寶藏之。

巨然雪景

此宋人變格，如大癡之《九峰雪霽》，亦元人變格也。凡作此等畫，俱意在筆先，勿拘拘右丞、營邱模範，并不拘巨然、大癡常規，元筆兼宋法，此教外别傳也，具眼者試辨之。戊子冬，初寫於海澱寓直。庚寅立冬日，重展觀之，更稍加點綴，并題數語，亦寓直時也。

崇岡幽澗仿范寬

峰迴壑轉拱天都，下有喬柯結奥區。要識水窮雲起處，清流不盡入平蕪。

仿董巨

畫家至董、巨而一變，以六法中氣運生動，至董、巨而始純也。余學步有年，未窺半豹，但元人宗派，溯本窮源，俱在於此，苦心經營，或冀略存梗概耳。庚寅清和，海澱寓直筆。

用巨然墨法

戊子仲春，用巨然之《賺蘭亭圖》墨法。宋人筆墨，宗旨如此。北苑之半幅、巨然之《賺蘭亭》是也。余故標出之，要求用心進步處。

南山秋翠

余仿松雪春山，意猶未盡，此圖復寫秋色。

擬叔明筆爲丹思

「位置本心苗，相投若針芥。施設稍失宜，良莠爲荑稗。匠意得經營，庖丁砉然解。元季有山樵，蕩軼而神怪。出没蒼靄間，咫尺煙雲灑。我欲溯源流，董巨其真派。羅紋結角處，卷舒意寧隘。慎勿恣遠求，轉眼心手快。」丁亥仲冬下澣，長宵燒燭，爲丹思擬叔明筆，兼論畫理，偶成古體八韻，并録出示之。

溪山秋霽仿梅道人

「山村一曲對朝暉，秋霽林光翠濕衣。欲得高人無盡意，更看岡複與溪圍。」「高峰積蒼翠，訪勝到柴門。莫待秋光老，淒涼浄客魂。」寫畢又題二絶，丁亥嘉平五日。

仿梅道人

「廿年行脚老方歸，庵主精神世所稀。脱盡風波覓無縫，好將緇素换天衣。」仿梅道人大意，作偈頌之。

仿諸名家山水册

關仝秋色，布置雄偉，筆墨精嚴，宋法始於此，并爲元筆之宗主。六法於此研求，庶幾不虛矣。戊子仲秋筆。

昌黎《南山詩》云「蒸嵐相澒洞，表裏忽通透」，北苑用筆爲得其神，此幅擬之。竹溪罨畫。仿趙松雪《鵲華秋色》筆。

人家在仙掌，雲氣欲生衣。仿黄子久。

雲林設色小景，華亭董思翁最得其妙。兹寫其意，丁亥扈從舟次作。

王叔明爲趙吴興之甥，有扛鼎之筆，而剛健含婀娜，乃其最得力處也。學者亦於此究心，庶有進步。戊子春日，寫於海澱寓直。

丙戌長夏，歸寓休沐，偶憶吾谷楓林，仿大癡《秋山》。

溪山仙館。兼仿倪黄筆意。

仿雲林設色小景

「畫須適意，不在矜持」，天語也。原祁簪筆入直，十有餘年，感激尋繹，忽似有會心處。果能同符妙義，方與古人三昧無間然矣。應制之作，起敬起畏，未免拘牽。茲以供奉之暇，興到輒盡，濡毫吮墨，得十二幀，轉覺天真爛漫，留以質之同好，或有以教我。康熙己丑小春月杪，集寫意畫并題。

背寫大癡銅官山色圖

大癡道人《銅官山色圖》，余曾見臨本。暢春侍直歸寓休沐，追憶背寫位置大意，不問工拙，落成一笑。時己丑暮春。

卷八　王司農題畫録補佚

仿倪黄山水爲愚千

庚辰初夏，愚千弟同余北行。京江舟次，寫倪、黄大意，落墨未竟。入都後，愚千欲以圖轉奉時翁老先生，以拙工而登匠石之門，遲迴久之，庋閣經年。今以南歸相促，不敢自匿其醜，點染成之，附以就正有道，愧未足叨清秘之藏也。康熙壬午端月，婁東王原祁識。

仿大癡

大癡筆法疏秀，而峰巒渾全得董巨妙用，爲四家第一無疑，康熙甲午清和于萬壽園館中畫并題，王原祁時年七十有三。

——以上兩則據蔣光煦《别下齋書畫録》

溪山高隱圖卷

溪山高隱圖。時甲子仲春，爲雲壑道兄寫於渚陽官署之蔭碧軒，王原祁。是卷與雲壑有夙約。戌、亥二載，相聚渚陽，公餘即出此遺興。吏事鞅掌，時復作輟。今雲壑壽母南歸，爲之盡晷窮膏，半月告竣，中間未免多荒率之筆，或以古法繩之者，取其意不泥其跡可也。麓臺又識。

仿古山水扇册

仿黄鶴山樵。黄鶴山樵《鐵綱珊瑚》，淡墨無遠山。余稍廣其意，而面目已失，當爲識者訕笑矣。諤兒存之。

谿山秋色。癸未春日扈從，寫谿山秋色於京江舟次。

仿黄大癡。夏尊年翁屬仿大癡筆法。時宿雨初晴，新霽可愛，寫此并志。甲戌九秋。

仿倪、黄等。乙酉清和閏月，扈從北上，舟阻南口，兀坐苦熱，與大酉道兄思吾谷楓林之勝，稍解煩襟，因寫倪、黄筆意。

仿元人法。法元人平遠小景意，爲民老年道兄正之。時壬辰桂月。

仿一峰老人。大癡筆寫虞山吾谷楓林奇觀拂水巖意。

谿山秋爽卷

癸未長夏，暑中小憩，開户納涼，偶憶尚湖秋氣，漫寫其意。

仿六如居士

唐子畏師李晞古，余學其意。時乙酉閏四月二十七日，舟次津門作。

——以上四則據潘正煒《聽颿樓書畫記》

仿趙大年筆

花鬚柳眼各無賴，紫蝶黄蜘俱有情。康熙甲午仲春，寫於穀詒堂，時年七十有三。

——據謝誠鈞《聵聵齋書畫記》

城南山水

城南爲州中勝地，緣溪築圃，花木蕭疏，尤爲絶勝。春日晴和，余偶同客閒步，值牡丹盛開，顧而樂之，流連竟日，遂作此圖。時康熙庚午三月下澣。

仿梅道人

宋法體格精嚴，元筆縱橫自在，諸家各具微義。而氣足神完，思深力厚，巨然衣鉢，惟梅道人得之。已卯秋日，丹陽道中仿於舟次，因題。

橅高尚書雲山爲松兄

余與松兄清江言别作長卷後，忽忽數年。今相晤便促握管，作高尚書雲山，昌歜之嗜猶昨歲也。識之以發一粲。

——以上三則據陳夔麟《寶迂閣書畫録》

秋山讀書圖爲東嶼姊丈

黄鶴山樵有《秋山蕭寺圖》，先奉常曾見之，云筆墨設色之妙，爲山樵平生傑作。惜已歸秦藏，不可復覩矣。甲戌夏，東嶼姊丈頻行，屬予作《秋山讀書圖》。丹黄點染，亦精師其大意。恐私智卜度，終未能夢見萬一也。凡閲兩寒暑而成，特令匡甥寄歸，爲我珍質之識者。康熙丙子七月既望。

——據關冕鈞《三秋閣書畫録》

擬梅道人筆

梅道人元季名家，而筆力雄傑，用意深厚，此爲巨然衣鉢而別出心裁者也。余每心摹而手追之，此作未識有少分相應處否。癸未仲春，題於望亭舟次。

——據秦潛《曝畫紀餘》

晴巒霽翠卷

子久畫於宋諸大家荆、關、李、范、董、巨，無所不有，運筆不假修飾，皴法由淡入濃，化諸家之跡者也。余參以《富春》大卷，成此長幅。自癸未至戊子，五載始卒業。

——據吴梅《霜厓讀畫録》

橅一峰老人

大癡畫法，初從董、巨入手，深得三昧。晚年遂自出機軸，另開生面，於元四家中獨爲巨擘。張伯雨稱其「峰巒渾厚，草木華滋」，真是確論。余學之有年，不敢自謂有所領悟，但其中甘苦，稍稍窺見耳。康熙壬辰秋日。

秋林疊巘圖爲文思

大癡畫筆墨本董、巨，氣骨用荆、關，此其三昧也。思翁得之，另出機杼，學子久而自有不衫不履，兼董、巨、荆、關之神，自見宋、元之絶詣矣。近臘月下直消寒，扃户染翰，於思翁仿大癡秋山，細加揣摩，以應文思年道契三年之約。自媿不工，取其意不泥其迹可爾。己丑嘉平。

仿大癡設色小景

「山裹藏山絶點埃，小溪曲徑自天開。柴門都付雲封鎖，不是詩人且莫來。」己丑莫春。

——以上三則據裴景福《壯陶閣書畫録》

卷九　集外詩文輯佚

詩

同年徐健菴先生留飲途次奉别二首

華國璠瑜信少雙，故應砥柱壓驚瀧。耆英年恰齊司馬，風度人還并曲江。身列台星聯北極，家分藜火照西窗。更須折柬頻邀醉，别思於今未易降。

珥筆陳辭出禁林，高懷那復計升沉。即看柱史千秋業，用盡江潭三載心。梅雨尊憐鄉夢繞，桃花水畔客情深。玉山山下分襟去，一路懷人對夕陰。

送吴商志之大梁

久負澄清志不群，奇才世共説參軍。肯操竽瑟玉門去，剩有韜鈐海外聞。上谷馬嘶隨地草，繁臺人眺隔河雲。信陵好士傳千古，虚左于今又薦君。

送序皇三奔喪南旋

多年老弟兄，執手在渚陽。平生話契闊，蹤跡同參商。千日便判袂，我北君南翔。我歸讀禮日，君出謀稻粱。相思不相見，雲樹空蒼茫。庚午來京邑，晤時飛秋霜。辛苦各慰勞，驚視鬢髮蒼。娱樂共尊酒，風雨連匡牀。從此罷行役，不復走四方。清談勖道義，健筆瞻文章。阮瑜工奏記，迂拙資匡襄。三年如一日，塤篪快同堂。日月坐行邁，遊子心悲涼。思親吟陟岵，望雲每飛揚。欲别重惜别，方將理歸裝。仲冬家書至，開函摧肝腸。八旬白髮翁，忽作修文郎。哀毁幾滅性，朝夕惟呼搶。骨肉誼關切，欷歔送奔喪。脱驂無可贈，中夜心徬徨。攀留恐乖義，情摯還相望。淒淒君去矣，春風吹衣裳。子道惟遵古，窀穸奉蒸嘗。勤勤營馬鬣，蕭蕭樹白楊。九峰三泖間，佳城卜熾昌。牛眠龍耳地，儲精毓麟凰。君行且强飯，勿以哭泣傷。君行須努力，勿憂道路長。還家告祭畢，尺素頻寄將。臨岐再三訂，聚首在大祥。

——以上三首録自《王麓臺司農詩集》，上海圖書館藏抄本

次韻查慎行詠山水

龍山查先生，峭壁青松架。讀書百錘錬，等身與古化。清健更瓌奇，韓蘇之流亞。興來爛熳題，珠玉繽紛灑。余聞心折久，畏友敢并駕。霧豹窺半斑，騷壇戰而霸。欲爲訪戴遊，一官苦無暇。坐令鄙吝生，他山何所藉。小技試盤礴，每耻居人下。粉本追宋元，筆墨四家借。腕弱媿癡肥，定爲識者詫。譬彼窺月魄，余光逗壁罅。慘澹心神疲，甘苦方知怕。開闔變化間，微茫得失乍。始覺吾祖高，至令人膾炙。拙筆非許田，奚爲拱璧假。真宰雖難搜，勉力爲君畫。木瓜配瓊瑶，何以云報謝。荒率懼覆瓿，賴公以長價。紈扇懷袖中，秋風棄上舍。

——録自清查慎行《敬業堂詩集》卷十九，四部叢刊景康熙本

大癡富春山嶺

橫岡側面出煙鬟，小樹周遮雲往還。尺幅巒容寫荒率，曉來剪取富春山。

——録自清王士禛《居易録》卷二十六，清文淵閣四庫全書本

秋日歷臺南諸村觀水有感

中流四顧悵平原，到處蕭條水上村。殘照頹垣倒影動，垂陰疏柳逐波翻。三年瀲灩無寒暑，百里煙光失曉昏。不是尚方頻賑貸，蒼生疾苦向誰論。

聞比部奉命將至大陸澤勘水二首

一官四載歎時窮，澤國千村杼抽空。正喜繪圖方抗疏，忽驚乘傳又觀風。恩波縱使從天降，水勢何由入地中。最是鷗鳧飛上下，憂勞無計集哀鴻。

新綸捧出鳳城東，下吏勞勞手版通。雁叫寒汀秋水白，馬嘶斷渡夕陽紅。折腰

今日思陶令，持節何人是汲公。大陸幾時疏故道，悲涼心事望洋中。

——以上三首録自清李衛《畿輔通志》，清文淵閣四庫全書本

遊韜光贈山止上人

捫蘿歷磴倍添幽，乘興還須到上頭。竹樹平分雲外出，江湖一望閣中收。山僧欲話當年事，刺史空傳昔日遊。爲愛嵐光應惜别，愛君佳句更淹留。

——録自清厲鶚《增修雲林寺志》，清光緒間刊本

題槎溪藝菊圖

通隱風流鬢尚青，繞籬花發酒初醒。餐英自得長生訣，不讀離騷一卷經。

其　二

聞向南山揖翠嵐，況當秋滿徑三三。兒郎頻進胡公水，傲殺淵明有五男。

——以上二首録自清陸廷燦《藝菊志》，清康熙間刊本

題自畫山水圖

墨法出仲圭，蒼潤見蕭灑。後有石田翁，誰是知音者。

——録自萬新華《王原祁散佚題跋》，原畫藏臺北故宫博物院

三清圖軸

歲寒三君子，結根在巖阿。山高常近日，亭亭異凡柯。

——録自汪放等《四王題畫詩》，原畫藏美國納爾遜艾金斯藝術博物館

文

大陸澤圖説

任邑之大陸澤，廣袤數十里，九河之水皆滙焉，汪洋浩蕩，望之居然一湖。而不

知實皆兩税之民田，淹久而成巨浸者也。九河爲洺、沙、蔡、馬、澧河、達活、百泉、聖水、滏陽，而澧河、滏陽爲之長。九河之外，尚有泜、泲等八河，皆自任之西南、西北而歸於大陸。澧獨深且長，元郭守敬所以獨議開澧河也。而滏陽則自穆家口統洩，大陸之水經隆平寧晋，直達天津衛河，以入於海。自萬曆二十六年，漳河决曲周縣鄭家口，溢入滏陽，而隆平以下地淺易淤，其人又因之以爲利，盡占爲沃土，於是滏陽又决而東徙。其故道猶存，乃所謂古滏河也。古滏塞，而大陸之水因從雞爪小河以東，瀉於新決之滏陽，亦其勢使然也。然則昔之大陸，始從古滏而遠達天津，繼從雞爪而近瀉滏陽。澤中之水有所來，亦有所去，可耕可稼，財不匱而賦亦足。今古滏之故道阻塞，在隆平、寧晋，難議疏通；新滏陽亦淤高丈餘，雞爪河水反内溢，故澤中之水有來無去，積而爲泊。向日輸租納税之田，盡滰水底。是以賦税無出，人民離散。若不請蠲水中糧額，則束手待斃，民困無再甦之日矣。丙寅五月，余放棹澤中，周行細訪，乃知舊圖多舛，因詳加較正，并繫之以説。蓋《禹貢》之「大陸既作」，杜佑謂「今邢、趙、深三州」，則任本屬邢，知大陸不止於任，而任實其地也。至所謂滏陽河者，發源河南磁州，與漳水不相混也。《禹貢》「至於衡漳」之漳水有二，出山西樂平少山者爲清漳，出長子縣發鳩山者爲濁漳。至潞之涉縣，濁漳合入清漳，經臨漳而東北入衛。自萬曆中漳水決曲周，入滏陽，因名小漳河。及經大陸而北，塞於隆平，又名古滏河。今又以「滏」爲「負」，益訛之訛矣。至隆平、寧晉，爲古滏河洩水之故道，皆因遞年塞而不通，以致任獨受害，故亦不可以不詳也。

——録自《清經世文編》卷一百九工政十五，清光緒間重校本

重建大宋橋碑記

《禹貢》開田賦功，莫先於疏河導江；大司徒稻人所掌，專修澮川以洩水。而史遷則書《河渠》，孟堅亦志《溝洫》。蓋以田賦皆出乎水利，水得其利則農田乃可無虞。夫然後菽粟豐而租賦足，衣食裕而禮義興，其所關豈細故哉。故大者足以徧天下，垂無窮。其次亦利一方，澤數世。田賦不可一日不治，則水利必不可一日不講也。渚陽之大陸澤，爲九河下流。每遇秋霖，則九河匯於大陸，大陸汎濫於平疇沃野

間，禾苗盡成巨浸。而百泉河至大宋村又衝決民田數千畝，共淹糧地三分之二。是以民日窮，財日盡，當事爲之束手無策。不知大陸本皆耕作之地，向有洩水二道：一自西北流至古滏河，經隆平、寧晋入衛河，而注於海。明嘉靖間，正、順二府起夫合濬，而民賴其利。一自東北雞爪河出新滏陽，以達天津。明時尚通，順治十八年邑令吴懷忠復爲修濬，所以大陸乃可耕作，而農田不至淹没也。今則隆平之河盡塞，民皆築室以居。新滏河亦淤成高地。彼此牽制，俱難議濬。余不得已，於癸亥歲築澧河長堤二十里，可救二三千頃之良田。乃以子、丑連潦，水勢洶湧，堤既成而復壞，人咸惜之。至於百泉河，發源太行山，經邢臺南和之境，而環任之東南，爲大宋村廢石橋所淤遏，遂横決，杜科等村被患最劇。余爲築口者兩年，於兹屢合而屢決。去冬，乃議撤石橋以達其流於大陸，而大宋士民執風水之説物而不化。余再三開陳其利害，於是翻然樂從。今正月，始捐俸興工，盡發橋石之陷於地者，重建高石橋一座，梁高一丈，闊倍之，其規模視昔有加。五閲月而告竣，衆因請余記之。余惟爲民牧者惟問田賦之所從入，而不問田賦之所從出，因循成習，委天地之大利而不知，視斯民之疾苦而莫之救，可勝浩歎。昔大禹治河，首鑿龍門，而水性始順。今通此橋，其功之大小不同，而順水之性則一也。但橋下河沙易積，每歲水涸時，必常加疏濬，不致復陷於淤泥中，則爲功易而爲利久。後有爲國計民生考渚陽水利，因此橋而并議大陸之疏鑿者，庶幾信而有徵。東坡謂「水利不可諉之於天，專咎人事之不修」，真千古知本之論哉。若兩村人士，皆有樂輸襄事之功，亦不可没也，例得書名於後。是爲記。

——録自《雍正畿輔通志》卷九十九，清文淵閣四庫全書本

致王翬札之一

吴門旅寓，重承枉顧，兼荷珍貺，心交晤對，殊慰契闊。次早即隨駕北發，未及再談，至今耿結。先生優游泉壑，琴川吴會，扁舟往來。至於寸縑尺幅，價重連城，尤可爲結廬高隱之地。以此娱老，真地行仙。弟在軟塵中鹿鹿，惟有翹手健羨耳。畫道必推先生爲宗匠，弟雖垂老，有志未逮，尚須指點引證。小兒歸，補祝大齡，兼以小圖呈正。噴飯之餘，便間或郵寄示誨，感何如之。諸容再候。

致王翬札之二

渚陽署中，快聆麈誨，殊慰惄飢。惜信宿言别，未得久留大駕爲悵。長安貴遊，景慕高風者有年，先生曾不一顧，尤見高人一等。筆墨一道，吾兄於微言絶學之時，芟除鞠穢，獨闢宗風，遠與董、巨比肩，近使文、沈却步。先奉常久有定評，非弟今日之諛詞也。獨弟於此中一知半解，得之啟迪良多。而一官匏繫，江南薊北，雲樹興懷，欲竿頭更進，知邈乎不可得矣。來翰過承推獎，殊爲惶愧，所當逢人説項，少効朋情，但羽言不足爲重耳。欲求大筆手卷數段錦大册一共仿宋元諸大家二十餘幅，爲臨摹秘本。數年鹿鹿，未遑辦此，今因小价歸，特此奉懇。倘蒙見寄，如傳衣鉢，感戴無似。更鄭幸賜德音，尚容專候，臨潁馳切。

致王翬札之三

金閶承道駕遠送，舟次匆匆言别，未盡欲言。弟冒暑遠行，水程多阻，舍舟登陸，八月初旬，方得抵都。每懷雅範不置，停雲落月之思，想彼此同之。弟候補多暇，邇日與宋聲老日從事於筆墨。聲老天姿秀挺，再一精進，可入董宗伯之室。而在京頗苦應酬，且兼有應制諸作。弟與相商，非得師承如先生，則與古法難合。聲兄聞之踴躍，特托弟一言爲介。弟欲與長兄晨夕，向有素心，今得聲老同事，吾道可以不孤。特遣使奉迎，每歲以《毛詩》爲壽，先具一數辦俶裝之需，至途中行李，已付來价，百不必費心。見字後希即命駕，不必遍别貴相知。倘有未完應酬，攜至小寓，陸續圖成，寄歸何如？子鶴兄處，并有所致。即訂之同來，十月望間顒望快聚矣，禱切禱切。

致王翬札之四

秋初奉謝，極荷道愛。前晤藩臺，曾道及吾兄筆墨振古絶今，渠亦深爲仰慕，别後有墨妙致之否？前所商欲覓名蹟，如已訪得，即當奉價。真龍甚難得，大方鑒定者即不失廬山面目矣。外附戔戔表意，幸哂存之。

——以上四首録自王翬《清暉閣贈貽尺牘》卷下，神州國光社排印本

致某人札

都門凉薄日甚，所處一席猶爲佳境。老弟意氣如雲，頗有任性直行之病，爲義不返顧，非所以待會弟矣。遠道直陳，惟亮之。友生原祁頓首次馮老弟如一。

——録自吴修《昭代名人尺牘》，西泠印社影印本

卷十　書畫題跋輯佚

著録篇

仿元季六大家推篷册

仿高尚書雲山。畫道筆法機趣，至元人發露已極。高彦敬、趙松雪暨黄、王、吴、倪四家，共爲元季六大家。此皆得董、巨精髓，傳其依鉢者也。余苦心三十餘年，終未夢見。兹就臆見仿各家大意，以自驗其所得，未知境詣如何。

仿松雪齋《松溪仙館》。

仿黄鶴山樵《丹臺春曉》筆。

仿黄大癡筆意。

仿梅道人筆。

仿倪高士設色平遠。康熙癸未清和月上旬，麓臺王原祁筆。

石帆龔先生，爲余中表尊行。遊於京師，摛詞立品，人争重之。而先生不爲意，顧惟余畫是好。兩年以來，余退食之暇，輒來過訪，風雨晦明，談心晨夕，殆寒暑無間也。余爲作畫甚多。此仿元人六幅，云將彙成長卷，歸以奉尊慈施太夫人，預爲八袠岡陵之祝。先生之孝思深矣。昔人有云：「烹龍爲炙玉爲酒，鶴髮初生千萬壽。」子之奉親必如此，方見彩服承歡之盛。拙筆聊可覆瓿，將毋無乃不稱！然樂山樂水樂壽在焉，以此彰令德、祝暇齡，奚爲不可，又何計其工拙乎！康熙癸未清和月，王原祁拜題。

——録自陸時代《吴越所見書畫録》卷六，清乾隆懷煙閣刻本

仿倪瓚筆意

余近得雲林《蕭閒道館》之作，恬雅中有沈鬱，非時趨清中帶軟所能夢見。晨夕摹仿，筆墨微旨如擊石火、閃電光，思之若有所得，循之恐失其蹤。此圖適成，於倪畫

未必無因緣會合處，識之。康熙辛巳九秋，麓臺祁筆。

——録自張照等《石渠寶笈初編》卷十八，清文淵閣四庫全書本

仿黄山望秋山圖

余曾聞之先奉常云，在京江張子羽家見大癡《秋山》，筆墨設色之妙，雖大癡生平亦不易得，以未獲再見爲恨。時移世易，此圖不知何往矣。余學畫以來，常形夢寐。每當盤礴，於此懸揣，冀其暗合。如水月鏡花，何從把捉？祇竭其薄技而已。來儀吴兄酷嗜余畫，庚辰至今，與之深談弈理，匪朝伊夕，每爲點染，未成旋失。今秋余堅留信宿，輟筆方行，即寫此意以贈，以見余用心之苦、踐約之難也。康熙丁亥初秋，王原祁畫。

——録自張照等《石渠寶笈初編》卷十八，清文淵閣四庫全書本

仿王蒙筆意

畫法要兼宋、元三昧，元季四家學董、巨，又各自成家，山樵尤從中變化，莫可端倪，所爲冰寒於水者也。學者體認神逸之韻，窮究向上之理，雖未能登堂入室，亦不無小補云。丁亥小春，寫於雙藤書屋，王原祁。

——録自張照等《石渠寶笈初編》卷十八，清文淵閣四庫全書本

春山圖

大癡有《夏山》《秋山》二圖，余仿其意作《春山》，參用《天池石壁》《陡壑密林》筆。戊子七月下澣，麓臺祁。

——録自張照等《石渠寶笈初編》卷十八，清文淵閣四庫全書本

仿王蒙筆意

上元節例得入禁苑陪宴，余與同直諸公奉命候於邸寓，心閒身逸，此小三昧時也，興會甚合，放筆寫山樵筆，并記其事。己丑春正作，王原祁。

——録自張照等《石渠寶笈初編》卷十八，清文淵閣四庫全書本

山邨雨景

「近溪幽濕處，全借墨華濃。」唐人此語，真所謂詩中畫也。偶圖數筆，覺滿幅泠光，又非畫中詩耶？戊子深秋，適樹翁老先生南歸言別，遂以贈之，其工拙不復問矣。王原祁。

——録自張照等《石渠寶笈初編》卷二十七，清文淵閣四庫全書本

仿倪瓚山水

畫忌率筆，於荒率中得平淡涵泳之致，雲林筆墨出人頭一處也。余還家後，理楫迎鑾，興到不覺技癢，漫寫此意。倉猝中自無佳趣，應爲識者所笑耳。時乙酉上巳後一日，求是堂中作，麓臺祁。

——録自張照等《石渠寶笈初編》卷二十七，清文淵閣四庫全書本

仿黄公望山水

大癡畫經營位置，可學而至；荒率蒼莽，不可學而至。思翁得力處，全在於此。此圖余仿其意。丙戌冬日，消寒漫筆，王原祁。

——録自張照等《石渠寶笈初編》卷二十七，清文淵閣四庫全書本

仿倪瓚山水

畫家惟雲林最爲高逸，故與大癡同時相傳，有倪、黄合作。兩家氣韻約略相似，後之筆墨家宗焉。余於此中亦有一知半解，近日辦公之暇，適當静攝，見案頭側理，便爲塗抹。未識稍有相應處否，識者自能辨之。康熙壬辰二月下澣，畫於京邸穀詒堂，麓臺祁，年七十有一。

——録自張照等《石渠寶笈初編》卷二十七，清文淵閣四庫全書本

富春山圖

長卷畫，格卑則勢拘，氣促則筆弱。求其開闔起伏，尚未合法，况於神韻乎？癡翁得力處，於董、巨、荆、關、大小二米融會而出，故《富春》一卷，兀奡排蕩，娟秀雅逸，無古無今，爲筆墨鉅觀。松巖黄兄博學嗜古，宋、元諸家，每欲窮其閫奥。以余學大癡有年，特攜長卷囑畫，勉應其請。松兄之意，欲余步趨《富春》，期望甚厚。奈筆

癡腕弱，縱横無力，譬之求瓊琚而以燕石投賈胡，必將啞然失笑矣。康熙己卯夏五上澣，麓臺祁識。

——録自張照等《石渠寶笈初編》卷三十五，清文淵閣四庫全書本

遠岫歸雲圖

營丘煙景，藏鋒斂鍔，董、巨、趙、黄皆於其中變化。元人筆兼宋法，不出於此矣。王原祁。

——録自張照等《石渠寶笈初編》卷四十，清文淵閣四庫全書本

仿黄公望筆意

大癡畫，由淡入濃，以意運氣，以氣會神，雖粗服亂頭，益見其嫵媚也。作者於行間墨裏，得幾希之妙；若以迹象求之，便大相逕庭矣。丁亥初秋新凉，寫於雙藤書屋，麓臺祁。

——録自張照等《石渠寶笈初編》卷四十，清文淵閣四庫全書本

秋山圖

余丁亥即作此圖，於經營位置粗成。偶思大癡秋山之妙，興與趣無相合處，庋閣累年。近於起伏轉折處，忽會以眼光迎機之用。因出此圖，隨手點染，從前之促處、重處，由淡入濃，因地删改，而秋山意自出。所謂氣以導機，機以達意，不專以能事爲工也。己丑子月長至後三日，寫於京邸雙藤書屋，王原祁。

——録自張照等《石渠寶笈續編》第十一，清文淵閣四庫全書本

山水

簡淡之中自然艷麗，此雲林設色之妙，元人中獨絶者也。是幅未識能仿佛否。時康熙戊子清和下澣，麓臺祁。

——録自張照等《石渠寶笈續編》第十一，清文淵閣四庫全書本

秋山晴霽圖

世人論畫以筆墨，而用筆用墨必須辨其次第，審其純駁，從氣勢而定位置，從位置而加皴染。略一任意，便疥癩滿紙矣。每於梅道人有墨豬之誚，精深流逸之故，茫然不解。何以得古人用心處？余急於此指出，得其三昧，即得北宋之三昧也。康熙乙未長夏畫并題，王原祁年七十有四。

——録自張照等《石渠寶笈續編》第十一，清文淵閣四庫全書本

仿倪黄山水軸

倪、黄兩家，用簡用繁，雖若異轍，其實皆有天然不可增損之處。余寫兩君合作，每不肯輕率下筆，非欲求工，蓋不得古人精意，毫釐千里，恐貽笑不淺耳。此圖頗有苦心，因識之。己丑小春寫，王原祁。

——録自張照等《石渠寶笈續編》第三十三，清文淵閣四庫全書本

溪崦林廬軸

畫之妙境，在觚棱轉折不爲筆使。呵凍而出，不得不爲筆使矣。癸巳仲冬，寒極不寐，挑燈作稿，遂成此圖。諦觀殊不愜意，由呵凍之故也。書以自遣。王原祁畫并題。

——録自張照等《石渠寶笈續編》第三十三，清文淵閣四庫全書本

山水

雲林畫，剛健含婀娜之筆也。臨畫時，一有意見，便落窠臼。余作此卷，傅以淺絳色，不取形摹，惟求適意，頗有風行水面，自然成文之致。康熙甲午歲暮畫并題，王原祁年七十有三。

——録自張照等《石渠寶笈續編》第五十八，清文淵閣四庫全書本

仿大癡富春山筆意卷

癸未清和月，石帆先生以長卷索余畫。署款後一時檢之不得，書來即以案頭舊紙仿大癡《富春山圖》筆意就正。其紙質堅細，尺寸長短大略相似。至於筆墨粗疏，賞音必有以諒我也。麓臺王原祁并識。

——録自陸心源《穰梨館過眼録》卷三十九，清光緒間刊本

設色山水軸

蕉師善畫竹，精賞鑒，兼得談空之趣。遊吴越甚久，余與同里，亦罕見其面。癸未之夏，横擔榔標，北走京師，叩門見訪，相得甚歡。出側理索余筆，以公冗時作時輟，經年未就。今將南歸，經營匝月而畢。諦觀無静逸之致，未足爲高人生色也。時康熙甲申小春，題於穀詒堂，王原祁。

——録自陸心源《穰梨館過眼録》卷三十九，清光緒間刊本

水墨山水軸

子久畫，全以氣韻爲主，不在求工。而峰巒渾厚，草木華滋，自有天然藴藉，溢於筆墨之外，所謂「淡粧濃抹總相宜」也。學者於此少會，則近道矣。康熙甲午春日，於京邸穀詒堂，婁東王原祁。

——録自陸心源《穰梨館過眼録》卷三十九，清光緒間刊本

汪陛交秋樹讀書圖

「負米夕葵外，讀書秋樹根。」陛交道年兄至性過人，讀書積學，常詠少陵詩二句，躬行不倦。今捧檄南行，禹鴻臚爲之寫照，屬余補圖，即寫詩意奉贈。婁東王原祁，癸巳夏日。

——録自陸心源《穰梨館過眼録》卷三十九，清光緒間刊本

設色山水

余弱冠學畫，惟禀家承。少時於所藏子久諸稿乘間研求，雖不慣橅摹，而專以神遇。廿年知其間架。又廿年知其筆墨。今老矣，此中三昧，猶屬隔膜，未嘗不歎息鈍根之爲累也。康熙乙未暮春，寫設色大癡筆，似蝶園老先生正，婁東王原祁，年七十有四。

——録自陸心源《穰梨館過眼録》卷十四，清光緒間刊本

仿古四軸

米家筆法，人但知其潑墨，而不知其惜墨。惟惜墨，乃能潑墨。揮毫點染時，當深思自得之。丙戌中秋，穀詒堂漫筆，麓臺祁。

仿倪高士。

己巳小春，爲許台臣作。

董思白天姿俊邁，往往學大癡不求形似，而神采煥然。余每拈毫擬其超脱處，不必似黄，亦不必似董，取其氣勢，用我機軸，古人三昧，或在是耶？庚寅秋日，王原祁。

——録自梁章鉅《退庵所藏金石書畫跋尾》卷十八，清道光間刊本

杜老詩意

戊寅余往西江，舟泊牛渚。時值仲冬之望，寒月生輝，暮煙凝紫，金波滿江。浮白微醉，因吟杜老「白沙翠竹江村莫，相送柴門月色新」之句。乘興便作此圖，未竟，置之篋中，便隔三載。近偶從行裝檢出，復加點綴成之，援筆漫識。康熙辛巳十月三日，麓臺祁識。

——録自梁章鉅《退庵所藏金石書畫跋尾》卷十八，清道光間刊本

山　水

紅樹雙雙對碧江，興來試筆到銀缸。青山不隔東華路，絳節仙人下玉幢。康熙甲申除夕前二日，寫於穀詒堂，婁東王原祁。

——録自金瑗《十百齋書畫録》乙卷，故宫珍本叢刊影印本

山　水

康熙甲申秋日，穀貽堂仿梅道人。筆墨沉著，四家中推庵主。然所重者，氣韻浮動也。此圖極力揣摩，以紙鬆澀拒筆，頗不愜意，識之。麓臺祁。

——録自金瑗《十百齋書畫録》庚卷，故宫珍本叢刊影印本

山　水

畫有源流，如元四家之俱宗董、巨，此其源也；又各自成一家，此其流也。位置

合陰陽之道，筆墨發變化之機，此又其源也；至形模各出，繁簡不同，此又其流也。余初學大癡，後學山樵，年已垂老，方知兩家實有同條共貫之妙。學者尋其源，溯其流，而寢食於其中，則得之矣。康熙辛卯秋日，王原祁時年七十。

——録自方濬頤《夢園書畫録》卷十八，清光緒間刊本

設色山水立軸

巨然風韻，元季四家中，大癡得之最深，另開生面。明季三百年來，董宗伯仙骨天成，入其堂奥。衣鉢正傳，先奉常一人而已。余幼稟家訓，耳濡目染，略有一知半解，未敢自以爲是也。悔餘先生直暢春内苑，情好無間。客春囑余寫證，因圖長卷，余仿山樵。意猶未盡，必欲擬設色子久一幅。今值暫假南歸，寫以贈之并政。康熙丙戌小春畫并題，王原祁。

——録自方濬頤《夢園書畫録》卷十八，清光緒間刊本

江山無盡圖卷

論畫總以筆法氣韻爲勝，繼以位置，則六法之妙備矣。兹卷擬大癡畫趣，用筆處粗粗辣辣，飄飄灑灑，似不經意處，正見其用意處。可爲識者談，非時俗所能知也。時值政暇，弄筆鼓興，存之以俟識者評之。戊子仲秋上浣，婁東王原祁。

——録自方濬頤《夢園書畫録》卷十八，清光緒間刊本

仿大癡山水

大癡墨法與巨然相伯仲，而瑣碎奇肆處更有出藍之妙。張伯雨題云爲「精進頭陀，以釋巨然爲師」，不虚也。康熙甲午長夏畫并題，王原祁時年七十有三。

——録自張大鏞《自怡悦齋書畫録》卷四，清道光間刊本

仿董北苑龍宿郊民圖

己丑春初，暢春園新築直廬，余於外直暫假，雨窗鍊筆，寫北苑《龍宿郊民圖》大意。王原祁。

北苑畫法，用意於筆墨之先，運氣於筆墨之後，思深力厚，籠罩百代。後學略得根源，可望登堂入室。其如盲師瞎論，以訛傳訛，知此者鮮矣。余見《龍宿郊民》《夏景山口待渡卷》，用淺色加緑點，墨中色，色中墨，參伍錯綜，莫可端倪。因師其意，并表而出之，以質之識者。

——録自張大鏞《自怡悦齋書畫録》卷四，清道光間刊本

高峰甘雨圖

高風振嶽，甘雨沛川。牧翁大中丞老公祖先生，經綸物望，風雅吾師，昔廣平鐵石爲心，梅花作賦，真千載同符矣。余前作令渚陽，曾爲鄰封屬吏，景仰有素。今逢

秉鉞昊天，輝光再炙，尤爲幸事。丙子秋獲晤令嗣於都門，云先生曾齒及末藝。封事之暇，偶試磅礴，爰成此圖，請正大方。婁水王原祁。

——録自李佐賢《書畫鑒影》卷二十四，清同治間刊本

跋文徵明石湖清勝圖卷

文待詔當明季盛時，風流弘長，筆墨流傳，得若拱璧。今觀其《石湖圖》一卷，流麗清潤，脱盡凡俗之氣。遊湖諸作，寄託閒適，可以想見襟懷矣。以後諸題詠，共垂不朽。含吉表弟宜寶藏之。婁東王原祁題。

——録自龐元濟《虛齋名畫録》卷三，清宣統間刊本

雲山罨畫圖卷

房山筆全學二米，筆墨有潑有和，中間體裁亦本董、巨，故與松雪齊名，爲四家源流。先輩松來將爲楚遊，出側理索畫，寫此入奚囊中。瀟湘夜雨，與湖南山水恰有關

會，出以房山法，更見元人佳趣耳。康熙甲午三月望日，仿高尚書筆於雙藤書屋并題，王原祁年七十有三。

——録自龐元濟《虚齋名畫續録》卷三，民國間刊本

仿雲林山水軸

雲林畫法以高遠之思，出以平淡之筆，所謂以假顯真，真在假中也。學者從此入門，便可無所不到。余寫此圖，不能掩老鈍之醜。毓東以此意一爲命筆，自然别出心裁也。壬辰九秋重陽日，毓東過訪，談次寫此并題，王原祁。

——録自龐元濟《虚齋名畫續録》卷三，民國間刊本

仿古山水册

清蒼簡淡，雲林本色也。間一變宋人設色法，更爲高古。明季董華亭最得其妙。此圖擬之。

梅華庵主有《溪山無盡》《關山秋霽》二圖，皆稱墨寶，此幀摹其梗概，有少分相合否。

《江邨花柳圖》，仿趙大年。

黄鶴山樵《林泉清集圖》，余家舊藏也，今已失去，因追師其筆。

房山畫法，與鷗波并絶，在四家之上。此幅略師其意。仿水墨大癡筆。

「落花流水杳然去，别有天地非人間。」仿松雪筆意。

「山川雲爲天下雨」，仿米元章筆。

子久設色在著意不著意間，此圖未知近否。

北苑真跡，余曾見《龍宿郊民圖》及《夏景山溪待渡長卷》。今參用其筆。

仿荆、關遺意。

用筆平淡之中，取意酸鹹之外，此雲林妙境也。學者會心及此，自有逢源之樂矣。

康熙乙未夏，仿宋元諸家十二幅，并題於京邸之穀詒堂，婁東王原祁，年七十有四。

——録自潘正煒《聽帆樓書畫記》卷五，清道光間刊本

仿方方壺

方方壺爲元名家，品格雖稍遜高、米，而丰神不減。丙戌三月之望，丹思過寓直，論畫及此。余雖不多見，而可以意合，爰作此圖。麓臺祁。

——録自潘志萬《潘氏三松堂書畫記》，民國間石印本

山水

畫家以古人爲師，更以天地爲師，四時曉暮，各極其致，方得渾厚華滋之氣。甲午深秋，晴窗静坐，偶寫曉色，似覺有會心處，敢以質之識者。婁東王原祁。

——録自楊翰《歸石軒畫談》卷五，清同治十年刊本

題自畫山水條幅

筆墨一道，同乎性情，非高曠中有真摯，則性情終不出也。余作此圖，傅以淺絳色，不取形摹，惟求適意，頗有風行水面，自然成文之致。康熙甲午初冬，寫倪、黄設色筆意，七十三老人王原祁。

——録自史夢蘭《爾爾書屋文鈔》卷下，清光緒十七年止園刻本

爲蔣樹存作蘇齋圖

樹存蔣兄得坡兄公石刻，攜之來都。《書畫譜》借重校讐，喜共晨夕。有友善畫，重摹其像，懸之室中，號曰蘇齋。西齋吴都諫首倡，同事諸君子皆屬和焉。今樹存兄南歸，於繡谷幽處，卜築數椽，以成蘇齋之勝，可無圖乎！余故作此，并録和詩於後。康熙丙戌小春，王原祁畫并題。

——録自繆荃孫《雲自在龕隨筆》卷五，《中華再造善本叢書》影稿本

仿古山水圖

《秋月讀書圖》，用荆、關墨法。「秋月秋風氣較清，聲光入夜倍關情。讀書不待燃藜候，桂子飄香到五更。」庚寅冬日，爲丹思畫畢，賦此相勖。麓臺祁。

巨然雪景，此宋人變格；如大癡之《九峰雪霽》，亦元人變格也。凡作此等畫，俱意在筆先，勿拘拘右丞、營丘模範，并不拘巨然、大癡常規。元筆兼宋法，此教外别傳也，具眼者試辨之。原祁戊子冬初寫於海澱寓直，庚寅立冬日重展觀之，更稍加點染，并題數語，亦寓直時也。

《崇岡幽澗》，仿范寬。「峰迴壑轉拱天都，下有喬何柯結奥區。要識水窮雲起處，清流不盡入平蕪。」

余癸酉秦中典試，路經潼關、太華，直至省會，仰眺終南山勢雄傑，真百二鉅觀也。海澱寓窗，追憶此景，輒仿范華原筆意而繼之以詩：「終南亘地脈，遠翠落人間。馬跡隨雲轉，客心入嶂閒。晴沙横古渡，槲葉滿深山。領略高秋意，歸來但閉關。」

石師。

畫道至董、巨而一變，以六法中氣運生動至董、巨而始純也。余學步有年，未窺半豹。但元人宗派，溯本窮源，俱在於此。苦心經營，或冀略存梗概耳。庚寅清和，海澱寓直筆。

戊子仲春，用巨然《賺蘭亭圖》墨法。宋人筆墨，宗旨如此，北苑之半幅、巨然之《賺蘭亭》是也。余故標出之，要求用心進步處。

《南山秋翠》。余仿松雪春山，意猶未盡，此圖復寫秋色。祁。

「位置本心苗，相投若針芥。施設稍失宜，良莠爲荑稗。匠意得經營，庖丁砉然解。元季有山樵，蕩軼而神怪。出没蒼靄間，咫尺煙雲灑。我欲溯源流，董巨其真派。羅紋結角處，卷舒意寧隘。慎勿恣遠求，轉眼心手快。」丁亥仲冬下澣，長宵燒燭，爲丹思擬叔明筆，兼論畫理，偶成古體八韻，并録出示之，麓臺祁。

《溪山秋霽》，仿梅道人。「山村一曲對朝暉，秋霽林光翠濕衣。欲得高人無盡意，更看岡複與溪圍。」「高峰積蒼翠，訪勝到柴門。莫待秋光老，凄涼净客魂。」寫畢又題二絶，丁亥嘉平五日。

「廿年行脚老方歸，菴主精神世所稀。脱盡風波覓無縫，好將淄素换天衣。」仿梅道人大意，作偈頌之。

——録自金梁《盛京故宫書畫録》册之屬，民國間排印本

春巒積翠圖

春巒積翠。余作巨幅甚少，此圖戊寅冬往江右，寓樹德堂，寫稿三日，未竟而行，因遂棄之篋中，閲十年矣。戊子秋日，檢點殘縑剩墨，忽見此圖，復加點染。中間雖未盡合於大癡，題裁近之，亦數年來進步之蹊也，識之。王原祁畫并題。

——郭味蕖《知魚堂書畫録》，收入《郭味蕖藝術文集》，人民美術出版社二〇〇八年版

收藏篇

蒼岩翠壁圖

「流水高山寄遠思，一官拋却醉東籬。老來結友如君少，盡在西窗剪燭時。」「四家子久是吾師，平淡爲功自出奇。今日爲君摹粉本，蒼巖翠壁想天池。」康熙己丑夏五，畫贈天表老先生，并題二絶博粲，婁東王原祁。

仿黄公望富春大嶺圖

此幅以《富春大嶺》爲本，參用《陡壑密林》子方作筆意，由淡入濃之法，庶幾近之。余近作二圖，一爲梅道人，一爲此幅。有意求逸而不得自主，方知逸趣在天人之間，學者可不於心目相應處求其受用三昧乎！隨筆識之。己丑十月朔日，寫於京邸雙藤書屋，麓臺祁。

仿倪瓚山水圖軸

昔倪迂訪友玩竹，見几上側理甚佳，遂成一圖。此友出自望外，復請其二。倪索前畫一觀，到即毁之。其事甚高，其情太刻矣。余昨爲焕文作大癡《秋山》，意猶未盡，復作此圖，正古今人不相及處。借此以見娓娓之意，老而不知倦也。康熙壬辰八月白露日，王原祁年七十有一。

仿黄山公望山水

庚午初秋，爲松一道長兄仿黄子久筆，王原祁。

古人有云：「一日相思，千里命駕。」此交道之厚也。余與松一趙兄交甚厚，於余之入都也，渡江涉淮送余，及清江浦而返，此亦古人千里命駕之意也夫？余無以爲情，舟次作長卷以贈之。凡耳目所見聞，胸懷之鬱曠，皆得之心而寓之筆也。余往矣，松一倘念余，攜此卷而爲長安之遊，不無後望焉。是卷始於五月十八日，成於七月十七日，凡兩閲月。麓臺祁再識。

滄浪亭詩畫

康熙戊寅長夏，寫滄浪亭圖意，麓臺。

精舍城南剪廢蓁，昔賢遺蹟此重新。地幽可是同濠上，亭古依然在澗濱。風月半灣供嘯詠，文章千載伏經綸。分明浩蕩煙波闊，贏得忘機鷗鳥親。

餘事經營水石中，高懷逸興總春風。一泓潤自滄溟借，丈室情還廣廈同。梅崦緑遮芳逕轉，桃溪紅罨畫橋通。舫齋更有觀魚樂，坐對平疇豁遠空。

棨戟清嚴意自閑，從容竹裏更花間。居人不隔東西瀼，賓從時攜大小山。傍水依依浮畫鷁，鈎簾歷歷數煙鬟。吴歈漸喜歸風雅，採得新詩次第删。

勞人南北苦長征，勝地初經眼倍明。觴詠恰宜脩禊事，清冷真稱濯塵纓。飛虹橋掩旌旗色，妙隱菴沉鐘磬聲。獨有斯文堪不朽，千秋俯仰動深情。

賦題長句四律，兼呈牧翁老祖臺世先生教正，婁水王原祁拜稿。

仿趙孟頫山水

趙吴興《鵲華秋色》及《水邨圖》逸韻，爲千古絶調，非余鈍筆所能。己卯秋日，往武林舟次，徐子司民强余作此，因寫其意。麓臺祁。

仿王蒙山水

憶癸酉秋在秦，爲雨亭先生仿大癡筆，今閲八年矣。兹後爲學山樵，筆墨癡鈍，未得古人高澹流逸之致，功淺而識滯，今猶昔也。請正以博噴飯。康熙辛巳暮春下澣，婁東王原祁畫。

清泉白石圖

仙家原只在人間，欲問長生好駐顔。自是山中無甲子，清泉白石大丹還。

康熙辛巳，余年六十矣。冬夜偶寫倪、黄筆意，頗有所會，漫題一絶。麓臺祁。

仿黄公望山水

從來論畫者以結構整嚴、渲染完密爲尚，惟大癡畫則結構中別有空靈，渲染中別有脱灑，所以得平淡天真之妙，仿之者惟此爲難。康熙癸未上巳，題於淮河舟次，麓臺祁。

仿古山水

擬宋、元八家，分題畫意。甲申長至日，原祁。

純綿裹鐵，雲林入神。效顰點染，借色顯真。

峰巒渾厚，草木華滋。天真平淡，大癡吾師。

董巨樸遬，義精仁熟。大海迴瀾，總匯百瀆。

松雪風標，濃中帶逸。軼宋追唐，丹青入室。

叔明似舅，無出其右。變化騰那，絲絲入彀。

宋法精嚴，荆關旗鼓。步伐止齊，筆墨繩武。縱横筆墨，無踰仲圭。明季石田，仿佛逕畦。米家之後，繼起房山。煙巒出没，氣厚神閒。

仿高克恭山水

房山畫原本米家，仍帶巨然風味，淋灕中見澹蕩，以其惜墨，故能潑墨也。學者於此究心始得。康熙丁亥清和，題於瓜步舟次，王原祁。

仿倪黄山水

倪、黄筆墨，借色顯真，雖妙處不專在此，而理趣愈出，超越宋法，宜於此中尋繹者。戊子清和，暢春侍直，公餘寫此寄興，麓臺祁。

仿黄公望富春山居圖

子久習見烏目雲煙草木之變，故落筆便鈎其神。風骨清明，色墨雋異，已與宋、元諸大家有超然獨出之妙矣。晚年遊山陰，浸淫於千岩萬壑間，爲《富春》長卷，以平淡天真發其蒼古奇逸之趣，無丹青家一點氣息。用筆乃如篆如籀，磊落縱横，静如處女，動若飛仙，真斯藝中古今一奇也。余生平所見癡翁真蹟，當推此爲第一，每一搦管，便隱隱心目間。而墨癡筆鈍，神理猶疏。侍直餘閒，偶拈此卷，輒欲稍稍髣髴之。乃其妙處畢竟不可到，殆其人可及，其天不可及乎！輟筆彷徨，書此志愧。康熙庚寅立春日，題於雙藤書屋，婁東王原祁。

遠山疊嶂圖

昔人有詩云："「文入妙來無過熟。」思翁筆記亦云："「畫須熟後熟。」則「熟」之一字，斷不可少矣。此圖非倪非黄，偏有生致，似非畫品所宜。而間架命意，其中筆墨超韻，不失兩家面目。生中帶熟，不甚逕庭也。題以識之。庚寅春日，題於海澱寓直，王原祁。

仿倪黄山水

筆墨因興會而發，興會所在，即性情之所寄也。余經秋以來，霪潦連旬，杜門静攝。中秋後忽爾晴爽，西山秀色，沁人心脾，天機欲發，見豐萬年世兄側理，遂成此圖。歸之清秘，知音必有以識我。康熙庚寅九秋，仿倪、黄筆并題，婁東王原祁。

陸壁磐石圖

大癡畫華滋渾厚，不爲奇峭，沙水容與處甚多。惟《鐵崖圖》多用陸壁磐石，以見巍峨永固之意。今樹弟觀察楚中，欲以拙筆奉贈阿老先生，特取其意，漫爲塗沫，未識能仿佛萬一否。康熙乙未中秋，婁東王原祁畫并題。

仿黄公望富春山色圖

大癡生平得意筆，皆觸景會情之作。余丁亥春扈從旋里，偶過槎溪訪舊，舟次見竹樹蓊鬱，富春風景，隱躍目前，放筆寫此。適以公事未竟。戊子秋日，公餘偶見此畫，復加點染，以識適興之意。王原祁。

蒼巖翠壁圖

流水高山寄遠思，一官抛却醉東籬。老來結友如君少，盡在西窗剪燭時。四家子久是吾師，平淡爲功自出奇。今日爲君摹粉本，蒼巖翠壁想天池。康熙己丑夏五，畫贈天表老先生，并題二絶博粲，婁東王原祁。

爲六吉兄作山水圖

六吉兄少有俊思，於畫道酷嗜古法。今來遊京師，與之商榷，娓娓無倦色。於其行也，仿山樵筆以贈之。時康熙丁卯七月下澣，王原祁。

仿大癡山水圖

幾翁先生文章政事之餘，留心風雅，謬賞余畫，屬筆者有年，久未應命。庚辰八月下澣，秋窗新霽，偶得一紙仿大癡，興會頗合，敢以請正。婁東王原祁。

碧樹丹山圖

「碧樹丹山向坐懸，一灣流水到門前。玉皇香案親承吏，知在蓬萊第幾天。」康熙甲申夏日，暢春園退食寫此，麓臺祁。

白石清溪圖

「白石清溪沙水平，深山木落葉飛輕。天台秋色還同否，擬共高人采藥行。」丙子秋日，仿大癡筆寄贈仁山年道翁，麓臺祁。

——以上上海博物館藏

仿倪瓚山水

倪高士畫，專取氣韻，無矜張角勝之意，所謂平中求奇也。此圖擬踪明吉，有少分相應否？ 時甲戌六月廿五日，麓臺祁識。

仿大癡山水

壬申冬譔兒入都省視，即攜此紙來，余爲作圖。癸酉夏間未竟而歸，庋閣者三年餘矣。今秋喜聞南中之信，爲續成之。譔兒初有志於六法，□問大癡畫道於余。余本不知畫，仿大癡有年，每多牽合之跡，方知其中探微窮要，必由心悟，非可以輕材耳食，勦竊而得也。譔兒識之。丙子小春既望，西廬後人麓臺筆。

仿董巨山水

學董、巨畫，要於雄偉奔放中，得平淡天真之趣。稍露刻畫之跡，未免有作家氣矣。偶仿其筆，并識之。乙酉六月杪，時新秋雨後，麓臺祁。

仿王蒙山水

黃鶴山樵爲趙吴興之甥，酷似其舅，有扛鼎之筆。以清堅化爲柔腴，以澹蕩化爲夭矯，其骨力在神不在形，此畫中之猶龍也。寫此請正澹翁，亦另開一面耳，非敢望出藍之譽也。丙戌冬日，王原祁畫并題。

仿黃公望山水

古人以筆墨寓性情，非泛然而作，流連風什，於泉石三致意焉，所爲「畫中有詩，詩中有畫」也。余此圖亦思舊懷人之作，始於乙酉之春，成於戊子之秋，書以識之。

仿一峰老人。麓臺祁。

秋林疊巘圖

秋林疊巘。己丑嘉平，仿董宗伯擬大癡，王原祁。

大癡畫筆墨本董、巨，氣骨用荆、關，此其三昧也。思翁得之，另出機杼，學子久而另自有思翁，不衫不履，兼董、巨、荆、關之神，自見宋、元之絶詣矣。近臘月，下直消寒，扃户染翰，於思翁仿大癡秋山細加揣摩，以應文思年道契三年之約。自愧不工，取其意不泥其跡可爾。麓臺又題。

仿吴鎮山水圖

余身伏𧃅廬，心違瑣闥。搜山負土，棘人之筆硯都荒。讀禮廢詩，故友之音書久絶。江東薊北，千里思存；竹館晴雲，三秋夢斷。地遥天迥，物换星移。偶放棹於亭皋，試抒懷於側理。平沙淺水，落月窗前；暮雪寒雲，挑燈蓬底。想金臺花鳥，定多開府之篇；江上雲山，聊附梅花之筆云爾。王原祁畫并題。

仿大癡山水圖

丁卯初春，邢州寓所多暇，偶撿簏中廢紙柔薄，醉作此圖。紙澀拒筆，竟未得大癡脚汗氣。存之，以博識者一笑可也。麓臺。

仿大癡山水圖

「門外青山筆墨收，天然風韻此中求。學人須會餐霞意，姑射峰前接素秋。」丙子秋日，仿大癡筆似愚齋老姑夫正，王原祁。

仿王蒙山水圖

山樵皴法變化，人學之者每不能得其端倪。余謂山樵用筆實有本源，脱略長短粗細之跡，察其中之陰陽剛柔，探取生氣，面目自見，真得董、巨骨髓也。不識有會時否？康熙辛巳仲冬，麓臺祁。

松喬堂圖

《松喬堂圖》。癸未春日，余謁澹園司寇公，獲登斯堂，松槐夾道，翛然有出塵想，仰瞻天章彪炳，尤爲盛事。司寇特命余作此圖，垂成而公爲笙鶴之遊。今式先生讀禮歸里，庋閣踰年。近同直暢春，復徵前約，隨加點染而成，以志人琴之感云。婁東王原祁題。

仿王蒙山水圖

畫貴簡，而山樵獨煩。然用意仍簡，且能借筆爲墨，借墨爲筆，故尤見其變化之妙。此圖辛巳歲所作，以公務所稽，久而未成。暇時點染，至乙酉重九始脱稿。不能一氣貫注，多所修補，未免煩結生滯矣。幸體裁不失，存之。麓臺祁題於京邸穀詒堂。

青緑山水圖

余久不作青緑畫。偶有玉峰舊識，在都甚久，而慕之甚誠，頻年屢踏門限，余亦不嫌其迫促也。今將南歸，寫此以適其意。惜未得佳絹，不能爲松雪老人開生面耳。康熙丙戌仲冬下旬，呵凍作并題，王原祁。

仿古山水圖

此余廿年前之筆也。始於辛未，成於癸酉。爾時技倆不邁，爲此盤礴，盡於此矣。近柳泉攜之而來，不知從何處所得。忽復寓目，爲逢故人，不禁有今昔之感。其中取意取韻處，今之視昔，亦猶昔之視今。但筆墨之深入，氣魄之蒼厚，或者與年俱進矣。惜年已頹齡，而心法未透，終不足以語乎此也。康熙辛卯三月望日，麓臺祁重觀題，時年七十。

盧鴻草堂十志圖册

草堂爲盧高士安神養性之地，寫右丞《山莊圖》擬之，王原祁。

寫樾館，用黄鶴山樵《丹臺春曉圖》筆，麓臺。

冪翠庭，山深處也。静似太古，仿北苑設色，方表其意。王原祁。

「人家在仙掌，雲氣欲生衣。」倒景臺，仿大癡，麓臺。

山峰枕煙，用筆位置，惟氣與神，此妙米家得之，茂京。

地閑心遠，山高水長。仿荆、關遺意寫洞元室，茂京。

筆墨奔放，水石容與，此江貫道得力處。以寫滌煩磯，庶幾近之。石師道人。

淙名石錦，可借桃花春水之意，兼仿趙大年、松雪筆，麓臺。

用梅道人《關山秋霽圖》法寫期仙磴，王原祁。

松翠楓丹，光涵金碧。斯潭爲十幅勝地，兼用趙承旨、千里筆。王原祁。

仿王蒙山水圖

癸未春，行武林道中，因憶黄鶴山樵《蕭寺秋山》，舟中感稿未竟，適以公冗而罷。乙酉、丁亥兩次扈從，仍未脱稿。近立海澱寓直，雨窗多暇，遂成此圖，方知古人十日一山，五日一水之説不虚也。康熙庚寅春仲題，王原祁。

——以上北京故宫博物院藏

仿吴鎮山水軸

余偶作梅道人筆甫竟，其章見之，以南溪道兄五袠初度，力請郵寄爲壽。余謂菴主用筆縱横，不落竹苞松茂之套，恐非所喜。其章云，元氣淋漓，精神磅礴，四家以仲圭爲最，此壽之大者，且南溪又素心賞鑒之友乎。余韙其言，題以祝之。康熙己丑春日，暢春寓直識，王原祁。

泰岱鉅觀圖

余丁卯登岱，壬戌冬作詩五十韻，追憶遊歷之處。近樹百弟至寓齋索閱余詩，堅囑余寫其意。泰岱爲天下鉅觀，豈癡鈍之筆所能摹寫萬一？因辭不已，勉應其請。法宗北苑，而腕弱紙澀，恐爲有識者所嗤，如何如何。歲康熙乙亥清和望日，麓臺祁識。

仿黄公望山水圖

「細雨檐花春色妍，故人書信自江天。匆匆愧逐塵中馬，寫得青山不論年。」甲戌春，余在都門，范友妹丈以巨幅見寄，囑仿大癡筆。余即爲點染，塵俗紛糾，每多作輟。范兄酷嗜余筆，不嫌促迫，亦無如何也。近過吴門，攜至蔗軒成之，并賦一絶，以紀其事。康熙戊寅上巳，麓臺祁。

仿王蒙山水圖

黄鶴山樵遠宗摩詰，近師松雪，而其氣韻天然，深厚磅礴，則全本董、巨。余家舊藏《丹臺春曉》及雲間所見《夏日山居》，皆融化諸家而出之。臨摹家未得其意，則與相去什百倍屣矣。含吉表弟四袠，余寫此意爲祝，欲與二圖少分相應，歷年未成。既成諦觀，全未得山樵脚汗氣也。因書之，以志愧。時康熙己卯清和下澣，王原祁。

畫中有詩圖

昔人云：「畫中有詩，詩中有畫。」蓋詩以言情，畫亦猶是也。庚辰元夕後，積雨初晴，庭梅乍放，余於此興會不淺。適江君天遠、張君穉昭自郡至，漁山吴君廿年不來，亦偶移棹過訪，三先生各負絶藝，而一時勝集，不可不紀其事也，因作此圖。太原王原祁麓臺畫。

溪山煙雨圖

庚辰夏五六日，寓中雨窗，匡古欲余作雲林，而筆勢不能止，遂成是圖。然仿古師其意不泥其跡，先從此練筆，純熟之後，不期合而自合矣。麓臺祁。

仿古山水圖册

昔人評摩詰《輞川圖》云「詩中有畫，畫中有詩」，蓋言畫中之神韻也，後人遂以詩爲畫題。而苑體即用爲格律，畫中筆墨往往爲詩所拘矣。册中諸幅，皆余應制之作。進呈之後，復取縑素點染之，以存其稿，亦揣摩之一助。每幅求名人書詩，以顯畫意。余於六法賦性粗率，不求鉛華。原本已入内府，此册存之篋中，爲藏拙自娱之地，不敢問世，爲識者噴飯也。晴窗偶暇，漫筆識之。康熙壬午初春，麓臺題於燕臺邸舍。

仿黄公望山水圖

大癡畫，經營位置可學而至，荒率蒼莽不可學而至。思翁得力處，全在於此。此圖余仿其意。丙戌冬日，消寒漫筆，王原祁。

秋山暮靄圖

秋山暮靄。畫以天地爲師，以古人爲師。高房山原本北苑、海岳，筆墨渾厚之氣，晦明風雨，觸處相合，明董華亭稱其與鷗波并絶。丁亥冬日，偶暇仿之，麓臺。

仿黄公望山水圖

其章從余遊，應欽召入都。閲二載丁亥春仲，爲尊甫德先生七衮大壽。以分任編輯，不遑趨庭萊舞。值余扈從南歸，切懇寫此爲南山之祝。途次公事鞅掌，鹿鹿趨直。仿一峰老人筆，點染未竟。戊子春正，應制稍暇，餘墨剩色，撥冗續成。疾行無善步，不足稱壽翁添籌駐顔之意，書以志愧。王原祁。

仿雲林小景圖

戊子初春，寫雲林設色小景。余於客歲三冬，侍直暢春公寓，閑有暇時，薄醉消寒，便一弄筆。不覺成此數幀，因題之曰《適然集》。麓臺祁。

仿黄公望筆意軸

大癡畫華滋渾厚，不爲奇峭，沙水容與處甚多。兹取其意爲作此圖，未知少有相合否。康熙甲午中秋下澣畫并題，王原祁年七十有三。

仿大癡虞山秋色軸

人説秋光好，秋光此處尋。紅黄間樹裏，雲水映山岑。

康熙辛巳春日，長安邸舍憶虞山秋色，仿大癡筆，麓臺祁。

仿古山水册頁

江貫道畫法，得董、巨氣韻，蕭疏澹蕩，另有丰神，仿者宜會此意。麓臺。

山樹密林，氣度雄偉，開李、范法門，畫學正派也。原祁。

草堂煙樹軸

古人用筆，意在筆先，然妙處在藏鋒不露。元之四家，化渾穆爲瀟灑，變剛勁爲和柔，正藏鋒之意也。予久尤得其要，可及可到之處，正不可及不可到之處，個中三昧，在深參而自會之。康熙乙未暮春，畫於穀詒堂并題，王原祁，時年七十有四。

——以上臺北故宫博物院藏

仿古山水圖册

黄鶴山樵《秋山蕭寺》，以元人之筆，備宋人之法，秀逸絶倫，酷似吴興而變化更能出藍。此圖擬之。

叔明筆墨，始奇而終正，猶之大癡筆墨，先正而後奇也，出入變化雖異，而源流則一，參觀而自得之。石師道人。

余見倪高士《春林山影圖》，摹其大意。

大癡《陡壑密林》墨法。原祁。

梅道人設色，間一有與董苑《龍宿郊民圖》同流共貫也。從此參學，正入手處。

巨然墨法，承之者惟吴仲圭。此幅仿《溪山無盡》《關山秋霽》二圖意。麓臺。

大癡用色即是用墨，方不落尋常蹊徑，以五墨法試之，得氣而亦得色矣。

仿設色雲林。太翁老先生探索畫理，老而不倦，於宋人各家門户施設俱已精熟，惟元四家風趣，先生以爲在意言之表，董、巨衣鉢如宗門之教外别傳也，不恥下問。余何敢自匿，爰作八幀，經年而成，奉塵清鑒。康熙辛卯六月消暑作，王原祁時年七十。

仿吴鎮山水圖

石田先生詩云：「梅花庵主墨精神，七十年來用未真。」可見庵主用墨處，其精神貫注，有出於尋常畦逕之外者也。余亦老矣，頗有志於梅道人墨法，而拙鈍未能進步。偶憶白石翁詩，爲之三歎。康熙癸巳春日，爲丹思作於穀詒堂中并題，麓臺祁年七十有二。

——以上中國國家博物館藏

仿大癡山水圖

畫法莫備于宋，至元人搜抉其義藴，洗發其精神，而真趣乃出。如四大家各有精髓，其中逸致横生，天機透露，大癡尤精進頭陀也。余弱冠時得先大父指授，方明董、巨正宗法派，於子久爲專師。迄今垂五十，苦心研求，功力似覺有進。近於侍直，辦公之暇，偶作此圖，敢以質之識者。康熙甲午小春，畫於穀詒堂之目舫，婁東王原祁年七十有三。

倪黄筆意圖

筆墨一道，與心相通，境有所滯，則筆端機致便減。癸未春日，以公事稍暇，乘興與匡吉爲鄧尉之遊。舟次西崦，風雪大作，興盡而返。歸舟仿倪、黄筆，覺鬱塞滿紙，雖不愜意，聊記其事，以見六法一道，不可無真性情也。癸未首春晦日題，麓臺祁。

仿大癡山水

董宗伯論畫云，古人畫大塊積成小塊，今人畫小塊積成大塊。凡畫一幅，必須先審氣勢，復定間架，情景俱備，點染皴擦，眼光四到，無些子障礙，所謂大塊積成小塊也。其妙在順逆之間，不脱玄宰而已。余與鈞亭年兄相别甚久，因大兒來豫，想及思翁妙論，遂作此圖。鈞兄見之，必以余言爲不謬也。康熙甲午秋日，仿大癡筆并題，王原祁年六十有三。

夏山圖

「斜風細雨打篷窗，北望揚州隔一江。無限雲山離緒寫，西園猶記倒銀缸。」余客歲冬日，偕高子查客飲樹存襟丈繡谷，樹兄出石谷臨子久《夏山圖》見示，并索拙筆。久未應命。庚辰清和北上，風阻江干，寫此奉寄。腕弱筆癡，真米老所云「慚惶煞人」也。婁東王原祁。

——以上廣東省博物館藏

溪山林屋圖

子久畫平淡天真，凡破墨皆由淡入濃，從此爲趨向之準，不以鉛華取工也。識者鑒之。辛巳冬日，麓臺祁筆。

爲楊晉畫山水

子鶴兄工於寫照，兼精花鳥，賦物象形，曲盡其妙。後遊石谷之門，兼通山水，宋、元三昧，亦已登堂入室矣。余至擁青閣中，得一快晤，大慰契闊。因作此圖，冀有以教我也。時康熙乙酉仲冬月杪，麓臺祁。

仿大癡山水圖軸

畫道與年俱進，非苦心探索不能得古人之法，亦不能知古人之意也。余丁卯歲王在道兄在寓作一圖，今閲四載矣。客歲王在兄入都，復共晨夕者年餘。將理歸裝，余以前圖未爲合作，復寫此請正。體裁僅能形似，而筆甜墨滯，未能夢見大癡，所謂年進而學未進也，披閲能無慚愧？時康熙辛未冬日，婁東弟王原祁。

峰巒積翠圖

大癡筆平淡天真，而峰巒渾厚，全得董、巨妙用，爲四家第一無疑。康熙甲午長夏，畫於穀詒堂并題，婁東王原祁。

——以上南京博物院藏

贈姚文侯勝弈圖

康熙甲申孟春之杪，料峭乍舒，風日晴美，閒窗寂静，鳥啼花放。余公餘乘暇，放筆寫梅道人法。甫竟，適婁君子恒、姚君文侯來寓對弈，清景嘉會，良不多覯。時觀弈者，爲鄒君元焕、陳君位公、吴子玉培暨蕉士、覆千二上人。欲余即以此圖寓旌勝之意，因奉贈文侯先生，并紀其事。麓臺祁。

——廣州美術館藏

粤東山水圖軸

余聞之宫詹史耕巖，粤東山水奇秀變幻，不落尋常畦徑，非畫圖所能及，余甚慕而未之見也。既而耕巖次公奉命視學，適於此地，則其星纏奎壁，氣沖斗牛，地靈人傑，於是乎在。而賞識尊桓李甥，延之幕席，有山川以豁其心目，文與人必有相得益彰者矣。尊桓臨行索余筆，擕之行囊，以證粤東山水。余不能爲奇特之筆，就所得於子久者以示之。平中有奇，亦可因奇而有平，能平常則益能雋峭矣。試以此道評文，應亦不爽者也。康熙壬辰清和朔日，寫於京邸穀詒堂，王原祁時年七十有一。

高嶺平川圖

學大癡畫不難於渾厚華滋，而難於平淡天真，無一毫矯揉，方合古法。此圖約略《夏山》大意，公務繁積，兼奉督理萬壽之命，久始告竣，觀者亦鑒其微有經營苦心可耳。康熙癸巳小春，王原祁七十有二。

——以上天津市藝術博物館藏

仿倪黄山水圖

仲冬朔日，寒威凛烈，余赴暢春入直，至寓索酒解寒，不覺薄醉，放筆作倪、黄筆，遂成此圖，無暇計工拙也。麓臺祁。

仿古山水圖册

北苑墨法。壬辰春日，在海澱寓直作。

荆、關遺意。癸巳元日試筆，原祁。

山川出雲，爲天下雨。米家筆法。

趙令穰《江村花柳圖》。

壬辰秋日，寫黄鶴山樵《夏日山居》墨法，麓臺。

「落花流水杳然去，别有天地非人間。」仙山春曉，仿松雪翁筆，麓臺。

用筆平淡之中，取意酸鹽之外，此雲林妙境也。學者會心及此，自有逢源之樂矣。石師道人題。

「泉聲咽危石，日色冷青松。」仿大癡筆，寫右丞詩意。

梅花庵主有《溪山無盡》《關山秋霽》二圖，皆稱墨寶。此幀摹其梗概，有少分相合否？麓臺題於穀詒堂。

山莊雪霽，用李營丘筆。

房山畫法與鷗波并絶，在四家之上。此幀略師其意。癸巳二月吉旦。

仿設色倪、黄小景。癸巳清和朔日，仿古十二幀，爲雲徵年道契作，王原祁。

——以上天津博物館藏

仿黄子久山水圖

今昔人論大癡畫，皆曰峰巒渾厚，草木華滋。於是學畫者披筋竭神，終日臨摹，求其所謂渾厚華滋者，終不可得，望洋而歎，罷去不復講求。或私心揣度，誤聽邪説，愈去愈遠，迄于無成。余甘苦自知，二者俱識其非。老耄將至，不能爲斯道開一生面。此圖爲位山所作，其中蘊奧可以通之書卷，聊適吾意而已。康熙甲午仲春，寫于穀詒堂之目舫并題，王原祁年七十有三。

仿大癡碧天秋思圖

戊子六月望前，暑熱酷烈，北地稀有。雨後喜得新涼，下弦月色碧天，頗動秋思。偶見小幅，仿大癡，自謂與興會相合。廿二立秋日題，麓臺祁。

爲拱辰作山水

畫本心學，仿摹古人必須以神遇，以氣合，虛機實理，油然而生。然不得知者，則作者亦索然矣。拱翁老先生考古證今，揚扢風雅，獨於余畫有嗜痂之好，敢以鈍拙辭乎？仿北苑筆就正有道，幸先生有以教我。康熙丁亥仲冬，王原祁。

仿大癡山水圖軸

作畫意在筆先，以得勢爲主，間架分寸，全在迎機。筆墨之妙，由淡入濃，取氣以求天真。元大家，惟子久尤曲盡其妙。明吉問畫於余，再三囑筆。圖成諦視，無以塞其請也，因書以識之。時康熙乙亥仲夏望後，麓臺祁。

——以上青島市博物館藏

南山圖

癸未嘉平，爲南老年道兄五袠初度，余作《南山圖》奉祝，偶爲公事所阻。今歲往來直廬，時作時輟。日來以殘臘公餘亟成之，恰值生申令辰，猶可以南補祝也。時康熙甲申臘月望後，婁東王原祁。

——河北省博物館藏

北阡草廬圖

北阡草廬。左龍右龍，迴環起伏。閩城鍾秀，佳城是卜。幽澗平坡，在山之麓。結構茅齋，蒸嘗貽穀。高人棲止，曠懷耕讀。西嶺雲霞，東籬松菊。學富五車，徵書星速。孝思不匱，南奔匍匐。仰瞻高山，俯瞰靈谷。蓮岫綿延，點染一軸。贈貯奚囊，介出景福。戊子臘月，寫一峰老人筆，似鹿原先生并正，婁東王原祁。

——無錫博物館藏

扁舟圖

己丑清和，仿松雪寫《扁舟圖》，奉送退山老先生年兄南還，并題二絶句：「鐵網珊瑚竟未收，寧親泖上一扁舟。緑簑也作萊衣舞，三鱣堂前苜蓿秋。」「拂袖東歸泛具區，白鷗浩蕩未嫌孤。蘆花深處從君宿，一任風吹過五湖。」王原祁。

——重慶市博物館藏

仿黄公望秋山圖

論畫之法，位置、筆墨盡之矣。余謂位置有位置之意，筆墨有筆墨之意，用意而有機乃爲活法也。大癡《秋山圖》，余未之見，就取聞於先奉常者，采取其意法，屢變而機未熟未竟，有鈎中棘履之態矣。若之入大癡閫奥，如鷦鷯之歎大鵬也。康熙庚寅十月朔，頒曆公餘，寫於京邸穀詒堂，王原祁。

——上海朵雲軒藏

仿大癡富春圖

余少於畫道有癖嗜，松一兄同學時每索余筆，余辭以未能，如是者數年。松兄遠館四方，余亦鞅掌瘠邑，兩不相值，如是者又數年。今戊辰冬初，同爲武林之行，僦舍昭慶寺，湖光山色，映徹心目，偶思大癡《富春》長卷，遂作此圖。然筆癡腕弱，未能夢見，今猶昔也，因書之以志愧。弟王原祁。

——浙江省博物館藏

仿大癡山水

仿大癡畫，筆墨、位置俱在離即之間，須境遇悦適，心神怡逸，方有佳處。余當炎鬱相乘之候，又感懼交并之時，借以陶寫性情，而心爲境牽，每多窒礙。東坡詩云：「安心是藥更無方。」以此論畫，良有味也，書以識意。康熙戊子六月朔日，畫於雙藤書屋，麓臺。

高山流水圖

古人云：「深心托毫素。」以筆墨一道，得之心，應之手，爲山水寫照，襟期懷抱，俱從此抒發也。余北上後，與徐子司民睽隔三載。近奉命歸里，徐子待我於吴門，相見甚歡。偶得素紙，爲仿巨然積墨筆韻，便有浮動之意。半月以來，高山流水，宛然在心目間。但宋法精髓，余未敢謂入手，請以質之識者。康熙癸未新正八日，寫於求是堂，麓臺祁。

——瀋陽故宫博物院藏

仿吴鎮山水圖軸

丁卯九月三日，爲梅老道長先生生辰，余愧無以壽之，梅翁云：「昔人有好石者，有好酒者，有好琴與棋者。余所好者，子之畫也。子以此爲壽，可乎？」余欣然應之，援筆作此圖請正。弟王原祁。

——上海古籍書店藏

仿設色大癡山水圖

畫家以古人爲師，更以天地爲師，晦明曉暮，各極其致，方得渾厚華滋之氣。大癡平淡天真，於此尤見一斑。甲午清和，雨中静坐，仍寫曉色，似覺有會心處。敢以質之具眼。王原祁畫并題，時年七十有三。

自畫山水

余學梅道人，久而未得。案頭偶有宣紙，于辛巳寒夜篝燈揣摩，興到即爲點染，不覺成卷。近復諦觀，缺漏處補之，結澀處融之，稍覺成章。然真本不易見，古人神骨相去徑庭，思之緘爲汗下。康熙壬午孟冬望日題，穀詒堂主人。

——上海圖書館藏

——濟南文物商店藏

會心大癡圖軸

作畫出筆便見端的，其中甘苦得失，必須自解。余學大癡久而未得，此圖似有會心處，未知相合否也。付薈兒存之，以驗後詣。時康熙甲戌長夏，麓臺祁識於燕臺官舍。

——首都博物館藏

仿王維輞川圖

右丞輞川别業，有五言絶句二十首紀其勝，即系以圖。六法中氣運生動，得天地真文章者自右丞始。北宋之荆、關、董、巨、二米、李、范，元之高、趙、四家，俱祖述其意，一燈相續，爲正宗大家。南宋以來，雖名家蝟立，如簇錦攢花，然大小不同，門户各判，學者多聞廣識，皆可爲腹笥之助。若以爲心傳在是，恐未登古人之堂奥，徒涉古人之糟粕耳。有明三百年，董思翁一掃蠶叢。先奉常親承衣鉢。余髫齔時承歡膝下，間亦竊聞一二。近與寄翁老先生論交已久，三年前擬《盧鴻草堂圖》，即相訂爲輞川長卷，以未見粉本，不敢妄擬。客秋偶見行世石刻，并取集中之詩，參考以我意自成，不落畫工形似。迄今已九閲月，公事之暇，無時不加點染，墨刻中參以詩意，如見右丞陽施陰設、移步换形之妙。即云拙劣，亦略得「詩中有畫，畫中有詩」遺意。先生見之，得無捧腹一笑乎。康熙辛卯六月十一日題，婁東王原祁。

江山垂綸圖

江國綸垂，湖天花發。己丑小春，仿趙松雪似仲翁老世叔年先生正，王原祁。

余家舊藏《千金畫册》，有松雪《花溪漁隱》一幅，青山碧湖，桃花四面，小舟一人，蕩槳中流，最爲神逸之筆。思翁易爲長幅，作《江上垂綸圖》，用《夏山》筆法，緑蔭周遮，流澌水草，一人垂綸小艇，亦是此意，而作用互異耳。己丑九秋，積雨初晴，適公事稍暇，追憶兩圖，以臆見點染成此卷。甫成，爲爾長師兄所見，托友將意欲郵致湖湘尊大父先生。此風雅宗匠也，因以歸之。仲冬朔日，又題於京邸穀詒堂，麓臺祁。

仿吴鎮山水圖軸

昔吴道子見裴旻舞劍，放筆作畫壁；張旭見擔夫争道，草書益精進。余觀韶九棋，欣然有會心處，漫作此圖。雖古今人迥不相及，然心得手應，其義一也。贈之以博一笑。康熙乙亥九秋，仿梅道人筆，麓臺。

仿黄公望高克恭山水圖

大癡、房山門庭别徑，皆宗董、巨，所謂一家眷屬也。董宗伯作畫，常率用其意。此圖仿之，匆匆行役中未能得其氣韻也。時康熙乙酉春日，題於玉峰道中舟次，王原祁。

——以上美國紐約大都會博物館藏

仿倪瓚山水圖

雲林設色秋山不在工麗，全以沖夷恬淡之致出人意表。曾見先奉常仿董宗伯筆，最爲合作。此圖追憶師之，而筆癡墨滯，滿紙傖父氣。兹書以志愧。甲申九秋，麓臺祁。

「毫末丹青點綴時，風流宋玉是吾師，白雲碧樹秋山容，贏得垂綸江上知。」臘月望前，暢春侍直歸，檢篋中得此，應愷翁老先生命，并題一絶。

——美國弗利爾美術館藏

晴巒霽翠卷

子久畫，於宋諸大家荆、關、李、范、董、巨，無所不有。運筆不假修飾，皴法由淡入濃，化諸家之跡者也。癸未歲，澹明徐君偶見縮本臨摹六幅，囑余參以《富春》大意，成一長卷。余夙夜在公，乘暇偶一點染，至戊子九秋告竣，閲四五年矣。昔大癡爲無用師作《富春卷》，七年而成，爲千古鉅觀。今拙筆癡鈍，亦淹留至此，可爲識者噴飯矣。王原祁題。

——美國克利夫蘭美術館藏

嚴灘春曉卷

古人長卷，不可多得。與人傾蓋定交，必閲歷久遠，知其性情，然後寄託高深，發而爲山水，如癡翁《富春長卷》七年而成，猶作賦之鍊《京》研《都》也。余在都門，因徐子司民始識楚珍先生，以岐黄之術濟世，而不責其劾，不居其功，心甚重之。夙有筆墨之訂，平日乘暇拈弄。此卷苦成，適聞南歸之期，遂以持贈。癡肥不足副知音之意，藉以歌驪如何。康熙辛卯七月望後，寫并題，王原祁，是年七十。

——美國波士頓美術館藏

仿元四大家圖

大癡平淡天真，而峰巒渾厚，全得董、巨妙用，爲四家第一無疑也。

巨然衣鉢，惟仲圭傳之。此幅余從《溪山無盡》《關山秋霽》兩圖得來，有少分相應否？

雲林之畫，可學而不可能就。其瀟疏澹蕩處，點染一一，若云入室未能也。

山樵酷似其舅，筆能扛鼎。晚年更師巨然，一變本家體，可稱冰寒於水。

——日本京都國立博物館藏

仿大癡富春山圖

畫法莫備于宋，而宋之董、巨，更能於韻趣法外生巧，此非元之大癡，莫爲之傳也。今人學大癡者，多取其位置，工力與平淡天真之妙，邈若河漢矣。余欲解其惑，而人或未之信。因寒天呵凍弄筆，粗服亂頭，遂成此卷。雖與癡翁妙諦，有仙凡今古之不同，然而却俗去拘，則前後如一轍也。觀者勿以率筆而置之，幸甚，幸甚。康熙辛卯長至日，婁東王原祁寫并題。

——比利時尤倫斯夫婦舊藏

仿倪瓚黃公望山水軸

雲林、大癡平淡天真，全以氣韻爲主，設色亦在著意、不著意間，識者自審之。春日，擬似仲翁老都掌科正，婁東王原祁。

此余戊寅春筆也。清風堂作此未竟，己卯秋閏七月再至湖上續成之。麓臺又識。

——瑞典斯德哥爾摩遠東古物館藏

仿子久山水圖

論畫必宗董、巨，而董、巨三昧，惟元季四家得之，大癡則尤和盤托出者。故欲法董、巨，先師子久，少分得力，便於畫道探驪得珠矣。余近於子久筆法頗有管窺蠡測之見，已爲再亭、瞿亭各作一圖，都未愜意。兹葭翁年長兄復命屬筆，極力揣摩，半月而成。經營位置，非不苦心出之。其如渾厚脱化，未能夢見。何識之，以博大方之教。時康熙丁卯中秋前三日，王原祁畫并題。

——大英博物館藏，轉録自《王原祁題畫手稿箋釋》

仿大癡山水

畫貴意到，有見筆而不見墨，見墨而不見筆，意到即筆墨全到矣。大癡《陡壑密林》擬北苑夏山及子方作，皆於此中得髓。戊子臘月，避寒暖室，擁爐酌酒。司民請余寫此意，以消長夜。余興會偶到，放筆爲之，漏深不能脱稿，次早曦光入牖，寒威稍解，點染成之。粗服亂頭，知非作家所喜，取其無失天真而已。臘八日，題於雙藤書屋，麓臺祁。

——上海唐雲大石齋舊藏，轉録自《藝苑掇英》第二十四期

疏林遠岫圖軸

畫忌筆滑，要觚棱轉折，不爲筆使。所謂轉折者，在斷而不斷、續而不續處着力。董宗伯得於倪、黄甚深，故有是論。余爲西江之行，偶遇熟識附舟，出紙素畫，因思此數語，寫以與之。戊寅冬日，彭蠡舟次，麓臺識。

——江蘇徐平羽舊藏，轉録自萬新華《麓臺畫跋增訂》

杜甫詩意圖

「雷聲忽送千峰雨，花氣渾如百和香。」書法爲藝林稱首，晋唐以後，代有傳人。間有一二右文之主，玉札飛白，史乘中載爲盛事。未有如我皇上之天縱神奇，震古鑠今者也。近者御書頒賜群臣，無不歡欣踴躍。原祁忝側侍從之列，瞻仰宸翰，慶幸遭逢。因見文翁老先生所得十四字，縑素逾文，用唐杜律二句，結構精嚴，體勢飛舞，擘窠妙筆，尤爲巨觀，真稀世之寶矣。同直諸先生僉云宜圖詩意，以識聖恩。文翁不輕付畫史，專以爲屬，敢不竭蹷從事。謹仿高彦敬雲山、趙松雪仙山樓閣筆法，經營盤礴，兩月始竣，以當鼓吹頌揚之意。然筆癡腕弱，豈能摹寫化工，益滋惶悚云爾。康熙歲次壬午孟秋七夕，婁東王原祁畫并敬題。

——美國翁萬戈藏，轉録自萬新華《麓臺畫跋增訂》

春岫涵雲圖

康熙戊子春閏，仿黄子久寫春岫涵雲。余在暢春直廬，連日縱觀宋、元、明諸畫數百軸，興會甚洽，因作是圖。王原祁。

——美國王季遷藏，轉録自萬新華《麓臺畫跋增訂》

仿黄公望山水圖

畫以神遇，不以形求。元季之大癡，更於此中伐毛洗髓，不可以强求，不可以力致也。余學大癡，自少至老，已屢變其法。章法合局矣，而筆墨未到；知用筆用墨矣，而機趣未融；刻意求機趣，而閑處神韻未能與心目相隨，皆與大癡隔瘼者也。今老矣，猶望其與古人，恐此必不得之數也。吴越佳山水處，不乏秩倫超群之士，觀余此跋，可以想見癡翁矣。康熙辛卯新正十日，時七十，麓臺祁。

——美國王季遷藏，轉録自萬新華《麓臺畫跋增訂》

仿米家山水圖

米家畫，墨法純是董苑，化而爲雲山，乃其變格也。庚寅長至後，復至暢春園，入直回寓，永夜無以消寒，薄醉擁燈，偶寫所見。中間有未到處，臘月朔日再加點染，頗見生動之致。麓臺祁。

——美國紐約懷石樓藏，轉録自萬新華《麓臺畫跋增訂》

仿倪黄山水圖

余學子久，又學雲林，自弱冠至垂老，以破除縱横習氣爲主。學之既久，知而不能行也。兩家向有合作，年來未得仿摹大意。己丑小春屺望侄從潞河來，下直暫歸，遲檀人老先生，小飲寓齋。偶談及六法，以倪、黄小品下問。興會偶至，遂作是圖。不取形似，不論繁簡，但於心目間求其氣韻吻合處，庶幾近之。質之高明，以爲然否。婁東王原祁。

——美國私人收藏，轉録自《王原祁題畫手稿箋釋》

仿巨然筆寫摩詰詩意圖

「山中一夜雨，樹杪柏重泉。」丙戌九秋，仿巨然筆寫摩詰詩意圖。

畫須一氣貫注。欹斜偏閃中，轉折有情。筆爲之骨，墨爲之肉。用筆剛中帶柔，不爲筆使。積墨由淡入濃，不使墨滯。隨機變化，總在於心目之間，在身體力行，甘苦自知，從呼吸火候得之，非可旦暮捷得者。毓東道兄於此道探索有年，孜孜矻矻，樂而忘倦，將來定作六法宗匠。余一見心折，就所見妄談宋元三昧，并作此圖。諒不以其言爲河漢耳。王原祁題。

——美國私人收藏，轉録自《王原祁題畫手稿箋釋》

擬大癡筆山水圖

宗翁老公祖宗台，清風峻望，卓然不群，真與海沂公後先輝映，佩刀可贈，行致三公，知不遠也。星海朱子，久趨絳帳，頌述時雨春風，津津不置。其初至京，即索拙筆爲贈，於今已三年矣。漕務孔繁，時多作輟，兹捧檄將歸，促迫始成。仿大癡法而不復設色者，以神君至潔至真，亦惟後素爲稱耳。時康熙甲午初夏，原祁，時年七十有三。

——廣州吴泰藏，轉録自萬新華《麓臺畫跋增訂》

附録一　題畫録標題對照表

《王司農題畫録》本	上海博物館藏稿本	上海圖書館藏抄本
仿大癡設色長卷	題佚	設色長卷爲雲徵作
仿大癡設色爲綬成叔祖	題設色大癡爲綬成叔祖	題設色大癡爲綬成叔祖
仿王叔明爲周大酉	仿王叔明爲周大酉	仿王叔明爲周大酉
仿高尚書山川出雲圖爲毛元木	仿高尚書山川出雲圖爲毛元木	仿高尚書山川出雲圖爲毛元木
丹思代作仿大癡	題丹思代作仿大癡	題丹思代作仿大癡
仿大癡設色爲穆大司農壽	仿大癡設色山水爲穆大司農壽	仿大癡設色山水爲穆大司農壽

續　表

仿大癡設色爲張運老司農	仿設色大癡爲張運老司農作	仿設色大癡爲張運老司農作
丁丑戊寅畫册爲迪文二弟	題丁丑戊寅畫册爲迪文二弟作	題丁丑戊寅畫册爲迪文二弟作
仿大癡設色爲汪崧眉	題仿設色大癡爲汪崧眉作	題仿設色大癡爲汪崧眉作
仿梅道人爲汪崧眉	題仿梅道人爲汪崧眉作	題仿梅道人爲汪崧眉作
仿大癡設色秋山爲鄒拱宸	題仿大癡設色秋山爲鄒拱宸作	題仿大癡設色秋山爲鄒拱宸作
仿高房山爲朱星海	題仿高房山爲星海作	題仿高房山爲星海作
仿大癡設色爲元成表弟	題仿大癡設色爲元成表弟	題仿大癡設色爲元成表弟
仿大癡設色爲王德沛	仿大癡設色書爲王德沛作	仿大癡設色畫爲王德沛作

續表

仿黄子久設色小幅爲位山孫壻	仿黄子久設色小幅爲位山孫壻作	仿黄子久設色小幅爲位山孫壻作
寫墨筆仿董華亭	寫墨筆仿董華亭	寫墨筆仿董華亭
仿大癡墨筆李彩求	題仿大癡墨筆李彩求	題仿大癡墨筆李彩求
倪黄墨法爲朱星海	倪黄墨法朱星海	倪黄墨法朱星海
仿雲林筆與天游姪	題仿雲林筆與天游	題仿雲林筆與天游
仿高房山卷	題仿高房山小卷	題仿高房山卷
爲凱功掌憲寫元季四家	爲凱功掌憲寫元季四家	爲凱功掌憲寫元季四家
仿設色大癡送朱星海之任	仿設色黄大癡送朱星海之任	仿設色大癡送朱星海之任
仿設色大癡爲趙堯日	仿設色大癡趙堯日	仿設色大癡趙堯日

續表

仿設色大癡巨幅李匡吉求贈	題設色大癡巨幅李匡吉求贈宛陵郡守佟青巖	題設色大癡巨幅李匡吉求贈宛陵郡守佟青巖
仿北苑筆爲匡吉	仿北苑筆爲匡吉作	仿北苑筆爲匡吉作
仿子久設色大幅爲沛翁殷大司馬	仿黃子久設色大幅爲沛翁殷大司馬	仿子久設色大幅爲沛翁殷大司馬
仿大癡秋山設色	仿大癡秋山設色	仿大癡秋山設色
元四家異同論	元四家異同論	元四家異同論

附録二　諸版本序跋彙編

罨畫集序 康熙間刻本

王攄

上缺又如是耶。因拔其尤者，合前後之作共若干，録爲二卷，名其集曰「罨畫」。然後知茂京不學則已，學則無往而非其性之所近也。優於性而襮之以藝，當無弗至焉。况其於民生利病，籌之既熟，發於事業，要必有過人者。區區詩與畫，奚不可兼而能之哉！彼荀卿子之言，吾固未敢以爲信。康熙癸酉春修禊日，叔攄序。

麓臺題畫稿跋 道光間刊本

沈楙悳

仿古人書法，一波一磔尚有圭角可尋。若欲仿古人畫法，則非窺見其秘奥而凝神静氣以出之，必不能擬之於心而即形之於手也。宋人陳公儲嘗作墨龍，於幅末曰「雲霧之中，少露頭角。若現大身，動揺山嶽」，又署「所翁」二字，其波磔點畫與龍之齒頰鱗爪同一古健。後人臨摹其字，縮爲小幅，余曾於故紙堆中見之再四，規模彌近彌遠，況仿畫乎？王麓臺先生專學子久，兼及叔明、庵主、雲林，觀其《題畫稿》，無一不出於仿，而又言行乎不得不行，止乎不得不止，則於元末四大家别有神契者矣。壬寅初春，吴江沈楙悳識。

麓臺題畫稿序 光緒間刊本

虎山真逸

國朝畫家，首推四王，而麓臺尚書，尤爲傑出。凡其合作，每自題記。抉精瀝液，畫理因之愈彰。顧真蹟日傳日罕，藝林咸以不得盡讀爲憾。曩見吴江沈氏所刻《昭代叢書》，内有《麓臺題畫稿》一帙，搜羅略備。確皆採自真蹟，第沈書卷帙繁重，購致頗難。特録一册，重付手民。俾習六法者讀麓臺之題，不啻讀麓臺之畫。而賞鑒家即此可以衡量麓臺傳蹟之真僞，或亦特健藥之一助耶！光緒丁丑臘月，虎山真逸記。

王司農題畫録序民國間刊本

王保譿

家司農公所著《罨畫集》三卷及《掃花菴題跋》向未之見，僅有《題畫藁》一卷刊入《昭代叢書》；《雨窗漫筆》《論畫十則》刊入《婁東雜著》。《論畫十則》疑爲《雨窗漫筆》之一種。光緒間，公六世孫學農族兄承霽藏有親筆畫跋一册，先君子嘗借以録副，凡三十四則。後見有正書局排印本，多至六十四則。蓋即據《昭代叢書》本重印而稍有所增益。別有神州國光社印入《美術叢書》者，與《昭代》本通體相同。以家藏本校之，複見者僅八則。兹將二本統編，復從各家記録中蒐輯，共得二百一十四則，雖非全豹，當亦過半矣。因釐爲上、下卷，附以論畫十則，付諸手民以廣流傳。公畫臻絶詣，尺縑寸楮，海内外珍若拱璧，蓋藝也而於道矣。顧其所作，幾於無幅不仿古，而於大癡尤心慕手追，卷中規模者居其大半，讀此可見公學力宗法所在。惟其如此，故能集宋元以來之大成，而爲一代正宗。孔子曰「信而好古」，又曰「好古敏求」，事不師古而能成就者未之有也，豈特一才一藝云乎哉。甲戌六月，六世從孫保譿謹識。

王司農題畫録補佚序民國間刊本

陸以湉

麓臺王司農公題畫，於元季四家畫法，闡發特多。閲歷之言，甘苦分明。初刊僅一見於《昭代叢書》中，未爲完帙也。其六世孫慧言先生，據復蒐輯，增訂上下卷，附印《甲戌叢編》，以行於世。竊不自揣，賡續采摭，隨筆劄記，得十六則，別爲《補佚》，亦堪爲畫苑之徵獻爾。

附録三　交游貽贈詩文選輯

詩

贈王茂京進士原祁

陸世儀

猶記牽衣索馬騎，驊騮千里竟飛馳。五朝遺老几方授，祖太常公時年八十。一代孫枝佩又垂。兩宋科名天子重，茂京與叔藻儒同年。三槐陰德路人知。年華才力俱方壯，正是蒼生仰望時。

——録自《桴亭先生詩文集》，清光緒間刻《陸桴亭先生遺書》本

茂京姪畫山水見貽賦以作答

王　攄

危峰倚天如削成，下有萬壑流泉鳴。秋林雨洗衆青出，遠空澹澹修眉横。攜向

高堂挂素壁，有若身在丹崖行。問誰作圖吾小阮，筆精墨妙由天生。我父生平雅善此，購求名蹟珍連城。乾坤萬怪羅筆底，搜抉古人無遁情。變化未肯受羈束，尤于古法神而明。今復有爾紹家學，祖孫同擅千秋名。慘澹經營妙入髓，古來作者誰可儗。大都子久其專師，清曠并學營丘李。體勢深渾北苑如，皴染新奇叔明似。灑脱雅麗無不兼，又類吴興趙公子。十日五日一水石，我欲于焉究其理。得之屏障生光輝，後來好手無踰此。嗟我跼處如樊籠，足蹟未與名山逢。願畢婚嫁遊五岳，先從圖畫開心胸。明年襆被經岱宗，振衣上登日觀峰。下視紫翠紛且重，展觀庶幾氣象同。我將北圖貯懷袖，東西南北長相從。

送茂京姪典試秦中　同前

三秦文字盛於今，奉使西行愜主心。日暮馬嘶關柳去，天秋人望嶽蓮吟。斗間自識張華劍，槖裏非求陸賈金。料得高堂知此意，白頭應慰倚閭深。

——以上録自《蘆中集》，民國五年錢燿伊鈔本

以詩乞王麓臺給諫畫山水

查慎行

婁東富文獻，世守鄴侯架。太原老奉嘗，腕底斡造化。當年書畫蹟，貴豈文董亞。至今賢子孫，餘韻足瀟洒。黄門蚤登第，群從俱方駕。朱紫接烏衣，丹青陋曹霸。朝廷無闕失，邸舍多清暇。坐令拾遺官，風流資醖藉。時時出餘技，落筆妙天下。屏幛滿京華，林泉不吾借。篋中一幅紙，欲乞防見詫。生平山水緣，無厚入有罅。搜奇得餘快，歷險慣不怕。所媿言少文，煙雲經眼乍。如何不自量，見彈求鴞炙。意從良友申，閒請掖垣假。朝來傳好語，命以詩易畫。余以宣德紙從吴元朗轉乞君畫，君語元朗是不可無夏重詩，詩來則畫往矣。我詩頗拙速，敢托不敏謝。古人重踐言，相值寧論價。君其勿堅壁，致我長避舍。

次日麓臺爲余作巨然山水并次昨韻見訓再疊韻奉謝

同　前

玳瑁裝書籤，珊瑚供筆架。我無二者樂，宿習故難化。新詩出寒窘，郊島或流亞。一窺著作堂，顔汗豈勝灑。千金享敝帚，蹇足追高駕。何異貧家兒，蓬頭媿王霸。方當苦酬應，供給日不暇。先生地望懸，乞者無憑藉。十年率未應，惜墨肯輕下。始知高人胸，與俗少假借。於余獨不靳，脱手洵奇詫。用意取巨然，危峰拆天罅。趂人何突兀，旁睨心膽怕。細觀入秋毫，恍若置身乍。漁灣舟可檥，樵徑轂可炙。勢成風雨晨，不待休沐假。猶嫌尺幅短，更以詩補畫。人間有真境，躡屐當追謝。但恨多牛翁，青山索高價。菟裘營已晚，惆悵道旁舍。

王麓臺前輩爲余畫扇自題其後索同直諸君和　同　前

萬樹鳴蟬水一隈，西山驟雨過輕雷。看君老筆如并剪，割取浮嵐暖翠來。

——以上録自《敬業堂詩集》，四部叢刊景清康熙本

題茂京侍講山水小幅　王士禛

宿雨初收雲未還，數峰杳靄出雲間。一峰蛾緑更娟好，大似吾家魚子山。《水經

注》：魚子水經此山下。

——録自《帶經堂集》，清康熙五十年程哲七略書堂刻本

王茂京中翰偕弟迪文入秦相遇山塘日占志別

毛師柱

東風二月吹征塵，王家兄弟西入秦。渡河涉江好詩句，錦囊收却江山春。太華峰前看山色，應念天涯楚行客。孤篷一雨滯鄉關，猶幸相逢免相憶。

癸亥春次韻奉送王芝廛先生赴渚陽兼柬茂京明府

同前

一紙來花縣，扁舟去故鄉。喜當春漸暖，及此路方長。櫻笋經時熟，雲峰到處蒼。江帆瓜渚渡，晴翠入垂楊。郵亭南北路，廿載舊題名。應更添遊稿，知原少宦情。日邊琴鶴地，花裏鹿車行。入手波瀾闊，新詩倍老成。

——以上録自《端峰詩選》，清康熙三十三年王吉武刻本

得東白書知從麓臺給諫至秦擬即還里書到次日旋聞復已入都感而有寄

毛師柱

二載燕臺住，封書至自秦。忽驚爲遠客，翻喜作歸人。萍梗仍無定，葭莩幸可親。天涯遊覽富，贏得句清新。

懷王麓臺黃門客遊湖上

同前

兩峰環合水平鋪，客到身疑入畫圖。遠近有山皆北苑，雨晴何日不西湖。探幽定得詩千首，對景真宜酒百壺。雀舫揮毫兼潑墨，老坡風格似還無。

懷王麓臺給諫

同前

一出東山便拜官，夕垣聲望重長安。筆花落處青箱貴，諫草焚來白簡寒。臺閣絲綸知繼美，鄉園樽酒憶追歡。千峰雪色終南在，猶似年時畫裏看。

次韻寄題嘉禾鄒山樵秋水閣　同　前

湖頭楊柳挂疎煙，竹瀲花汀境似仙。結屋也能從我好，杜門寧肯受人憐。縂收野色漁村外，簾捲斜陽蟹舍邊。水檻蕭閒書畫好，看來何異米家船。

草樹微茫舟里堤，鶴洲西望對清溪。湖疑煙雨濃時闊，天似雲霞盡處低。夢裏春帆過舊路，圖中秋水入新題。王麓臺都諫有《秋水閣圖》。梅花繞屋知無數，真是高人有逸妻。

王麓臺都諫招集光大堂看菊　同　前

東籬花好及秋晴，移入華堂分外清。紅燭高燒光掩映，素屏斜護態分明。殊堪耐久惟疎澹，却爲禁霜倍老成。絶喜真交敦此意，開尊不減廿年情。

麓臺於章江道中貽書見憶并和余看菊詩即次來韻却寄　同　前

霜雪俄看點鬢華，尺書遥寄自天涯。乾坤逆旅誰非客，湖海浮槎也是家。喜接新詩真似錦，幸留老眼未生花。吟餘定寫滄洲趣，想見峰巒整復斜。

麓臺客歸述桐江富春之勝　同前

煙嵐合沓水灣環，峰嶺層層錦繡間。摩詰胸中丘壑在，猶然叫絶富春山。

麓臺見許作畫詩以促之　同前

黄門愛畫入骨髓，刊落皮毛得神理。寢食沈酣四十年，妙悟天生乃有此。每言作畫如作詩，淺深濃淡誰知之。逢原自得在真趣，學古究亦何常師。研討愈精機愈暢，筆端瀟灑心閒曠。靈秀常參董巨間，高空更出倪黄上。吮墨含毫不少休，苦心半應他人求。幾番執手向余説，惟爾宿約終常酬。欣然爲我圖一幅，征帆旋挂春江曲。時麓臺將以候補還朝。別後披圖似見君，茅齋卧對千峰緑。

喜麓臺舟抵維揚作畫見寄兼示令子孝徵忠貽二孝廉　同前

黄門畫入神，論畫我輒愛。謂皆由性靈，萬理盡無礙。因萌乞畫心，許我心竊快。豈期趨王程，早已謝一概。滄洲未暇圖，望望去征蓋。庶幾休沐餘，夙諾冀猶在。適逢郎君歸，一紙却見賫。知當出南徐，雀舫泝澎湃。江山助磅礴，楮墨蘊光怪。於時畫作殊，縹緲邁流輩。還復幀首題，讀之動深喟。誰能行旅中，憶舊見交態。君真逼古人，此意今難再。應同洞天石，一下襄陽拜。聞君挂雲帆，已過謝公埭。聞召伯鎮，正當高郵湖決口。對畫如對君，相思渺天外。

小除日集王麓臺中允求是堂話舊 同 前

聲名中允在，摩詰許爲隣。不道青雲客，偏思白髮人。清言搜道妙，軟語出天真。回首三年別，銜杯覺更親。

幽棲安陋巷，昨枉故人車。復喜今宵集，行看一歲除。雄文羅氣象，出示南歸近詠。便腹貯清虛。貽穀真無忝，天章有賜書。

——以上録自《端峰詩續選》，清康熙刻本

寄懷王麓臺　博爾都

蘊藉如君少，雲山望裏深。政餘人吏散，抱膝但長吟。

索王麓臺畫　同前

筆墨真磅礴，誰能得似君。殷勤如念我，願寄一谿雲。

題王麓臺仿倪高士畫　同前

世態輕儒冠，肉眼重紈袴。羨君寡交合，杜門無所慕。博山焚罷一揮毫，鵞溪千尺滿煙霧。林疎野曠嵐氣昏，寒深秋老風景暮。不見停驂問津人，依稀空有向山路。磯頭一望水悠悠，無數叢篁夾岍幽。有時蕭齋懸素壁，白雲繚繞風颼颼。安得此中結茅宇，不須白眼歎沉浮。嗟哉吾子勿復愁，他時策杖披鶴氅，共爾閒隨麋鹿遊。

雪中同麓臺閑園素菴子千集聽楓軒

同　前

晝静雪紛紛，華筵麝炷薰。命題分詠物，促坐共論文。銀礫翻寒砌，梨花墜凍雲。醉餘歸路好，是處絶塵氛。

索麓臺畫

同　前

雨霽晴嵐帶暖煙，平蕪遠樹淡相連。煩君畫入剡藤裏，終日閑窗好對眠。

——以上録自《問亭詩集》，清康熙三十五年刻本

謝王麓臺詹事惠畫册兼呈他山先生四首

揆　叙

象外冥搜筆力雄，翩翩文采續家風。經營暗合詩人法，却笑吴生是畫工。蘇詩：吴生雖妙絶，猶似畫工論。

其二

翠靄浮嵐掩映間，近樵趙董遠荆關。染毫豈易兼濃澹，水墨林亭著色山。

其三

扁舟曾泛大江春，蟹舍漁莊入夢頻。忽漫開圖還自省，前身應是箇中人。蘇詩：平身自是箇中人，欲向漁舟便寫真。

其四

真蹟已留王宰畫，名篇還乞杜陵詩。只愁半夜風雷急，驚起蛟龍震失匙。

——以上録自《益戒堂詩集》，清雍正刻本

題王麓臺蘇齋圖即用卷中查初白先生韻

錢大昕

峨眉仙人去渺茫，誰能抗手與頡頏。遼哉尚友七百載，有若米顛寶二王。與古爲徒世大笑，從吾所好生非狂。稽首拜遺像，堂堂復堂堂，儼然俯仰揖讓于其旁。當年桄榔林中僦屋尚見逐，祇今空齋供養奕奕鬚眉光。鏡潭月相磨，繡谷花半掩。地已占清凉，心真忘夷險。麓臺翰墨奪化工，咫尺萬里望不窮。雪堂白鶴觀，恍忽移此中。天人游戲八極同，飛鴻偶見指爪蹤。不信桃花塢畔宅，眼中突見長帽翁。伊余生晚思遺風，裴回小庭三徑通。珊瑚網中畫卷亦無數，清遠獨愛王婁東。丁寧勿涴寒具手，過眼雲煙夫豈偶。紀聞它日傳中吴，耕漁之軒名與俱，倪高士《耕漁軒圖》，爲吴人徐達左作。銘心絶品世所無。

——録自《潛研堂集》，清嘉慶十一年刻本

龔石帆齋觀王麓臺畫送稧亭今培用杜丹青引韻

毛序

相君祖笏貽厥孫，奉常八分稱專門。荆關畫品亦第一，粉墨寶惜今猶存。有孫中允髯絶倫，規摹大小李將軍。游戲偶爾出新意，往往落紙生煙雲。近來珍秘希得見，供奉天家清暑殿。流傳半雜朱繇筆，廬山從此非真面。龔生堂懸五幅圖，斧劈麻皴勁如箭。森然自覺清爽來，泉聲噴薄秋雲戰。自言昔乘冀北驄，長安夜語尊酒同。更闌乘興出縑素，吮毫舐筆開長風。浮嵐暖翠不足道，粉本似出嘉陵中。獨有一圖最傑出，霏霏輕靄縈春空。得非置身翠微上，層巒欲揖如相向。一痕絶似秣陵潮，楓葉蘆花暗惆悵。人生快意惟山水，壯遊差勝登卿相。何況臯比擁諸生，會見陶甄起凋喪。臨歧執手莫傷神，惟有交情澹始真。他年收拾詩中畫，一編傳示詩同人。吾語龔生勿太息，如君才地何憂貧。指點圖中最佳處，乞取儒官一告身。

——録自《婁東詩派》，清嘉慶九年詩志齋刻本

王給事麓臺爲余作倪黄小景圖成報以長歌

吴　暻

黄癡倪迂兩畫聖，獨向江山得清淑。筆墨挽回五百年，人問油素殘膏馥。江東好事王謝家，百金一紙收奩軸。吾州之豪老奉常，妙繪浮嵐真面目。風雅流傳給事孫，嘉陵粉本相追逐。退朝花底梧省閒，小窗斜埽冰綃幅。青山一筆雲谷淡，蘆花十日煙波足。從君欲乞草堂懸，此願廿年中所蓄。偶然市得宣宗紙，瑩膩純堅敵寒玉。

請君下筆寫吴山，洗我江南愁萬斛。離離短幅合癡迂，窈窕眉峰間脩竹。此中如見一峰老，提壺徙倚虞山麓。又疑身入净名庵，圖書清閟雙桐緑。蕭齋風雨恐飛去，煙霞變幻山靈哭。真成平地家居仙，結亭置我王官谷。三吴夏潦水半扉，喬木爲薪具饘粥。夢想當時釣游處，白鷗滅没荒江宿。吾曹終是林泉人，野性惟當友麋鹿。髣髴龍眠舊宅圖，幽棲會向衡門卜。李伯時畫其弟亮功舊宅圖。君不見東郊零落賁園荒，抛擲雲山兩茅屋。東郊奉常别墅，賁園余故山也。

——録自《婁東詩派》，清嘉慶九年詩志齋刻本

元宵前一日同年郁愚齋招同王麓臺沈台臣王潞亭夏疇觀燈　唐孫華

瑟居成嬾癖，獨喜到君家。衢市當門直，林泉帶郭斜。雪輕旋作雨，籬短不藏花。敢厭春泥滑，城南路未賒。

愛客容蓬鬢，留歡憩草堂。曲欄人不到，勝地日初長。畫手看王宰，是日看麓臺畫。清談得沈郎。台臣在坐。忘歸判平聲，卜夜隨意偃匡牀。

丘壑從心得，園廬覓徑紆。連岡環淺渚，遠樹接平蕪。牕豁容山入，梅寒倩竹扶。柳州思静退，有地且名愚。

鄭驛陳賓榻，虞悰備食單。淹留容竟日，絡繹命傳餐。中置翻三歎，經營爲一歡。坐饕豐膳美，物力念艱難。

題王麓臺杜陵詩意畫册　同前

秋山木葉飛飃飃，一夕微霜染林麓。翠柏丹楓互蔽虧，陽崖陰壑相迴複。秋城擊柝寂無聲，雉堞逶迤勢連屬。近郭樓臺何處村，朱閣凌空挂疎木。白鹽赤甲鬱縱横，恍疑杜老來巴蜀。爲是東屯爲瀼西，三間似有秋風屋。髯卿絶藝今無儔，蹙斂溪山歸尺幅。心穿幽岨入谽谺，含毫神授車箱谷。十日一水五日石，倔彊何曾受迫促。百折煙嵐淡間濃，千章雲樹黄侵緑。元氣蒼茫真宰愁，神丘鷹翳山精伏。浣花詩翁若可呼，大癡墨妙堪追逐。彭城先生寄趣深，十二奇峰羅玉軸。蕭疎宛覺商飈生，珍惜休教寒具觸。我買吴綾欲寄將，乞寫白沙連翠竹。

茹明府招同侍講王麓臺大鴻臚宋堅齋侍御陸匪莪太學高槎客飲虎丘梅花樓

同　前

巖路驂騑得暫停，故人相見眼終青。宸遊望幸當三月，使節先馳驗二星。麓臺、堅齋皆扈蹕，奉命先至。嵐氣連雲陰敞閣，花枝帶雨照山亭。獨憐野老甘疎放，泛愛仍容醉醁醽。

——以上録自《東江詩鈔》，清康熙刻本

題王茂京給諫仿荆關青柯坪圖

湯右曾

洪谷天成氣態殊，關穜古淡足工夫。出藍標格無差別，一樣秋山樓觀圖。

——録自《懷清堂集》，清文淵閣四庫全書本

詞

莊椿歲壽王煙客先生并寄端士茂京

董元愷

婁江東閣筵開，廣寒鶴舞清秋節。霞明瑶海，香吹珠樹，戟門羅列。夭矯八龍，翱翔三鳳，蟬聯七葉。羡烏衣群少，錦衣初賜，又早向，斑衣曳。

好是墻東舊隱，結西廬，逍談風月。蕺里才名，輞川詩畫，神仙度越。法護難兄，廣之有子，千秋閥閲。看黑頭王掾，稱觴玉醴，霜浮金闕。

——録自《蒼梧詞》，清康熙刻本

文

王茂京稿序

吴偉業

吾里以《春秋》舉者，是科得二人，其一則通家王子茂京也。初余早歲忝太常公執友，而端士從余問道，以此交於王氏者最深。今端士成進士，十餘年又見其子貴，方與太常少子藻儒同計偕，而太常期頤克壯自如也。蓋世家之不振者，江南比比相望，王氏父子兄弟，獨且日顯重。而余頽然衰以老矣，茂京稿行，端士取首簡屬余，余將何以長茂京哉？端士之意不在乎敘門第之盛、交游之雅，謂余老於文學，庶幾讀書、行誼有以相黽勉也。夫文有文有質，質以原本經術，根極理要；文以發皇當世之人才。是道也，孰有大於《春秋》者乎？自《易》之精微，《詩》之温厚，《書》之渾噩，《禮》之廣博，至《春秋》一變爲記事之書，其爲言也，簡矣而不詳，直矣而不肆，可以謂之質矣。然而董仲舒、賈誼、劉向，皆以閎覽博物之才，從而推演其説，各自名家，務折中於孔子，不徒規規焉守章句而已。豈《春秋》之質者，即其所爲文歟？今天下之文日趨於質矣，其爲教總不離乎傳注。吾以爲宋人傳注之學，其稱詞也約，其取義也遠，非夫篤學深思、確乎有得者，不足以求之。迺觀今之論文者若是乎？悉其才智，運機軸於毫芒，而六藝博洽之言，先儒平實之論，概而絶之，弗使得入。吾不知其沖虚淡漠，果有得於中，抑猥隨流俗，爲風尚也？然則學者將安從，亦求其不謬於聖人，不悖於先正，如是足矣。王氏自文肅公以經術至宰相。緱山先生相繼掇上第，負重名。其於《春秋》，父子各有所講貫。凡以推崇醇正，抑退浮華，風厲一世之人文，而表章絶學，上者施於訏謨政事之間，次者見諸館閣之論著，誠所謂經世大儒，彬彬質有其文者哉。余向從故老竊聞，相公謝政里居，猶以制舉藝爲人論説。諸生以文字贄者，鑒别其窮達十不爽一。而課孫諸作，盛爲海内所傳誦。蓋大臣心事，嘉惠後學，尤思以經術世其子孫。王氏淵源弗替，高曾規矩，寤寐在前，不待取諸外而足也。太常好藏其先公之手蹟，經史鈎貫，庋置如新。而百年鬮墨，得諸兵火散佚之餘，人皆以爲王氏之祥，其後當有興者。不數年而藻儒、茂京後先鵲起。噫嘻，詎偶然哉！藻儒秀外惠中，標舉儁異；茂京雄駿闓達，二者望而識其遠器。余老矣，無以長茂京，盍舉舊聞於王氏者，還以告之。夫以茂京之才，出其餘技，詩歌翰墨，卓絶出乎流輩。他年讀書行誼，定有過於所期。是編也，揣摩匠心，卒根本乎家學，其以度越當世之君子，則已遠矣。此余所以重茂京而序之之意也。

——録自《梅村家藏稿》，四部叢刊景清宣統武進董氏本

復王茂京諱原祁，庚戌進士，太倉人，見任任縣。

曹煜

十載婁江，荷承鼎誼。而尊翁年伯，尤極提撕之雅。睽教以來，江東雲樹，縈迴寧有已時。今幸密邇花封，深慰闊念。方擬耑人馳悃，忽接好音，不啻坐空谷而聞鈞天之響也。況承厚貺下頒，榮慶無似。雖藉使拜璧，而謹領尊誼，永勒五中矣。謝謝。弟十五日走馬到邑，陸在老至止時纔隔一宵耳。梅老及舍弟舟行頗遲，尚未入境。俟到日，當達尊意也。拙刻一種，附呈台教。尊翁年伯不敢瑣瀆，叱名是荷。

再復王茂京明府

同前

落落寒氈，久依樾蔭。一行作吏，更邇花封。真天假之緣，得長奉教於左右也。昨捧德音，式慰□渴。簿書紛雜，應接爲疲，金錯見投，瓊瑶未報，負歉可知矣。弟素性愚戇，未嫻吏事，莘俗誇詐，撫御較難，冀叩君家治譜，爲玉律金科。老年臺垂愛有素，諒不惜諄諄提誨也。不腆將忱，伏希鑒茹。梅老一札附啓。九咸舍弟偶往歷下，歸當趨造。肅泐馳候，臨緘曷勝瞻切。

復王茂京　同前

介弟南來，愧乏供應，展仄至今，不知何時已返旆也。弟以菲質，忽作勞人，同病之憐，想不甚遥。但敝治今年幸薄收，各色款項俱已報完耳。然所負累累，誠恐日重一日，其奈之何。見尊示，即刻差人同貴役遍索四關，絶無其人。年暮歲迫，先此關覆。弟差役尚未銷票，倘得其蹤，即耑差解送，不煩挂念也。梅老近況頗可，但縈思京洛，未免悵悵。家九咸候楊星源一到便行，特此附聞，馳切不盡。

與任縣王明府茂京　同前

勞人役役，纔度芳春。復值煎景，炎炎世界，洵可畏哉。老年臺敷政之餘，優游槐影，詩瓢畫箭，兀坐鳴琴，真仙吏哉。弟舊負難償，新逋易積，如貧人害腹病，麥飯不飽，而解裩待洩，稍或刻遲，渾身俱穢矣。元氣去盡，將何以生。年臺亦有如此病否，可慨亦可笑也。尊大人先生安養尊榮，一堂晤對，天倫之樂，使人欽羡。衙内諸公强半舊識，幸各叱名，不敢另瀆。兹獲貴治一人，手有杻迹，訊之則人命干連耳。恐或非然，則重煩台慮矣。特差押送，祈即録收。臨墨神往。

復王茂京明府

同　前

花封蜜邇，仁聲振聞。高山之望，不自今日始矣。太翁年伯納福無量，甚慰鄙懷。弟鹿鹿麤質，待罪于莘，捉襟露肘，景況不堪自問。今年漸入深潭，沉溺有期，昂首無日。知老年臺青雲不遠，不知振衣霄漢之日，尚能回憶我輩苦海否。弟常有三不如之歎：一不如人奴。人奴一主耳。我輩有十餘主，處處奴顔婢膝，一不當則呵叱隨之矣。二不如娼女。娼女媚客以取客錢。我輩則以錢媚人，不能媚則怒，媚之不以財猶不媚也，媚之以財而不及人則又怒，媚之財及于人而後時則又怒，直是置身無地，即憂死猶云樂死也。三不如盜賊。盜賊偷刼財物，與窩主平分，事敗則窩主同死。我輩不能分文入己，事敗則窩主先爲捕役，功令嚴於與受，至死不敢一言。嗟乎，何其至此極也。作令一年，授俸不過四十五兩。即一介不取予，仍須令全家盡化鳴蟬，飡風吸露。除陰檄取餽外，有昭昭之檄，今日命設法修城，明日令設法修廟，今日命補藩庫，明日命送部費，立限森森，如雷如電，不知四十五兩外，從何設法而紛紛徵取也。弟嘗自憤云，莫道銀錢，即是蛆蟲，亦須人死肉爛，方取蛆出。我未死未爛，蛆從何來。九月十六夜，幾不復在人間世作奴作娼作賊，不意家人救醒，則西樓戲文所謂「孽障未完，魔君不肯饒我耳」。嗟哉，老年臺明年豹尾懸車、珥筆承明之日，敢以弟言爲皂囊之料否。不則弟擲此雞肋，當叩九閽而鳴雷鼓爾。承賜大墨，已珍十襲矣。年伯偶爾違和，節近不能耑候，燈後或以一价問花徑也。蒲柳之辰，重荷台誼，勒謝不宣。

復王茂京　同前

賤日承厚儀，馬齒增輝，至今勒感。弟去歲大難之後，又遭大變。大難人所同也，大變弟所獨也。言之痛心，不忍向知己泣道之。來翰謹如教，弟前書有云，俟年臺珥筆承明之日，爲吾輩稍陳切膚之苦。行看振衣雲漢，勿忘糞窖中有人諄諄也。不盡。

復王茂京　同前

賤日承厚儀，馬齒增輝，至今勒感。弟去歲大難之後，又遭大變。大難人所同也，大變弟所獨也。言之痛心，不忍向知己泣道之。來翰謹如教。弟前書有云，俟年臺珥筆承明之日，爲吾輩稍陳。弟爲道之，非弟叨作曹丘也。行旌卜于何日，弟翹首雲天，遥申拜候。毋懈初心，强飯努力，臨楮瞻切不盡。

復王茂京　同前

讀來翰，并讀年伯暨年臺所賜奠章，真使存殁均感，某敢不拜，謹叩首叩首謝。至于殷殷誨慰，字字金玉，自當奮推山之力，推此一腔心血耳。緩急人所恒有，交友何爲而敢窃比古人耶？弟滋愧矣。年伯大人不另瀆，謹復。

復王茂京諱原祁，工科給諫。

同前

年臺騰驤皇路，拔迹泥塗，自此作天際真人矣，可羨孰甚。重蒙錫我鵝溪，仙仙佳氣。今人有其肉者無其骨，有其貌者鮮其神。自當於宋、元之際求之，敢不拜嘉十襲。至於其他多儀，不幾稍贅耶？統謝，勒五中矣。作令之苦，年臺共之，而弟尤難之難者，來時多負，到後多故耳。今年秋冬錢糧之在民者，僅存五千有奇，而紛紜之事，應答俱在七月之後，此固年臺之所洞悉者也。輕諾寡信，弟罪何辭！薄具小賀，自知不腆，尤望年臺諒宥勿叱，爲光多矣。尊約附璧，尊大人年伯并煩道此，歉歉。神京在望，所幸信使往來，此緣未絶也。臨楮不盡惶愧。

復王給諫茂京

同前

春色漸深，風光欲媚。恭承台臺垂盻下吏，不勝榮感。所諭之事，莘邑弾丸，人情朴鄙，爲之者少，而力亦甚綿，臨期自當竭力於隣封，斷不負台矚也。厚貺拜登其一，以志光寵，勒謝不盡。

與王茂京給諫

同　前

承委幸不辱命，尊紀回，曾以一函恭復矣。某近況寥落，所不必言，第日望高空，無聞青鳥，醯雞甕中滋味，不但攢於眉，而且蜇於心矣。悠悠歲月，何克堪此，台臺誠憐之耶？云云，有一綫天否？武夷九曲，日在人胸臆間。近漁郎已將返棹，桃花洞口不少操舟以待者。但恃持篙之力，則急湍争先，正在斯時矣。夢境迷離，使人長夜不醒，其奈之何。某息心已久，過此便當大開雙眼，不復夢夢矣。此中無緣，乞即示知爲懇。

與王茂京給諫

同　前

台臺榮補諫垣，朝野想望丰采久矣。某忝列舊知，惟有朝夕虔祝，以上不負君，下不負民，中不負平生之學，爲一時偉人，千秋名臣而後快。想台臺皂囊中廣備參苓，爲今天下補元益氣也。薄具一芹，爲朝廷得人慶，伏祈鑒茹是禱。

——以上録自《繡虎軒尺牘》，清康熙傳萬堂刻本

附録四　傳記評論資料選輯

康熙五十有四年冬十月甲戌，户部左侍郎麓臺王公以疾卒於位。遺疏上聞，天子憫悼，特賜全葬予祭，卹典有加焉。於是孤子翰林院編修謩，感恩哀慟，奉喪南歸。卜以五十有六年冬十月丁未，舉其母李太夫人之匶，輤車幃幠，備陳儀衛，合葬於五都爲字圩之賜塋，禮也。孤子復匍匐來請乞予文志其墓，予以公之德望，宜得當代鉅公顯人爲文，以徵信於後，而予愧非其人也。既遜辭不獲，乃據公行狀，謹詮次其家世官閥，與其德行道藝，以見公之所以結主知、膺特眷者，實有所自。而公經濟之大者，尤在乎推廣聖澤，惠及生民，道濟天下，古所謂殁而不朽者，庶幾無愧也。公諱原祁，字茂京，別號麓臺。高祖文肅公爲明萬曆間名相，曾祖太史緱山公，祖奉常煙客公。父芝廛公，順治乙未科進士，養親不仕，以公貴，誥贈如其官。公舉庚戌科進士，與其叔父相國公同榜，相國簡入史館，而公隨牒筮仕，爲順德府任縣知縣。行取擢刑科給事中。丁母憂。服闋，補户科給事中，轉禮科掌印、給事中。丁父憂。終喪，特旨改入翰林，補右春坊右中允，轉左中允，升侍講、侍讀，歷升左春坊左庶子、翰林院講讀學士、詹事府少詹事，旋升詹事、翰林院掌院學士、户部左右侍郎。公生而秀異，善讀書，爲文思若湧泉，長而工詩，時有驚人奇句。爲人沈厚凝重，與人交輸寫心腹，不知人閒有機巧事。佔畢之暇，尤喜點染繪畫。大父奉常公畫入神品，寸縑尺素，人皆奉爲異寶。偶見公所畫竹石粘壁閒，即驚歎曰：「後當過我。」通籍里居，奉常公時時指引教誨，謂：「元季四家，首推子久，學之者得其形，未得其神爾，其勉之。」由是其業大進，神與天游，意在筆墨之外，遂以畫名天下。既官京師，請乞者至户屨恒滿，往往流傳禁中，得經御覽。上深加賞歎，嘗召至便殿，觀其濡染。上益喜，每召諸大臣至内苑，賜宴賞花，公必與焉。所賜御書、御制墨刻扇硯、袍帽、食物，絡繹便蕃，拜命稠疊。後以萬壽覃恩，封贈三代，廕子一，入監讀書。上蓋察知公至誠篤厚，器識閎深，可當大任。其在職精白一心，經世濟時，歷試底績，所以累受殊恩，遂躋顯位，非徒以藝事之故也。公之令任縣也，任爲九河下流，即古之大陸，其塔圪臺、北劉寨、雙蓬頭等處，歲被水災，官民賠累無算。公莅任之明年，秋潦大作，旁近州縣，皆被水災，部使者按視民田，他邑皆得免徵，獨任縣一望彌漫，不辨阡陌，疑爲川澤，公據縣志力争，始得蠲免。公念邑小民貧，今雖暫免，後患無已，力請於巡撫于公，疏請得允，永免歲供三千餘金，民困得紓，至今尸祝焉。其貳户部也，有臨清關，榷使疏請添設口岸，公力主駁查，及撫臣疏入，事遂得寢。甲午七月，豫省歲歉，上諭户部預議漕糧，公與同事悉心籌畫，議以豫省漕糧，向來折徵於衛輝府，水次買兑，豫省被災，若仍買兑，恐米價騰貴，請今歲停買。於康熙五十四五六年，照江西漕米三年帶運例，分買補運。疏上，得旨如議，豫省於是荒而不饑。直省錢糧，先奉恩諭，三年之内輪免一周。歷年舊欠，并予蠲除。獨江南一省，自四十四五六年至五十年，奏銷欠册稍遲，未列蠲免數内，值撫臣蠲免疏至，議者疑有司或有已徵在官而藉口民欠者，公念江南民困已極，皇上湛恩汪濊，霑被九有，江南之民，尤爲上所軫念，不敢以桑梓之故引嫌自避，欲力爲疏請，謀於叔父相國公，相國公亦以爲然，乃特爲一議，以爲宜如撫臣所請，準與豁除，仍飭該撫即具見在民欠細册報部查覈，如有以已徵詐作民欠者，嚴加治罪。事雖未即允行，然公爲民請命之心至矣。讀其疏者，皆爲感動。今地方官吏，亦知十年并徵，民力有所不給，時或寬假，緩於笞箠，要亦公之力也。昔元趙孟頫以書畫受知世祖，及遣忻都王濟等理算天下錢糧，逋欠數千萬，孟頫以爲錢糧未徵者，其人死亡已盡，何所從取，爲請於世祖，又與執政力争而免之。前史官楊載稱孟頫之才，頗爲書畫所掩，知其書畫者不知其文章，知其文章者不知其經濟之學，人以爲知言。如公之德與藝，視子昂殆又過之。其至誠篤厚之心，能令上下交孚，言立而利溥，真所謂殁而不朽者，豈僅以翰墨風流名當時而傳後世哉？公生於明崇禎十五年八月十八日，卒於今康熙五十四年十月十二日，年七十有四。配李夫人，生自世族，嬪於高門，婉娩有婦德。司農公性高簡，不孰何家事，又一意持廉，家無儲蓄，有無黽勉，夫人佽助之力爲多。事尊嫜以孝，待娣姒以和，内外無閒言。先公十七年卒。子三：蓍，丙戌科進士，翰林院編修；譔，丙子科舉人，前卒，皆李夫人出。誾，官廕監生，側室沈氏出。女二。孫男五：述濬、述渾、述淮、述獻、述儉。述濬、述獻俱太學生，餘尚幼。嫁娶皆名族。嗚呼，予與公交至深，故爲略次其梗概而系之以銘。

銘曰：

豫章蟠木，離奇輪囷，棟桴是宜。大車以載，積中任重，安行九馗。惟公之生，鍾祥世德，寶應昌期。公之爲人，渾金璞玉。天質無虧。公之莅官，匪躁匪棘，坦坦施施。十年諫苑，恥爲攻訐，因事納規。除賦渚陽，告哀南國，補瘵扶羸。房公子孫，氣貌瑰偉，虬須豐頤。緬被右丞，輞川妙繪，前身畫師。一山一石，公乃餘藝，世寶永垂。巋然賜塋，氣蒸巨海，盤紆逶迤。宅此幽宫，祖父伊邇，維穀之詒。

——唐孫華《王原祁墓志銘》，録自《國朝耆獻類徵初編》卷五十六，清光緒刻本

王原祁，字茂京，太倉人。時敏孫，揆子。原祁工詩文，尤精畫法，臻神品。康熙九年，成進士。觀政吏部。二十年，充順天鄉試同考官，稱得士，除任縣令。任故古大陸，爲九河下流，時大潦。部使者按視至任，一望巨浸。原祁據縣志力争，賦得弛。又請於臺使，奏減歲職三千餘兩。在任四年，尚書魏象樞巡察□南，凡大案必委鞫

焉。尋行取擢刑科給事中，轉禮科。三十九年，特旨改中允，入侍南書房。歷侍講侍讀學士，充日講官，累陞詹事府詹事，掌院學士。原祁以文章翰墨結主知，常召入便殿，從容奏對。或于御前染翰。五十一年，陞户部左侍郎，會豫省災，折徵漕米，原祁力請分年買補。又上諭直省錢糧，三年輪蠲一周，舊欠并與豁除。江南以奏銷稍後，不入鐸數，原祁獨請如詔旨，不以桑梓引嫌，聞者韙之。五十四年，年七十，以疾卒於位。特賜全葬予祭。原祁體貌環偉，虬須豐頤，遇物坦易，上嘗稱其存心莫及。没後丹青流布，寸縑尺素，寳若拱璧。自是江浙之工山水者，皆本原祁，而子孫以畫知名者亦衆。

——王昶《王侍郎原祁傳》，録自《碑傳集》碑傳集卷二十，清道光刻本

王原祁，字茂京，太倉人。康熙庚戌進士。知任縣。地當九河下流，滏、漳諸水復久壅塞，腴田變爲污渚。塔圪臺、劉累泊等處，即古大陸澤，爲患尤甚。甲子、乙丑秋雨連旬，水勢陡發，隄岸盡壞，田萊俱成巨浸。原祁請照淮揚例，永免水荒田賦三

千餘金，民困以甦。其餘如築隄以防水患，建橋以通水道，鷩盗賊以安民命，明僎介以昭典禮，發倉儲以救尪羸，著蹟難以枚舉。丙寅，奉命行取擢諫垣，改翰林，累官少司農。卒於位，恩賜祭葬如例。康熙五十九年，入祀名宦。

——録自李衛等《雍正畿輔通志》卷六十九，清文淵閣四庫全書本

王原祁，字茂京，太倉人。揆之子也。康熙庚戌進士。初宰渚陽，地多水災，詳請豁免賠累。歷省垣，改翰林，累晋户部侍郎。嘗請寬豫省折徵之賦及吴民歷歲之逋，聖祖皆嘉納之。原祁襟懷高曠，工詩善文，兼精六法，寸縑尺素，流傳禁中，時稱藝林三絶。性廉潔，不治生産。通籍後家居十年，猶蕭然如寒素。

——録自趙宏恩等《乾隆江南通志》卷一百六十六，清文淵閣四庫全書本

王原祁，字茂京，時敏孫，揆子。原祁工詩文，尤精畫法，臻神品。康熙九年，成

進士，觀政吏部。二十年，充順天鄉試同考官，稱得士，除任縣令。任故古大陸，爲九河下流，時大潦，部使者按視，原祁力請弛賦，又請於臺使，奏減歲賦三千餘兩。在任四年，尚書魏象樞巡察畿南，凡大案必委鞫焉，尋行取擢刑科給事中，轉禮科。三十九年，特旨改中允，入侍南書房，歷侍講、侍讀學士，充日講官，累陞詹事府詹事，掌院學士。原祁以文章翰墨結主知，常召入便殿，從容奏對。時或御前染翰，日見親近。五十一年，陞户部左侍郎，會豫省災，折徵漕米，原祁力請分年買補。又上諭直省錢糧，三年輪蠲一周，舊欠并與豁除，江南以奏銷稍後，不入蠲數，原祁獨請如詔旨，不以桑梓引嫌，聞者韙之。五十四年，以疾卒於位，特賜全葬予祭。原祁遇物坦易，上嘗稱其存心莫及。没後丹青流布，寸縑尺素，寶若拱璧。自是江浙之工山水者皆本原祁，而子孫以畫知名者亦衆。

——録自清王昶等《嘉慶直隸太倉州志》卷二十八，清嘉慶七年刻本

王時敏，字遜之，號煙客，江南太倉人。（中略。）孫原祁，字茂京，號麓臺。幼作

山水，張齋壁，時敏見之，訝曰：「吾何時爲此耶？」問知，乃大奇，曰：「此子業且出我右。」康熙九年成進士，授任縣知縣，行取給事中，尋改中允，直南書房，累擢户部侍郎。歷官有聲。時海内清晏，聖祖右文，幾餘怡情翰墨，常召入便殿，從容奏對。或於御前染翰，上憑几觀之，不覺移晷。命鑒定内府名蹟，充《書畫譜》總裁、《萬壽盛典》總裁，恩禮特異。五十四年卒於官，年七十四。

原祁畫爲時敏親授，於黄公望淺絳法獨有心得。晚復好用吴鎮墨法。時敏嘗曰：「元季四家，首推子久。得其神者惟董宗伯，得其形者予不敢讓，若形神俱得，吾孫其庶幾乎？」王翬名傾一時，原祁高曠之致，突過之。每畫必以宣德紙、重毫筆、頂煙墨，曰三者一不備，不足以發古雋渾逸之趣。或問王翬，曰太熟，復問查士標，曰太生，蓋以不生不熟自居。中年後供奉内廷，乞畫者多出代筆，而自署名。每歲晏，與門下賓客畫人一幅，爲製裘之需，好事者緘金以待。弟子最著者黄鼎、唐岱，并别有傳。

原祁曾孫宸，字子凝，號蓬心。乾隆二十五年舉人，官湖南永州知府。原祁諸孫多以畫世其家，惟宸最工。枯毫重墨，氣味荒古。愛永州山水，自號瀟湘子，有終焉之志。罷官後貧不能歸，畢沅爲總督，遂往依之武昌。以詩畫易酒，湖湘間尤重其畫。著《繪林伐材》十卷，王昶稱爲畫史總龜云。

——録自趙爾巽等《清史稿》列傳二百九十一，民國十七年清史館本

宗侄茂京原祁，庚戌進士，今爲禮科都給事中。太常煙客先生孫，同年端士揆兄長子也。畫品與其祖太常頡頏，爲予雜仿荆、關、董、巨諸大家山水小幅十幀，真元人得意之筆。又自題絶句多工，其二：「蟹舍漁莊略彴邊，柳絲荷葉鬪清妍。十年零落荒園景，仿佛當時趙大年。」《西田圖》。「横岡側面出煙鬟，小樹周遮雲往還。尺幅巒容寫荒率，曉來剪取富春山。」《大癡富春山嶺》。一日秋雨中，茂京攜畫見過，因極論畫理。其義皆與詩文相通，大約謂始貴深入，既貴透出，又須沈著痛快。又謂畫家之有董、巨，猶禪家之有南宗。董、巨後嫡派，元惟黄子久、倪元鎮，明惟董思白耳。予問：「倪、董以閒遠爲工，與沈著痛快之説何居？」曰：「閒遠中沈著痛快，惟解人知

之。」又曰：「仇英非士大夫畫，何以聲價在唐、沈之間，徵明之右？」曰：「劉松年、仇英之畫，正如温、李之詩，彼亦自有沈著痛快處。昔人謂義山善學杜子美，亦此意也。」

——王士禛《居易録》卷二十六，清文淵閣四庫全書本

余髫年時，聞里語有云：「輦轂之下，龍宿郊民。」時未知其義，亦不識其語起於何代也。一日，偶與王閣學麓臺論畫，麓臺云：「董北苑有《龍宿郊民圖》，爲海内所珍。當日因宋藝祖巡行郊外，父老懽迎，遂駐蹕其地，故作此圖。」余方悟里語，蓋本諸此圖。今藏江南某氏。

——揆敘《隙光亭雜識》卷一，清康熙謙牧堂刻本

我朝以詩文書畫致身通顯者，有人焉。二王先生，衆謂之無媿者已：新城之阮亭以詩，太倉之麓臺以畫。阮亭由郎中改官侍講，麓臺由給事中改中允。一至刑部

尚書，一至户部侍郎。始終相彷也。尚書之詩，余能知之。侍郎之畫，余貌知之耳。然阮亭於并時詩人，樂其推戴，而惡異己者，有俛首及門，譽之不容口，由是名日以高。麓臺於丹青之士不苟同，無輕許可。有虞山人王翬，以畫爲市，致貨山積，商邱宋牧仲尚書奉之如神，而麓臺痛詆之。二先生之廣狹，何相懸如是歟。余嘗謂中無所主者，欲人之附和，故難定是非。中有所得者，不依倚乎世，故能立異同。以是而論，自古文人才士，未有扶同天下之人，而能不朽於後世者也。今二先生身歿不及二十年，麓臺之畫人人知愛重，阮亭之詩聲華漸不如昔，其藏書數萬卷，散若飄風，并此畫其家亦不能有矣。而麓臺以畫承其祖，卓然傳諸異代。余披斯卷也，悽愴久之。將無詩之爲難工，蓋什倍於畫耶：抑視乎得之而知之者，而不繫乎衆論之無媿否耶？余無以定之。無想道人趙執信，題於西笑臺，時戊申夏五九日雨中。

——趙執信《題王麓臺畫卷》，録自《國朝文録續編·飴山文録》，清同治刻本王司農茂京性畏蟢子，每見必驚懼失色。西田相國，其叔也。一日，令輿夫密置數枚於肩輿中，囑勿使知之。明日，司農升輿，忽見蟢子，惶懼仆地。將責輿夫，從者具以實告。然司農之憤猶未釋也，計思有以報之。越日，命工修足，呼僮聚其皮，將酒、醋、蔗糖共貯於瓶，以遺相國。明旦，遇於朝，謂司農曰：「昨日見惠之品，大嚼之而無味，究係何物耶？」司農莞爾答曰：「老叔以蟢子見嚇，小姪不得不以老脚皮奉敬也。」

——錢泳《履園叢話》卷二十一，清道光十八年述德堂刻本

太倉王侍郎童時，偶作山水小幅，粘書齋壁。祖奉常見之，訝曰：「吾何時爲此耶？」詢知，乃大奇之曰：「是子業必出吾右。」瑯琊元照見公畫，謂奉常曰：「吾兩人當讓一頭地。」奉常亦曰：「元季四家首推子久，得其神者惟董宗伯，得其形者予不敢讓，若形神俱得，吾孫其庶幾乎？」元照深然之。公每作畫必以宣德紙、重毫筆、頂煙墨，曰三者一不備，足以發古雋渾逸之趣也。公官京師時，每歲初冬輒贈門人慕賓

畫，人人一幅，以爲製裘之需。好事欲得之，往往緘金以俟焉。

麓臺論畫，每右漁山而左石谷。嘗語弟子温儀曰：「近時畫手，次第無人，吴漁山其庶幾乎？」儀舉王石谷爲問，曰：「太熟。」又舉查二瞻爲問，曰：「太生。」蓋以不熟不生自處也。又曰：「山水用筆須毛，毛則氣古而味厚矣。」嘗自題《秋山晴爽圖》云：「不在古法，不在吾手。而又不出古法、吾手之外。筆端金剛杵，在脱盡習氣。」觀此數語，則其造詣可知。

——王應奎《柳南續筆》卷二，清借月山房彙鈔本

苧邨昔評秋林軸，筆端何取金剛杵。淡遠方能造渾成，秋山果否秋林補。又聞秋山蕭寺卷，恨未親從奉常覯。小印西廬押後人，想見神來無畫譜。當時仿作讀書圖，夢寐山樵閲寒暑。丹黄只在寥泬中，青翠濛濛以襟貯。淺疊平岡出全力，遠塢横煙半吞吐。蒼然始見一峰奇，又非側八窮幽阻。麓臺嘗詶初白詩，良工相較誰心苦。若以耕煙譬阮亭，豈借鄭虔論老杜。即離虚實吾安放，沈思峻拔爲之主。北苑以還

真實義，禪榻香來雲一縷。形神格韻終何在，婁東嘗熟誰千古。獨立蒼茫一筆無，濕暈蒸空響秋雨。

——翁方綱《復初齋詩集·嵩緣艸·王麓臺仿大癡秋山書屋》，清刻本

自題大癡法，渾厚造平淡。一以董巨宗，下可倪吴瞰。如詩有少陵，書必平原探。平原贋者誰，詩思李何濫。平原大令脈，來者難荷擔。玉溪與山谷，丹青變緅紺。相馬驪黄外，知味甘辛啗。借問石師禪，案偈憑參勘。古人去我遠，縑素况昏黮。妙用儻一原，臨仿初何憾。南田石谷輩，肯逐虚聲覽。精微渺如何，摩挲蒼錦贉。

——翁方綱《復初齋詩集·石畫軒艸·王麓臺畫》，清刻本

王原祁，字茂京，號麓臺，太倉人。奉常公孫。康熙庚戌進士。由知縣擢給諫，改翰林，補春坊。天子嘉其畫，供奉内庭，鑒定古今名書畫，晋少司農，充《書畫譜》

總裁、《萬壽盛典》總裁官。卒年七十公。童時偶作山水小幅，黏書齋壁，奉常見之，訝曰：「吾何時爲此耶？」詢知，乃大奇，曰：「是子業必出我右。」間與講析六法之要、古今異同之辨。及南宫獲雋，奉常曰：「汝幸成進士，宜專心畫理，以繼我學。」於是筆法遂大進，而於大癡淺絳尤爲獨絶，熟不甜，生不澀，淡而厚，實而清，書卷之氣盎然楮墨外。是時虞山王翬，以清麗之筆名傾中外，公以高曠之品突過之，世推大家，非虚也。琅玡元照見公畫，謂奉常曰：「吾兩人當讓一頭地。」奉常曰：「元季四家首推子久，得其神者惟董宗伯，得其形者予不敢讓，若形神俱得，吾孫其庶乎？」元照深然之。聖祖嘗幸南書房，時公爲供奉，即一命畫山水，聖祖憑几而觀，不覺移晷。嘗賜詩有「畫圖留與人看」句，公鐫石爲印章紀恩也。每作畫，必以宣德紙、重豪筆、頂煙墨，曰三者一不備，不足以發古雋渾逸之趣。客有舉王石谷畫爲問，曰太熟，復舉二瞻爲問，曰太生，蓋以不生不熟自處也。嘗自題《秋山晴爽圖卷》，畧云：「不在古法，不在吾手。而又不出古法、吾手之外。筆端金剛杵，在脱盡習氣。」觀此語，其所至可知矣。公官京師時，每歲秋冬之交，予門下賓客畫，人一幅，以爲製裘之需，好事者往往緘金以俟。平時以應詔不遑，凡求者，屬賓客及弟子代筆，而自題其名，大率十之七八，鑒者若徒憑款識，則失矣。弟子華鯤、金明吉、唐岱、王敬銘、黄鼎、趙曉、温儀、姚培源，甥李爲憲，族弟昱。鯤字子千，無錫人，官州同知。明吉，吴人。岱字毓東，號静巖，滿洲人，以蔭官累領。敬銘字丹思，嘉定人，癸巳進士，廷試第一，官翰林院修撰。培源字浩修。爲憲字巨山。昱字日初，日初筆尤佳，公極稱之。鼎、曉、儀自有傳補。公晚年好作梅華道人墨法，最得神味。

白苧村桑者曰：庚生也晚，嘗恨未獲從公遊，聆公講論，觀公用筆。每見公手蹟，輒愛玩不釋，至忘寢食思之。其筆精墨妙，自謂得其概矣。後於弋陽道中，邂逅山陰聞人克大，出公《秋山晴爽圖卷》，仿大癡法者，於是歎觀止焉。圖長五尺餘，邱壑止一開一闔，而宏闊無際，神味蕭爽，元氣淋漓，沖融駘宕之致，既奕奕怡人。湛彩晬盎之精，復晶晶眩目。蓋筆力沉貫紙背，而光氣發越於上，誠如自題所云筆端金剛杵也。克大曰：「此卷尤公愜意作也。先君官京師，時與公望衡而居，情好甚洽，而未有請也。每遇良辰，輒潔酒肴，邀公暨公素所厚者作竟日歡，若是者五六載。值克大將歸婚，公謂先君曰：『嗣君歸婚，當寫一圖爲贈。』先君頓首謝之。翌晨折簡招克大過從，曰：『子其看余點染。』乃展紙審顧良久，以淡墨畧分輪廓；既而稍辨林壑之概；次立峰石層折、樹木株幹。每舉一筆，必審顧反覆，而日已夕矣。次日復招過第，取前卷少加皴擦，即用淡赭入藤黄少許，渲染山石。以一小熨斗貯微火熨之乾，再以墨筆乾擦石骨，疎點木葉，而山林屋宇、橋渡谿沙瞭然矣。然後以墨緑水疎疎緩緩渲出陰陽向背，復如前熨之乾。再勾再勒，再染再點，自淡及濃，自疎而密，半閱月而成。發端混侖，逐漸破碎。收拾破碎，復還混侖。流灝氣，粉虚空，無一筆苟下，故消磨多日耳。古人十日一水五日一石，洵非誇語也。後又贈先君二幀，不便於行笥，不得飽子之目。」然庚得覩此卷，詳聞克大所述，不啻親見公之磅礴矣，所得不既多乎！因詳記之，以備私淑之助。且俾後之有志斯道者，知公作畫之匠心有如是云。

——張庚《國朝畫徵録》卷下，清乾隆刻本

白苧村桑者曰：麓臺論畫每右漁山而左石谷，嘗語弟子温儀曰：「邇時畫手，惟吴漁山而已，其餘鹿鹿不足數也。」余見漁山筆墨，功力尚未抵石谷之半，司農之有所軒輊，未免名士習氣，非衷言也。

——張庚《國朝畫徵録》卷中，清乾隆刻本

王原祁神品

王麓臺原祁，秉承家學，氣味深醇，蓋得力於古者深也。中年秀潤，晚年蒼渾。凡作一圖，沈雄駘宕，元氣淋漓，筆端金剛杵之語不虛也。有志筆墨者，能會司農古雋渾逸之趣，則得矣。

茂京，太倉人。奉常翁孫。康熙九年庚戌進士。登第後專心畫理，於太癡淺絳尤爲獨絶。工詩文，稱藝林三絶。所著《雨窗漫筆》，足爲後學矜式。明崇禎十五年壬午生，康熙五十四年乙未卒，年七十有四。

——秦祖永《桐陰論畫》首卷，清同治三年刻朱墨套印本右畫蕭疏淡遠，著墨無多，上自題云：「筆墨一道，同乎性情，非高曠中有真摯，則性情終不出也。余作此圖，傅以淺絳色，不取形摹，惟求適意，頗有風行水面，自然成文之致。康熙甲午初冬，寫倪、黄設色筆意，七十三老人王原祁。」按，《畫徵録》：原祁字茂京，號麓臺，太倉人。奉常公孫。康熙庚戌進士。由知縣擢給諫，改翰林，補春坊。天子嘉其畫，供奉内庭，鑒定古今名書畫。晋少司農，充《書畫譜》總裁、《萬壽聖典》總裁官。卒年七十。嘗自題《秋山晴爽圖卷》，略云「不在古法，不在吾手。而又不出古法、吾手之外。筆端金剛杵在，脱盡習氣。觀此語其所至可知矣」。此幅署名作七十三老人，與浦山之録不符，豈録有脱誤耶，抑所謂金剛杵者，非出其筆端耶？書此以俟考。奉常公即煙客，亦以善畫名於時。

——史夢蘭《爾爾書屋文鈔・王麓臺山水條幅》，清光緒十七年止園刻本

王麓臺原祁，康熙庚戌進士，聖祖知其善畫，命供奉内廷，鑒定古今名書畫，充書

畫館總裁。嘗在南書房，被命畫山水，聖祖憑几而觀，不覺移晷。并賜以詩，其隆重如此。人乞其畫者踵相接，然應詔不遑，大抵賓客弟子輩代筆者十之七八，其真跡不可多得也。

——余金《王原祁記》，録自《國朝耆獻類徵初編》卷五十六，清光緒刊本

麓臺如下帷書生，吐屬淳雅，儀貌真樸。清湘如江湖豪士，聞見博洽，舉止恢奇。梅壑如山林畸人，神情蕭散，接對簡略。三君子皆能獨來獨往，與時史分路揚鑣。小子竊忻慕焉，惜乎才力不逮，載沈載浮，要非勉强吮豪，不索理趣者耳。卷子送蔣生沐。《西泠讀畫圖》，用董文敏法。文敏中年落筆如飛，晚年漸入枯拙，別有一種凝重之味，令人領取不盡。麓臺專師文敏之拙，能得其味。後人效顰，真如撒地蔗渣，豈復可嚼哉！近日讀畫甚夥，漫記紙尾。醇士又識。卷爲白盦。

《柳塘漁艇》。國朝畫狀元，唐静巖筆精工貼妥，至矣，而不免於甜。不觀静巖，

不知麓臺之辣也。

米氏雲山，廉州太渾，石谷太露，麓臺沈厚壓紙，可謂神矣。南田雲氣往來，跳出紙外。仙乎仙乎，微斯人吾誰與歸！

雲林不喜設色，麓臺仿雲林，故作淺絳以矯之。魯男子之學柳下惠也。今余復用張僧繇没骨法仿雲林，亦足補前人所未備。壬子暢月，呵凍之作。右八幀爲子欽八頁。

煙客落筆沖澹，而自見雄渾，此如房、杜無赫赫之功。麓臺便覺費力，其塗抹處，亦未免魏文貞故作嫵媚也。大横幅爲戚子固。

吾杭孫氏所藏麓臺殘畫，用王山樵法。麓臺之言曰：「以人癡筆墨，效山樵畦徑，可以雄視千古。」麓臺多用大癡畦徑，此用山樵乃僅見。積秀發爲雄渾，二百年來奇作也。舟過樟江，購紙數番，戲仿其意。秀發尚恐不及，無論雄渾矣。爲錢伯瑜。

麓臺司農有《百鴨圖》，同官有設饌，招司農來畫於家者，司農每饌必鴨，畫竣盡二十餘鴨，世稱百者，甚詞也。余此畫法其意。昨日執筆，今日已無可畫，草率了事，固宜不似。然李思訓畫嘉陵山水，踰三月而成；吴道子以一夕得之，分路揚鑣，各有千古。「閉門索句陳無已，對客揮毫秦少游。」此特秉賦所系，工拙實不在此。

秋山晴爽。張浦山論麓臺少農，最得要領。其紀《秋山晴爽圖》，謂渲染後以火熨之。後人遂疑少農力過紙背者恃此，不知力過紙背，但從氣韻深厚中得之。若驗其背，未免刻舟求劍。士大作畫，要是餘力游戲，急欲其乾，遽用火攻。倪迂范緩，終未必然耳。爲李笠魚。

山亭秋爽，仿大癡淺絳。麓臺於色墨交融處，深得淪浹之妙，乃此老數十年學大癡心得，秘授後人，輕拂重着，胥未盡其法也。又。

石谷無聊酬應，亦千邱萬壑，布置精到。麓臺晚年專取筆力，大率任意塗抹，置畦逕物象於不問。石谷之偏，神不勝形。麓臺之偏，形不勝神。嘗爲之評曰：耕煙描畫，石師刷畫。此作臨麓臺《秋山紅樹卷》，六十九歲筆也。頗含所偏，蓋素性喜爲尋常百姓，不喜爲王謝堂前燕也。扇爲陳壽卿。

麓臺、石谷兩家，愈縝密愈疎脱，此《富春大嶺》精奥，未易爲時史語也。爲秋叔。

止止室自作。

意，各繫十六字其上，以發其蘊。偶臨少農便面，因擬其體題之。南齊舊史志於吉祥

積而能散，舉重若輕。子久前驅，繼者茂京。曩見麓臺少農仿宋元八幅，分題畫

麓臺之拙，南田之巧，其秀一也。當求諸驪黄之外。爲緘庵。

皆不入畫品。國朝終身不能者，麓臺是已。求不能者，石谷是已。此箑從麓臺、石谷

畫求能而終身不能者，上也。既能而求不能者，次也。彼不求能與求能而能者，

參入，所愧者尚落能境耳。爲笠山。

矣。畫固以氣味爲嫡傳，不當執筆墨論也。

甲辰四月，寄意南田。專以力透紙背求麓臺歸宿處，則筆不著紙之南田爲外道

消息耳。

元四家用筆，惟山樵最沈著。麓臺一生學大癡，其力透紙背處，仍從山樵腕下討

麓臺別裁，旁門最嚴。晚年專以拙勝，避雋筆也。學者師其意可耳。

——戴熙《習苦齋畫絮》，清光緒十九年刻本

董思翁不耐作工畫，而曰李、趙之畫極妙，又有士人氣。後人得其妙，不能得其雅，五百年而有仇實父。王司農麓臺平生惟嗜子久渾淪墨法，亦謂仇氏自有著沈痛快處。

——方薰《山静居畫論》卷下，清知不足齋叢書本

西廬、麓臺皆瓣香子久，各有所得。西廬刻意追模，一渲一染，皆不妄設，應手之作，實欲肖真。麓臺壯歲參以己意，乾墨重筆，皴擦以博渾淪氣象。嘗自誇筆端有金剛杵，義在百劫不壞也。

士氣作家一格，麓臺司農有之。蒼蒼莽莽，六法無跡，長於用拙，是此老過人處。時有舉石谷畫問麓臺，曰太熟；舉二瞻畫問之，曰太生。張徵君瓜田服其定論。僕以謂石谷之畫不可生，生則無畫；二瞻之畫不可熟，熟則便惡。

海内繪事家不爲石谷牢籠，即爲麓臺械杻。至款書絶肖。故二家之後，畫非無

人，如出一手耳。獨邵村方氏、獅峰沈氏、梅壑查氏，皆能自行自止，可謂不因人熱者。

——方薰《山静居畫論》卷下，清知不足齋叢書本

司農畫派奉常出，馳譽丹青早承直。至尊動容憑几觀，門生布紙退朝立。發端混侖收破碎，淡赭籐黄化無迹。渲染獨深大癡法，鉤勒晚用仲圭墨。惜因應詔謝友朋，輒以濡毫屬賓客。楊西亭貌王耕煙，辨得印章獲拱璧。君從何處購此幅，懸崖老樹盤齋壁。恍見盤礴親解衣，運金剛杵貫手畢。似秋非秋露零葉，欲墮不墮雲崩石。茆屋惟容我輩住，老於達官何由入。司農意到身未到，天機妙不關人力。君諳六法自珍秘，勿輕示人目贋筆。

——林壽圖《黄鵠山人詩初鈔·爲方元仲觀察題王麓臺山水墨幅》，清光緒六年刻本

王麓臺司農，爲煙客太常孫，由任縣行取。湯西厓有《題茂京給諫青柯坪圖詩》。康熙三十九年，特旨改中允，入南書房。沈白溇贈詩，比之摩詰，以摩詰嘗官給事中及太子中允也。常召入便殿，從容奏對。或于御前染翰。體貌瓌偉，蚪鬚豐頤，寸縑尺素，流布者寶若拱璧。程午橋《乞麓臺先生畫山水詩》：「吴中舊手稱二王，廉州安能望太常。風流不墜得家法，公曾落筆中書堂。解衣盤礴久供奉，一水一石今時重。天下至寶宜自矜，亦有成言天下共。」乙未卒，年七十四。子孫多以畫知名當時。他官改補館職者，長洲周允欽由郎中改侍讀，王文簡由郎中改侍講南宫，杜鎮、蔚州、魏學誠均由中書改編修，高文恪由詹事府録事授侍講，嘉善錢以塏由左通政改少詹，武進趙申季由知縣授編修，安福康五瑞由給事中授侍讀，婁縣陳聶恒由主事授檢討，仁和趙殿最由按察使改少詹，泰州陳厚耀由教授改檢討，雍正一朝尚多有之。麓臺嘗掌院事，尤爲殊榮矣。太常九子：挺減庵，揆芝廛，撰隨庵，持平宰，抃巢松，扶砥庵，攄汲園，掞顓庵，抑南胡。麓臺生於崇禎壬午，芝廛所出也。

——楊鍾羲《雪橋詩話》餘集卷三，民國求恕齋叢書本

附録五　現當代評價資料選輯

王麓臺繪畫的評價問題

童書業

最近幾十年來，古代大畫家中，地位一落千丈，從極端被崇拜到被人輕視笑駡的，是「四王」之一的王麓臺。不過短短幾十年間，一個大畫家的地位變化如此之大，是什麽道理呢？很值得研究、商討。爲了展開百家争鳴，我就寫這篇文章來提出我自己的看法，希望同志們指正！

過去文人畫家和賞鑒家對於王麓臺，是極端尊崇的，現在且舉《國朝畫徵録》作者張庚的話作爲例證：

其能不囿於習，而追蹤古跡，參席前賢，爲後世法者，麓臺其庶乎！若石谷，非不極其能事，終不免作家習氣。（《浦山論畫》）

王石谷號爲「畫聖」，麓臺還在石谷之上，竟是「聖」中之「聖」了！我們知道：「四王吴惲」的畫在清代，評價甚至超過宋、元，而麓臺、石谷的畫，尤被重視，一個收藏家如果不收藏有麓臺、石谷的畫，便不成其爲名收藏家。二三百年來的文人畫家，幾乎百分之九十以上，都是學習麓臺的；麓臺的影響，比元四家的領袖黄子久還要大些。但是像這樣的一個大畫家，到了「五四」運動前後，忽然遭遇到很大的打擊，地位愈來愈下降，直到最近，幾乎人們都不願意提麓臺，好像提到麓臺，就是落後似的；即使提到，也往往毁過於譽。現在且舉俞劍華先生《中國畫論類編》裏對麓臺的批評爲例：

王原祁爲一代大家，其平生最大本領，惟在臨摹黄公望，觀其所作，雖有古樸之氣，然筆墨板滯，丘壑平庸，布置瑣碎，毫無變化，與公望之清新淡遠者相較，大有仙凡之别。

拿這段話和張庚的話相對照，真是針鋒相對。古今人對麓臺的評價，爲什麽有這樣大的距離呢？事情是這樣：當「五四」運動前後，民主革命思潮興起，新派的繪畫研究者，有反封建的要求，而麓臺在繪畫上的地位，正和桐城派大師方、姚等在文學上的地位差不多。甚至可以説，和孔子在思想界的地位差不多，所以繪畫界的反封建鋒芒，就自然而然地集中到麓臺身上去。不僅麓臺，清代正統派繪畫六大家「四王、吴、惲」都遭到批判。這種運動和「打倒孔家店」的運動是差不多的，在當時，有其積極、進步的意義。我個人受了先師王季歡先生和胡佩衡師、俞劍華先生等人的影響，也不自覺地成了反「四王」的一個積極者，并且曾對董其昌——「四王、吴、惲」畫派的理論要害——「山水畫南北宗説」進行了批判。現在看來，「四王、吴、惲」等人的畫，當然是代表封建士大夫、文人的藝術的，過去在繪畫史上有名的畫家，除了院畫家和少數接近民衆的畫家以及工匠外，也都是士大夫、文人的藝術家。「四王、吴、惲」并不特殊。不過因爲他們的影響特别大，所以在民主革命反封建文化時期，凡是屬於人民的階級，都應當反對他們，反「四王、吴、惲」，就是繪畫上的反封建，這是没有多大疑問的！可是到了社會主義建設時代，情形就不一樣了，我們對於孔子，早從毛主席發表《中國共産黨在民族戰争中的地位》時代起，就已正確認識其地位，不像過去那樣一筆抹煞，而是批判地繼承他的歷史遺産了。便是對於桐城派，近來有些文學史的研究者，也肯定了它的某些優點。然則對於「四王、吴、惲」，特別是影響最大的王麓臺，也應當批判地繼承他的繪畫遺産，不能像過去那樣對於這些人的畫幾乎一筆抹煞。我寫這篇文章，就是想對王麓臺的繪畫作一個比較公平的評價，我說的對不對，是需要同志們來討論、商榷的。

王麓臺出世於文人畫世家，他的祖父王時敏，就是清初文人畫壇的領袖。麓臺出身進士，曾任清朝的内廷供奉，繼承他的祖父，成爲康熙年間文人畫家的領袖，他活到七十幾歲，在畫界影響很大。他雖然是個内廷供奉，屬於畫院畫家，然而他的畫却是標準的文人山水畫，與宋、明時代的院畫，恰巧是兩個極端。他的畫的思想内容是没有什麼可取的，不過是一般文人山水畫的思想内容而已，這裏就不多説了。他的貢獻主要是在筆墨技法方面，在這方面，不能説他没有相當的成績。

一般人都認爲麓臺是專門師法黄子久的，麓臺自己也這樣説：

余弱冠時，得聞先贈公大父訓，迄今五十餘年矣，所學者大癡也，所傳者大

癡也；華亭血脈，金針微度，在此而已。（《麓臺題畫稿》）

他的祖父王時敏也說：

元季四家，首推子久；得其神者，惟董宗伯；得其形者，予不敢讓；若形、神俱得，吾孫其庶乎！（《國朝畫徵録》卷下）

其實麓臺的畫雖源出於久，然力厚思沉，能於子久外，獨創一格。只須把子久的代表作《富春山居圖》及《秋山無盡圖》等來和麓臺的代表作一對比，便可發現其間有不小的距離。但這種不同，并不是像俞先生所說的「仙凡之别」，而是各有長處的兩種畫格。（《麓臺題畫稿》說：「初恨不似古人，今又不敢似古人。」可見麓臺後來獨創一格。）大體子久的畫「筆」勝於「墨」，筆法顯露而少墨韻，有荒率的意味；麓臺的畫，則筆墨融和，有骨有肉，有厚重的氣象。子久用筆超脱「逸邁」，麓臺用筆含蓄生拙。子久即筆見墨，染暈很少；麓臺則先筆後墨，染暈較多，逐漸添加，由淡而濃，由濕而乾，由疏而密，混淪一氣。大概只有章法和設色，兩人之間比較相近。說麓臺得子久的「形似」，固然差得很遠；說麓臺得子久的「神似」，也不一定正確。倒是所謂「華亭血脈」的話，有些根據，麓臺確是揚棄了董其昌的畫法，而取其精髓；與其說麓臺接近黃子久，還不如說他接近董其昌。不過董其昌的用筆比較纖媚，骨力不足；而麓臺則一味古拙，較有骨力。在用墨方面，麓臺也發展了董其昌的技法，乾筆皴擦，淡墨染暈，焦墨破醒，墨法較董其昌更完備。麓臺對於子久的畫，也確是用過功的，只是大有變化而已；如果變化不大，那就不能超出王時敏的範圍而自創一格了。麓臺晚年曾用心於梅華道人的墨法，《國朝畫徵録》說：

公（麓臺）晚年好作梅華道人墨法，最得神味。（卷下）

這在《麓臺題畫稿》和畫跡中都有證據，是可信的！麓臺晚年合子久、仲圭畫法於一手，而加以變化，墨法更有進一步的發展。

有人説：麓臺只講究仿古，不講究寫生，他的畫全無真景的氣象，這話是很不確的！看麓臺的山水：

山石妙如雲氣騰溢，模糊蓊鬱，一望無際。（《桐陰畫訣》上卷）

若不是對於真山水有深切的觀察、體會，决不能到達這樣的填界。麓臺是江南人，他對於江南的水氣山水，當然是仔細觀察過的，而且一定描摹過，麓臺山水的雲蒸霧發的氣象，正是從江南水氣山水來的。這和董北苑、龔半千等人的畫差不多。但是他長期住在北京，又曾觀察、描繪過西山風景。華翼綸説：

京西西山，雲氣浮動，空翠堆積，樓臺錯雜，間隔既多，山尖復如芙蓉簇辦，虛空粉碎，兼而有之，麓臺畫皆從此得力。（《畫説》）

這話是有根據的。《麓臺題畫稿》説：

都城之西，層峰迭翠……余忝列清班……晨光夕照，領略多年……曠然會心，能不濡毫吮墨乎？有真山水，可以見真筆墨……

麓臺山水有時比較乾燥厚重，顯然有取法北方山水之處。總之：麓臺并不是完全不寫生的！

王麓臺在仿古和寫生上，固然有相當的成就，但最重要的，還是他的創格。麓臺的畫格是很突出的，別人的畫還可以相混，只有麓臺的畫，有經驗的人一見就能辨認。所以説他「死臨黃子久」，是不符合事實的！他的畫氣韻很是特別，蒼茫厚實，天真爛漫，耐人尋味，令人印象深刻。

麓臺的用筆，很有力量而不露鋒芒，所以有「綿裏針」（剛中見柔）的稱號。他自題《秋山晴爽圖》道：

不在古法，不在吾手，而又不出古法、吾手之外，筆端金剛杵，在脱盡習氣。（《國朝畫徵録》卷下）

所謂「筆端金剛杵」，就是有力的意思。他的學生温儀説：

我師每一下筆，腕臂皆力。（《浦山論畫》）

可見麓臺用筆見力，確是事實。但張庚説麓臺用筆主「重」，是不正確的！因爲麓臺明明説：「用筆忌重而滯。」從麓臺的畫上看，他的用筆也只見力而不見重。麓臺弟子没有説用筆要重的，他的得意弟子王昱、唐岱，且有相反的議論。自從張庚説麓臺用筆主「重」，後來僞造麓臺畫的人，就多在「重」上努力，弄得很是板滯，完全失去麓臺筆墨鬆秀的好處。所以盛大士説：「司農畫神氣重滯者，皆爲贋品。」（《溪山卧遊録》）他的用筆又常見生拙，往往以拙顯長。（李修易《小蓬萊閣畫鑒》：「王石師作畫，善於用拙。」）麓臺的「拙」是「能後之拙」，不是「能前之拙」，換句話說：不是「不好」的「拙」。麓臺的用筆法，據他自己說：

> 用筆忌滑，忌軟，忌硬，忌重而滯，忌率而溷，忌明净而膩，忌叢雜而亂。又不可有意着好筆，有意去累筆；從容不迫，由淡入濃；磊落者存之，甜俗者删之，纖弱者足之，板重者破之。又須於下筆時在着意、不着意間，則觚稜轉折，自不爲筆使。用墨用筆，相爲表裏。五墨之法，非有二義。要之：氣韻生動，端在是也！（《雨窗漫筆》）

麓臺用筆的最好處，在乎自然而謹嚴：落筆時自然，若着意，若不着意，從容不迫地畫下去，收拾到完美爲止；結局時是謹嚴的。

麓臺的墨法，更是濃淡、乾濕互用，極得「墨分五彩」之妙。他先用淡潤墨打底子，然後逐漸加濃、加乾，最後用焦墨略事破醒，運用「積墨法」非常巧妙，所以能得到「山石妙如雲氣騰溢」的效果。如上所說，麓臺的墨法是和筆法結合着的，所以有骨有肉，骨中見肉，肉中見骨。他把元人的乾筆「積墨法」和宋人的水墨渲暈法融和起來，所以既没有松江派「有墨無筆」的弊端，也没有當時有些人過於「尚骨」「幾成髑髏」的毛病。

麓臺對於設色，特别是淺絳法，非常講究。麓臺的設色是補筆墨之不足的。「南畫」多用乾筆淡染之法，墨氣往往不够，需要設色來補助，所以「南畫」以淺絳爲常格。便是青緑設色，也往往有補助筆墨不足的作用。同時「南畫」的設色就是一種用墨與筆、墨調和，能顯筆墨之妙處。麓臺深得「南畫」設色法的妙用，設色能顯出陰陽相背，所以「色不礙墨，墨不礙色」，「色中有墨，墨中有色」：「色」和「墨」只是一件事。

麓臺的章法最爲近人所反對，説他「千篇一律」，這個毛病是有的。但是他的章法却也有可以取法的地方，不能一筆抹煞。如果説「千篇一律」，那麽二米的雲山，倪雲林的平遠小景，不也是「千篇一律」嗎？何以不損害他們的繪畫地位呢？麓臺的章法妙在全幅填塞，少用雲煙而混淪一氣，莊重深遠。這是一面取法子久，一面寫生的結果——子久的畫法也是從寫生中來的。真山水只有遠處、高處有雲煙氣，幾曾見到處有雲煙來？近代山水畫家無論遠近的山，每段山下都空一大段雲煙，山巒如飛空中，這是很不合理的！有的畫家（如陳師曾等）甚至公開提倡山水畫中要多空雲煙，使得虛多實少，這是不合寫生要求的！麓臺的畫：小山石堆積，愈填塞愈妙，妙處就在象真。他的山峰「折搭轉換，山脈皆順」，很合山脈的原理，即所謂「龍脈法」。總之，麓臺的山景是很像南北濱海地區負土戴石的山巒的；他的畫「於平中求奇」，雲煙雖少，然又滿紙雲煙氣。他的布局别有妙處，不是隨便布置的。我們承認麓臺章法的弱點，也承認他的優點，這樣評論古人，可以比較公平一些！

在這裏附帶辯明一件事，便是華琳説：

太倉派與古法有不同處，如初立骨法，先正多用淡乾墨，王麓臺以淡濕爲之。麓臺豈樂於變古哉？其救弊也深矣……麓臺大懼惡習不除，貽誤匪淺，乃以淡濕墨立骨，筆筆犀利，使拖泥帶水者，一筆不敢落。

然則麓臺無乾墨乎？有之，最後方用，更覺蒼秀渾脱，乾之所以居六彩之一也。（《南宗抉秘》）

這話完全是「托古改制」！古法何嘗多用淡乾墨立骨？麓臺也何嘗用淡濕墨立骨？更談不到「筆筆犀利」。麓臺明明用淡潤墨沉着筆法鈎勒，先用乾筆皴擦，然後用淡墨水暈染，最後用的是焦墨（濃乾墨）。所謂麓臺「救弊」，根本没有那麽一回事，因爲麓臺正主要是用乾筆淡墨的，麓臺的畫法正是華琳所要救的「弊」的典型。華氏是清代中葉人，這時候麓臺畫派仍很風行，乾筆淡墨早成畫法的正宗，濕筆濃墨被斥爲「俚俗」。在華氏以前的張庚，比華氏稍後的戴熙等人，都感覺王派畫風已成爲「弊」，需要挽救。華氏怕人駡他是「北宗」，所以就把「南宗」大師王麓臺抬出來，依託他來「救弊」。實際王麓臺的畫法基本上是同華氏所説的相反的。但是自從華氏這麽一説，又有一些僞造麓臺畫的人，依照他的説法，畫出濕筆犀利的王麓臺畫來，再加上張庚的説法的影響，僞麓臺畫就更弄得重滯不堪。麓臺的真面目已久不清楚。爲了説明麓臺的真畫法，這些誤説是不能不辨正的。

總而言之，王麓臺的畫，在技法方面有其一定的貢獻。他發展了元人的筆法和松江派的墨法，融和「筆」「墨」，自創一格，固然有「千篇一律」等毛病，然其成績仍然是不很小的。不能因爲他有較大的短處，就連他的長處也一筆抹煞，把麓臺的畫説得「一文不值」，這實在是不公平的！

附記：麓臺作畫的過程，可以參看《國朝畫徵録》的記載，應注意的一點，是他勾、皴、點、染、設色同時進行，遍數很多，一幅五尺多長的手卷，「半閲月」始成。《麓臺題畫稿》也載他作一畫往往經年才成，可見他作畫的不苟且。

一九六一年六月二十四日於濟南

——發表於一九六一年六月二十四日《文匯報》，轉録自《童書業繪畫史論集》，中華書局版

也談王麓臺畫

俞劍華

最近讀了童書業同志的文章《王麓臺繪畫的評價問題》（《文匯報》一九六一年六月二十四日），想談一談我的意見。

我認爲評價一個畫家，不應該單從筆墨技法作爲唯一的條件，應該從各方面加

以分析研究，纔能得出他在歷史上的科學地位。過去我之所以不喜歡王麓臺，是專從筆墨技法立論，而現在書業同志也還是從筆墨技法立論，恐怕是很不全面的。

首先「元四家」的山水畫，有一種特點，是黄、王、吴、倪這些知識分子，隱遁山林，寄情丘壑，雖然是逃避現實，但多少總含有對元代統治者抱有消極的不合作的反抗精神的，也含有一定的民族氣節和愛國主義思想的。所以在他們的作品上，力求避免與現實生活接觸，其實這種逍遥世外的表面無思想性，也正是他們的思想性，不過是極爲隱晦曲折罷了。到了清代的康熙、雍正、乾隆，這個時代，民族矛盾還是非常激烈，清朝統治者用種種殘酷的屠殺，終於不能根除反清的思想，只好威脅利誘，雙管齊下。除了大興文字獄以外，用編書、開科來收羅一部分遺民，用八股、試帖詩、考據、詞章，來錮蔽大部分的知識分子，使他們不接觸現實鬭争，而弊精竭神於無用之物，以消磨志氣，以緩和民族矛盾。同時元四家不接觸現實社會問題的山水畫，就變成清統治者麻痹一部分人的有力工具，爲他所利用了。不但利用而且大力提倡，親自下手，於是「攀龍附鳳」的人們，也就借畫畫作爲升官進階的「敲門磚」。上至宰相，下至幕僚，紛紛「舐筆和墨」，「附庸風雅」，盡入了清統治者的「彀中」而自鳴得意。其中最足以代表的畫家，就是王麓臺。「統治者的思想，就是統治思想。」統治者所提倡的畫風，當然是統治畫風。王麓臺正是爲皇帝所寵愛的代表人物，自然聞風興起，婁東派要半天下了。（那一半是可以賣錢的虞山派）徒子徒孫，爲了自高聲價，對於自己的「祖師爺」，當然要五體投地加以崇拜，而且在理論上也盡力加以宣傳鼓吹。直接爲老師宣傳鼓吹，也就是間接爲自己增加威風。把那些宣傳鼓吹的話，不加分析，認爲是真話，那就不免大上其當了。在政治作用上講，「元四家」的山水畫，到了王麓臺手裏，可以説完全變了質。由此可見，王麓臺的繪畫，不但是清代統治者統治思想的御用工具，而且在政治上也確乎對麻痺民族鬬争，維護封建統治政權，起了積極作用。不是推動社會進步，而是拉着社會向後退，這大概不是冤枉他吧？

王麓臺的畫在政治上起的是倒退作用，在藝術上起的什麽作用呢？依我看仍然是倒退作用。六法把傳移模寫擺在最後，「述而不作，非畫所先」（《古畫品録》評劉紹祖)。張彦遠説「至於傳移模寫,乃畫家末事」(《歷代名畫記·論畫六法》),臨摹是學畫的手段之一,不是作畫的目的。是吸收傳統的方法之一,不能把臨摹當創作,用古人代替自己,以致只知有古人而不知有我。尤其畫山水,要「外師造化」(唐張璪語),要「飽游飫看」(郭熙《林泉高致》),要「車轍馬跡半天下」(趙希鵠《洞天清禄集》),要「目師華山」(王履《華山圖序》),要「行萬里路」(董其昌《容臺集》),要「搜盡奇峰打草稿」(石濤《畫語録》),就是黄子久也是寫虞山和富春江的。由此可知臨摹只是一種學習吸收的方法,而寫生纔是創作的主要方法。臨摹的風氣當然是古已有之,但到了王麓臺就到達了頂點。現在看他的《麓臺題畫稿》共五十三條,其中仿黄子久的就有二十五條之多,仿倪、黄者三條,此外雜仿王叔明、倪雲林、吴仲圭、高房山、大小米、董、巨、趙松雪、趙大年,以及荆、關等,一條兩條不等。在五十三幅中,有四十七幅是標明「仿」的。没有一幅寫生,也没有一幅創作。我説他只會臨摹,不知寫生,而絶大多數都是臨黄子久,大概也不算冤枉他吧? 他甚至説「余心思學力不逮古人,然落筆時不肯苟且從事,或者子久些子脚汗氣於此稍有發現乎」

（《仿設色大癡長卷》。重點華加）。這比石濤《畫語録》所痛斥的「食某家殘羹」還要下一等。

麓臺一生既以臨摹黄子久相標榜，學者從風。於是造成「家家大癡，人人一峰」，陳陳相因，千篇一律，清代山水畫日漸退步，難道王麓臺就不負一點責任嗎？這種惡果不但彌漫了當時，而且流毒到後世，甚至到了清末民初，還未廓清，這恐怕也不是王麓臺所及料吧？

在《題畫稿》裏有一幅講到：「都城之西，層巒疊翠，其龍脈自太行蜿蜒而來，起伏結聚，山麓平川，迴環幾十里……晨光夕照，領略多年，近接禁地之清華，遠眺高峰之爽秀，曠然會心，能不濡毫吮墨乎？」滿以爲可以畫一幅西山積翠的寫生畫了吧？結果還是《仿王叔明長卷》，至於「有真山水可以見真筆墨，有真筆墨可以發真文章」，也不過徒托空言而已。

臨摹是需要的，它可以使學習繪畫的人深入傳統古典作品中，吸收精華，以爲營養，借此在傳統的基礎上，向前推進，創造新傳統，這樣纔能有進步；否則終身在古人脚下轉，如何能有出頭之日？沒有超過古人的雄心，沒有在師古人以外更師造化，沒有踏着古人脚跡前進，而只是徘徊瞻顧，不敢向前看，老是向後看，這種精神，康熙、乾隆時代很需要，但是我們現在，却應當竭力排斥，絶不需要！

至於我們現在對山水畫的要求，首先要表現祖國的雄偉而又美麗的山河。王麓臺的山水，既不雄偉，又不美麗。既無高山大岳，又無飛瀑懸流。我們要在山水畫中表現社會建設的偉大成就。王麓臺的山水，平房三兩間，空山無一人，毫無一點生活氣息。我們要表現山河新貌，欣欣向榮的新氣象，而王麓臺的山水，只有一股荒凉氣象，使人感不到有絲毫生氣和希望。因爲他的筆墨太古拙，構圖太拘束，設色太暗淡，内容太簡單，學了他的畫反而成了寫生或創作的絆脚石。學得越久，桎梏越深，必致寸步難行。我認爲王麓臺的畫法，是不值得吸收的，吸收了來不能爲新的山水畫創作服務。這在有些老畫家是有這種苦痛經驗的，不從事創作的人，是領會不到的。

另一方面像這一派的山水畫，對於人民起什麽作用呢？能鼓舞人民、教育人民嗎？人民能在這種山水畫中得到美感的享受嗎？恐怕都是問題。

在明末清初這一個時代，從繪畫來説，作家輩出，派别繁興，其中大别可以分正統派和反正統派兩大類。在正統派中，一般都以「四王」屬正統派，甚至把吴、惲也歸入正統派，這是不很正確的。「四王」之中王時敏、王鑑，并未出仕清朝，只能算正統派的前驅，而王石谷在「四王」之中是獨屬一派，雖然也曾爲清統治者畫過《南巡盛典》，畫過《黄運全圖》，他始終是以在野的身分參加的。真正的正統派，那是以王麓臺爲主將的。王麓臺與王石谷也不是没有矛盾的，好在一個在朝，一個在野，「海内繪事家，不爲石谷牢籠，即爲麓臺械杻」（方薰《山静居畫論》），分道揚鑣，平分秋色，尚少直接衝突。至於統治者要畫歌功頌德的「萬壽聖典」，王麓臺那一套枯樹乾山、荒涼寂寞的畫法，就無能爲力，不得不請石谷幫忙了。至於惲南田雖與「三王」都有密切關係，但他應該屬於反正統派的範圍，始終對於清朝是抱不合作態度的。不過他的花卉畫風，後來爲鄒小山等所發揚，逐漸成了正統派而已。吴漁山情形與惲相似而更孤傲奇僻，與正統派相去極遠，也應該屬於反正流派的。所以他們的聲價，在當時是很低的，到了後來才逐漸上升，終至擠到六大家之列，到了近代，更超出「四王」之上。所以我們「反四王」并没有反過吴、惲，就是這個道理。

清初反正統派的陣容是相當强大的，如石濤、八大、石谿、漸江、士標、半千、青主、老蓮以及南田、漁山都是當時具有相當的實力，可以和正統派對抗的。但結果也像清初反清戰争一樣，不久就都被清軍所撲滅。因爲反正統派的畫家們，不是明代的王孫，都是明代的遺民，他們所代表的是更腐朽更没落的政權，他們所眷懷的，是已經滅亡了的皇朝，與新興的清朝作戰，注定是要失敗的。但是他們却不甘屈服，不肯與清朝合作，不受威脅利誘，不怕艱苦清貧，不肯趨炎附勢，不願歌功頌德，這種堅强不屈的鬪争精神和純一不二的民族氣節，是值得人民歌頌的。他們的勢力一時雖被强權所壓倒，但「野火燒不盡」的反正統精神，却不久又復活起來。首先是「揚州八怪」，最後就是近代的「反四王」。書業同志把「反四王」僅僅認爲是五四運動前後民主運動興起以後新派畫家纔掀起「反四王」的運動，也是不全面的。他忘記了在「反四王」的同時，石濤、八大、石谿、半千等反正統的畫家們，立即得到美術界的推崇重視，竟把「四王」的「寶座」「取而代之」。五四前後的「反四王」是近因，而他的遠因却不能不追溯到清初，與民族革命的精神不能無關。

山水畫到了五代兩宋，達到隆盛完美的境地，既能外師造化，又能中得心源；既能繼承傳統，又能獨創風格；既有豐富的内容，又有清疏的意境。用筆用墨純熟精練，設色構圖清新完整。總之是既能爲山水寫形，又能爲山水傳神，可以稱得起形神兼備。不只描寫山水，而且描寫山水的氣候變化，春夏秋冬，風晴雨雪，朝暉夕陰，曉煙暮靄，飛雲流霞，無不具備。至於橋彴關城，層樓重閣，寺觀廟宇，旅店酒家，山村墟市，樵子漁父，訪友論道，聽松觀瀑，各種人事活動，都能隨地點綴，使畫面上的生活氣息極爲濃厚，使觀者欣然有入山之想，卧遊之樂。（當然不是每一個畫家每一幅畫都具備這些條件。）元代山水畫家以逃避現實，寄情幽雅，不求畫面繁華，只寫胸中逸氣，於是畫面漸趨單純化。到了董其昌、王時敏、王圓照、王麓臺所畫的山水，春夏秋冬不見了，風晴雨雪停止了，層樓重閣拆掉了，樵子漁夫回家了，無友可訪，無道可論，松無風可聽，瀑無水可看。「山静似太古，日長如小年」，只剩下幾堆石頭，幾棵枯樹，兩間破屋，一點生活氣息也没有了。這種風格，王麓臺可以説「集其大成」。藝術上是要删繁就簡的，是要提煉概括的，是要以一當十的，是要純粹净化的，但是這和一般化、概念化、公式化，恐怕有「仙凡」之别吧？王麓臺究竟是「仙」是「凡」，由於各人的看法不同，我也不便强調了。

筆墨少表現多，與筆墨多表現少，也大有區别。麓臺滿幅都是筆墨，但是内容却單調的很，只有三種東西，就是石頭、樹木和幾條綫組成的房屋。那石頭也没有石頭的質感，只是大大小小，從山脚堆到山頂，土石不分，遠近無别。樹幹的畫法也是統一規定，毫無變化。樹葉子只有三四種，大樹小樹，近樹遠樹，也很少區别。至於構圖的平庸枯淡，更是「盡人皆知」，用不着我再説。依我的偏見看來，麓臺的畫實在精華太少，糟粕太多。古典畫家可供學習的人很多，古代畫法可供吸收的東西也很多，似乎不必「沙裏淘金」，苦苦地向王麓臺這位「具有較大短處」的畫家討「些子脚汗氣」。

書業同志説他會寫生。又説麓臺的山景是很像南北濱海地區負土戴石的山巒的。我看還是不要給他戴這頂「寫生」的帽子好，因爲用「寫生」的山水畫來要求王麓臺更將一無是處。我的足跡雖然不廣，但始終却没有看見過像麓臺那樣的山水。在南北濱海地區，從旅大、青島、浙東、温州直到福州，我也没有看見過像麓臺所畫的那樣的山水。曾有友人説：「王麓臺的山水最奇怪了，因爲天下没有那樣的真山水。」

書業同志又説：「真山水只有遠處、高處有雲煙氣，幾曾見到處有雲煙來？近代山水畫家無論遠近的山，每段山下都空一大段雲煙，山巒如飛空中，這是很不合理的！」子久這一派的畫是從山下畫到山上的，是站在山外看的，所以只能高處遠處有雲煙。現代的畫家就不然了，他已身入山中，不但高處遠處有雲煙，而且近處低處也有雲煙。山頂出太陽，山腰下大雨是常有的事。「山從人面起，雲傍馬頭生。」「行到水窮處，坐看雲起時。」那真是從真山中體驗有得之句。「山巒如飛空中」，不但合理而且是山的真實情況，到黄山去看看雲海，許許多多山巒都只露頂尖，既像飛在空中，又像浮在海上。近代畫家往往在深山之中，截取山的一段，可能是最精華的一段。例如畫黄山，或畫始信峰，或畫天都峰。不是從山底下畫上去的，是從半山中畫的。這纔是真正的寫生。這種畫法也不自今日始。梅瞿山的黄山寫景册以及石濤的寫生山水，就早已這樣畫了。

王麓臺在清初確爲代表封建統治的正統派的領袖，管領風騷三百年，上受皇帝寵愛，下受大小畫家崇拜，弟子半天下，畫風彌四海，對鞏固封建統治起了一定的積極作用。封建性多，人民性幾於無有，糟粕多，精華實在太少。至於筆墨技法，作爲一個畫家，當然應該有一套，過去也把他這一套非常平庸的東西，説得神妙莫測，好像山水畫必須如此，才是正宗，不如此便是野狐禪。

總之，我對王麓臺的評價，雖然不準備堅持到底，但也并不準備隨便放棄。誠懇地等候有理有力有據的説服。

——發表於一九六一年七月二十六日《文匯報》，轉録自《俞劍華美術史論集》，東南大學出版社版